JOURS DE COLÈRE

SYLVIE GERMAIN

JOURS
DE COLÈRE

roman

GALLIMARD

à Goldenkopf

« *Et les siècles par dix*
Et les peuples passés,
C'est un profond jadis,
Jadis jamais assez !

Sous nos mêmes amours
Plus lourdes que le monde
Nous traversons les jours
Comme une pierre l'onde !

Nous marchons dans le temps
Et nos corps éclatants
Ont des pas ineffables
Qui marquent dans les fables... »

Paul Valéry
Cantique des Colonnes

COLÈRE ET BEAUTÉ

UN HAMEAU

Chez les vieux la folie fait la pause. Elle s'immobilise à la façon d'une chouette effraie qu'engourdiraient peu à peu le froid, la fatigue, la faim, au creux d'un arbre sec, jusqu'à la statufier en vague ombre blême clignotant des paupières sur un regard démesuré d'absence et de stupeur. Mais avant de parvenir à cet état de prostration, la folie doit s'être depuis longtemps faufilée dans le cœur de celui ou de celle en qui elle mûrira, et avoir longuement louvoyé dans ses pensées, ses rêves, sa mémoire et ses sens en sautillant ou piétinant, en chantonnant ou bien criant, en ondoyant ou en courant, — selon.

Chez Ambroise Mauperthuis la folie était entrée en coup de vent, avait grimpé par bonds puis s'était cabrée en une pose tout arquée de violence. La folie furieuse, comme un éclat de foudre qui se pétrifierait en plein ciel. Une folie qui lui était venue face à une femme qu'il ne connaissait pas, qu'il n'avait vue que morte, poignardée à la gorge, un matin de printemps sur les berges de l'Yonne. Mais dans son souvenir il avait confondu la bouche de la femme aux lèvres admirables à peine entrouvertes et la plaie qui saignait à son cou. Il avait confondu la bouche et la blessure, la parole et le cri, la salive et le sang. Il avait confondu la beauté et le crime, l'amour et la colère. Il avait confondu le désir et la mort.

15

Chez Edmée Verselay la folie au contraire s'était insinuée à tout petits pas, avait coulé en légers ruissellements pour à la fin faire la pause en douceur. La folie douce, comme une trouée de bleu tendre dans un coin de ciel qu'aucune nuit ne pourrait recouvrir et éteindre. Une folie qui lui avait poussé au cœur aussi, à cause d'une femme. De par la grâce d'une femme, — Celle bénie entre toutes les femmes. Dans sa passion mariale elle avait graduellement confondu sa vie et celle des siens avec un perpétuel miracle consenti par la Vierge. Elle avait confondu la bouche et le sourire, la parole et la prière, la salive et les larmes. Elle avait confondu la beauté et l'invisible, l'amour et la miséricorde. Elle avait confondu la mort et l'Assomption.

L'un et l'autre vécurent très vieux, — la folie n'en finissait pas de prolonger sa pause et ne leur laissait pas le temps de mourir. Ils avaient tout à fait confondu la mort avec leur vie. Et cette longue pause de leur folie ils la passèrent tous deux dans le même hameau perché à l'ombre de forêts sur les hauteurs d'un socle de granit. L'un habitait à l'entrée du hameau, l'autre à sa sortie. Ce hameau, appelé le Leu-aux-Chênes, était si minuscule, si pauvre, qu'il semblait n'y avoir pas grand sens à distinguer en lui un commencement et une fin. Pourtant, aussi courte fût la distance séparant ces deux fermes, elle n'en couvrait pas moins une fabuleuse étendue. Tout peut arriver en deux points de l'espace, aussi rapprochés soient-ils, et, selon l'événement qui survient en chacun, le lieu peut s'en trouver écartelé.

Ce hameau n'avait pas de limites, il était ouvert à tous les vents, tous les orages, toutes les neiges et les pluies. A toutes les passions. Les seules lisières étaient celles des forêts. Mais ce sont là orées mouvantes, pénétrables autant que dévorantes. Comme les marges du cœur quand la folie empiète sur l'amour. Nulle pancarte ne l'indiquait, c'était un simple lieu-dit, un lieu dont le nom passait de bouche en bouche. Un lieu de si peu d'importance que nul n'aurait songé à le dresser par écrit. Un lieu dont la force passait de corps en corps et qui se dressait en une gloire obscure dans la chair de ceux qui y vivaient. Il était rare qu'un étranger montât jusque là-haut, c'étaient ses habitants qui en descendaient le dimanche, les jours de fête, de marché ou d'embauche, pour se rendre jusqu'au plus proche village possédant église, mairie, place et bistrots. Il était si rare qu'un étranger s'aventurât là-haut que les villageois considéraient ses taciturnes habitants un peu comme des sauvages et le curé du village soupçonnait même que la Parole de Dieu n'était pas parvenue à se frayer tout à fait un passage jusqu'à ces demi-barbares des forêts.

Et pourtant si, elle était bien montée jusque là-haut, mais alourdie il est vrai par la boue des chemins toute pétrie encore de vieilles croyances, d'antiques peurs et de confuse magie. Tout enchevêtrée surtout aux racines, aux branches, à l'écorce des arbres ; toute secouée de vent, battue de pluie, comme les feuillages épais aux ombres denses.

Le Leu-aux-Chênes comptait cinq fermes. Cinq bâtisses austères, trapues, accolées aux étables et aux granges, qui jalonnaient la route montant à la forêt de Jalles en surplomb de la Cure. Ambroise Mauperthuis et ses deux fils Ephraïm et Marceau habitaient la première ferme située en aval de cette route. On l'appelait la Ferme-du-Pas parce qu'elle se dressait au seuil du hameau. Comme une marche donnant accès à la misère et à la solitude. Mais cette marche s'était soulevée, agrandie, quand Ambroise Mauperthuis s'y était installé après s'être enrichi. Elle n'en donnait pas moins toujours accès à la même solitude. Après la Ferme-du-Pas venait la Ferme-Follin, du nom de ses habitants Firmin et

17

Adolphine Follin avec leurs deux enfants Rose et Toinou. Puis, près du lavoir, se trouvait la Ferme-du-Milieu où vivaient Pierre et Léa Cordebugle avec leur fils Huguet. Ensuite se présentait la Ferme-Gravelle abritant Guillaume et Ninon Gravelle et leurs enfants. Et enfin se tenait, tout en amont de la route, plus isolée encore que les autres, presque à l'orée du bois, la ferme où vivaient Edmée et Jousé Verselay avec leur fille Reine. On la désignait sous le nom de Ferme-du-Bout. Tous les hommes étaient bûcherons, bouviers, et flotteurs à la saison du lancement des bûches dans les ruisseaux et les rivières pour que, livrées au courant, elles descendent jusqu'aux ports de triage de Vermenton ou de Clamecy. Les femmes et les enfants participaient aux travaux d'ébranchage, d'écorçage, de ramassage de petit bois et de fabrication de fagots d'allumage. Selon les saisons ils vivaient davantage dans les forêts que dans leurs hameaux, ou certains campaient au bord des rivières lorsqu'ils accompagnaient le flottage à bûches perdues.

Leur foi était à la mesure de leur vie : fruste, simple, pauvre en mots, mais tenace et rigoureuse. Même par les plus rudes dimanches d'hiver, on les voyait assemblés au fond de l'église, pressés debout les uns contre les autres, la tête basse. Ils avaient parcouru plus de trois kilomètres dans la neige et la glace pour descendre jusqu'au village. Le curé et ses ouailles villageoises n'en gardaient pas moins un tenace sentiment de méfiance à leur égard. Pouvait-on vraiment garder son âme sauve lorsqu'on vivait comme ces gens-là, plus près des arbres, des broussailles et des bêtes que des autres hommes ? N'en venait-on pas à frayer peu ou prou avec les esprits sorciers qui hantent la pénombre des sous-bois ?

La foi d'Edmée Verselay différait de celle des gens tant du hameau que du village. Elle avait pris une ampleur, une vivacité et une imagination qui faisaient défaut aux autres. Elle avait même pris une couleur. Bleue. Du bleu azur du manteau de la Vierge dont la statue de bois peint veillait dans la lueur des cierges près du bénitier à l'entrée de la nef de l'église. Elle avait surtout pris une intrépide fantaisie. Il n'était rien qui n'évoquât pour Edmée la Vierge, rien qu'elle ne plaçât sous la miraculeuse protection du bleu manteau de la Madone. Par exemple s'il neigeait le premier jour de mai Edmée renchérissait sur la croyance répandue à ce sujet. Les années où la neige tombait à cette date, les femmes des hameaux la recueillaient avec précaution de l'herbe rase, d'entre les failles des pierres et des troncs et sur la margelle des puits, pour la déposer dans des flacons de verre car, disaient-elles, la neige tombée le premier jour du mois de Marie recelait des vertus médicinales magiques. Edmée prétendait davantage ; elle affirmait que la neige du premier mai pouvait guérir non seulement les plaies du corps mais surtout les maux et les langueurs de l'âme car cette neige n'était, selon elle, pas autre chose que les larmes très pures de la Sainte Mère de Dieu émue soudain par un songe de profonde tendresse à l'égard des pécheurs et des malheureux de la terre.

Mais sa grande piété mariale s'était muée en absolue adoration à l'occasion de la naissance de sa fille. Car c'était à la Vierge, rien qu'à Elle, qu'elle devait la venue au monde de son unique enfant, sa fille Reine, sa passion, son seul bien, sa race. Toute sa gloire. Elle considérait le rôle tenu par son époux Jousé dans cette grossesse pour presque nul. Toute sa gratitude allait à la Vierge.

Reine était en effet le fruit très admirable de ses entrailles qui longtemps étaient demeurées stériles. Beau fruit tardif survenu tout au bout d'une espérance têtue, en récompense à des milliers d'*Ave Maria* ressassés au fil d'un chapelet aux grains de buis devenus pareils à des perles de marbre noir ou d'obsidienne à force d'être polis par ses doigts pleins d'opiniâtre ferveur. Et c'était en hommage à la Vierge, sa Bienfaitrice qui avait daigné bénir ses entrailles en les rendant fécondes à plus de quarante ans, qu'elle avait gratifié sa fille du nom de Reine. Sur le registre d'état civil elle avait même fait inscrire toute une série d'autres prénoms comme autant d'exclamations de louange : « REINE, Honorée, Victoire, Gloria, Aimée, Grâce, Désirée, Béate, Marie VERSELAY. »

Mais cette fécondité miraculeuse qui lui avait été offerte semblait s'être propagée à outrance dans le corps de sa fille. Elle s'y était même affolée jusqu'à la monstruosité. A croire que chacun des prénoms qui complétaient celui de Reine pour l'allonger comme d'une traîne majestueuse réclamait un corps à part entière. A défaut d'obtenir chacun un corps indépendant, ces prénoms avaient amplement pris leur part de poids. Le fruit béni des entrailles de la vieille Edmée était devenu à lui tout seul un véritable verger, sinon même une jungle.

Reine avec les années était devenue extrêmement grasse. A l'adolescence elle s'était épanouie comme un fruit qui mûrit et se met à gonfler, mais un fruit prodigieux, énorme, lumineux. Un fruit à la pulpe en perpétuelle dilatation, à la peau lisse et tendre. Tout le monde l'appelait Reinette-la-Grasse, hormis Edmée qui respectait le noble nom qu'elle avait donné à sa fille avec tant d'orgueil et de joie. L'efflorescence magistrale du corps de sa fille qui intriguait ou amusait tellement les autres ne l'avait jamais inquiétée ; tout au contraire cela ne faisait qu'augmenter son admiration pour sa munificente progéniture. Edmée ne voyait en cette surabondance des chairs de Reine nullement un délire de la nature mais la perpétuation du don de la Sainte Mère de

Dieu. Et plus sa fille croissait en volume, plus elle rendait grâce à la Vierge.

Ce qu'il y avait de plus remarquable chez Reinette-la-Grasse c'était que son corps seul avait proliféré. Son visage, ses mains, ses pieds, étaient demeurés intouchés par le don trop fertile. Un tout petit visage à l'ovale très pur se découpait entre l'épaisse chevelure rousse et le renflement fantastique du cou et de la gorge. Un visage miniature posé comme par mégarde en surplomb du corps gigantesque ainsi qu'un masque plein de finesse et de grâce. Et de même étaient ses pieds et ses mains, — fragiles merveilles de délicatesse, admirables et dérisoires aux extrémités du corps obèse.

Son regard était doux, souvent absent, et ses paupières cillaient toujours avec une lenteur inouïe comme celles d'une poupée de porcelaine. Sa bouche, minuscule et très rouge, n'émettait que des sons gazouillants et de légers rires en grelots, et parfois aussi d'imperceptibles pleurements. Elle sautillait plus qu'elle ne marchait, dodelinant drôlement la tête et agitant ses jolies mains de fillette autour de son corps en excès, comme si toujours elle cherchait quelque invisible appui dans l'air pour s'aider à mouvoir son poids phénoménal. Son corps était trop ample, trop lourd, pour se déplacer avec aise dans l'espace ; mais il était si vaste qu'il était à lui seul un espace. Un espace secret, un labyrinthe de chair enclos sous la peau blanche à reflets roses et dans lequel elle ne cessait de déambuler à tâtons. Son propre corps lui était jardin, forêt, plaine de montagne, rivière et ciel. Son propre corps lui était monde.

Elle habitait son corps, rien que dans son corps. Elle ne vivait qu'au-dedans de sa chair peuplée de songes flous. Elle y vivait en souveraine, dans le silence, la solitude, la lenteur.

21

Car le temps dans son corps s'écoulait autrement qu'au-dehors, au ralenti le plus extrême. Elle vivait assoupie dans son immense palais de chair tout murmurant de graisse rose et or.

Mais son règne intérieur était malheureux. Son corps-royaume lui était tourment et détresse, car bien qu'elle mangeât toujours en quantités extravagantes, engloutissant du bout des doigts par interminables petites bouchées les plats énormes préparés par sa mère, jamais elle ne parvenait à assouvir sa faim. La faim hantait son corps. Et c'était le secret de cette faim tenace qu'elle recherchait à travers ses continuelles déambulations intérieures. Mais la faim ne se laissait jamais saisir, elle se sauvait en tous sens comme un petit animal intrépide bien trop véloce pour le temps ralenti qui dérivait dans les méandres onctueux de son corps. Un petit animal sauvage qui ne cessait de forer dans sa chair des trous profonds, des gouffres qu'il lui fallait remplir à mesure qu'ils s'ouvraient pour ne pas défaillir de vertige. Un petit animal vorace, cruel, qui la rongeait jusqu'à l'âme. Et qui poussait des cris perçants dans tous les recoins de son corps pour réclamer toujours plus et plus de nourriture. Cris qui, étouffés dans l'épaisseur des chairs, se transformaient avec perfidie dans sa gorge en menus rires en grelots.

Ainsi vivait Reinette-la-Grasse, — souveraine captive en son magnificent palais de chair des caprices d'un petit animal féroce : la faim. Et c'est pourquoi par moments il lui arrivait de sangloter de désespoir et d'impuissance. Mais ses sanglots ne parvenaient jamais jusqu'à ses yeux, tout comme les cris stridents de la faim, ils se perdaient en chemin dans sa graisse ; ils roulaient dans les boues dorées de son corps palatal en lents remous huileux et gazouillants qui faisaient tanguer tout doucement ses chairs. Son regard alors s'absen-tait davantage entre ses paupières de poupée, et cet air de placide égarée était sa façon d'exprimer son désarroi de ne pouvoir enfin saisir son ennemie, la faim, et lui tordre le cou. Edmée, pas davantage que les autres, ne soupçonnait le désespoir de sa fille. Elle restait éblouie par ce corps éclatant et paisible, un vrai corps de déesse de la fertilité qu'elle se plaisait à nourrir et parer. Tout le jour Edmée travaillait pour sa fille qui, assoupie dans la touffeur de son corps, pourchassait en vain sa faim à longueur de temps. Chaque matin Edmée préparait pour sa fille un bain dans une vaste cuve en bois remplie d'eau tiède et parfumée avec des racines odoriférantes, puis elle l'aidait à s'habiller, elle la coiffait, la parait. Elle l'enveloppait dans de grands châles brodés de fleurs vives, relevait sa lourde chevelure roux cuivré en chignon, glissait à ses doigts minuscules des anneaux taillés dans du bois clair poli jusqu'à prendre l'éclat de l'ambre. Elle enroulait encore autour de son cou de longs colliers de verre d'un bleu translucide comme autant de rosaires cliquetants. Alors, emplie d'admiration et de fierté pour sa statue vivante de Vierge obèse, elle la conduisait à la cuisine et l'installait sur un banc près de l'âtre. Et Reine demeurait là jusqu'au soir, gloussant de temps à autre de ses légers rires aussi gracieux que douloureux, son tout petit visage penché sur quelque travail de couture qu'elle accomplissait d'un air absent. Elle passait ainsi ses jours, assise près de l'âtre ou près de la fenêtre côté jardin selon les saisons, brodant et cousant du bout de ses doigts graciles, tandis qu'Edmée s'affairait au ménage, à la cuisine ainsi qu'aux divers travaux du potager et de la basse-cour.

Les sentiments de Jousé à l'égard de sa fille étaient plus troubles que ceux qu'éprouvait et que manifestait avec solennité Edmée. Il ressentait face à Reinette-la-Grasse un obscur mélange de stupeur, de fascination et d'effroi. Qu'allait-il advenir de leur colossale progéniture qui dévorait plus

23

que dix bûcherons sans jamais paraître rassasiée et qui ne savait rien faire sinon tirer l'aiguille d'un air las et songeur ? Jousé sentait le poids de la vieillesse s'alourdir de jour en jour dans son corps et il savait que bientôt il ne pourrait plus se louer dans les forêts du pays ni descendre le long des berges de la Cure pour le jetage des bûches. Alors, qui subviendrait à leurs besoins ? Aucun homme n'oserait prendre pour épouse cette montagne de chair blanche et rose et dolente qui n'avait d'autre dot que sa faim insatiable ? Ainsi ressassait-il son tourment sans même pouvoir en parler avec Edmée que de tels propos auraient scandalisée, et le poids de sa vieillesse ne faisait que s'aggraver dans son corps fatigué.

CRÉPUSCULES

Et pourtant il se trouva un homme qui désira Reinette-la-Grasse et la voulut prendre pour femme. Ce fut le fils aîné d'Ambroise Mauperthuis, le propriétaire des forêts de Saulches, de Jalles et de Failly. Personne ne savait comment Mauperthuis, fils naturel d'une paysanne du pays, avait réussi à faire fortune et par quelles obscures manigances il était parvenu à s'approprier les bois de Vincent Corvol. Bien des ragots couraient parmi les gens des hameaux des forêts au sujet de cet inexplicable retournement de fortune, mais une certaine fierté se dégageait aussi de tous ces commérages car il était rare qu'un des leurs, un homme des terres du haut, se saisisse des biens d'un homme de la vallée. Les hommes des terres du haut étaient aussi pauvres que leur sol, ce socle de granit hérissé de forêts sombres, percé de sources et d'étangs, clairsemé de champs et de prés cloisonnés de haies vives et de hameaux tapis dans les ronces et les orties. Certains vivaient même au milieu des forêts dans des baraques de rondins colmatés de glaise mêlée à de la mousse et de la paille. Et Ambroise Mauperthuis dans son enfance avait vécu parmi ces hommes des forêts. Il était un des leurs, et moins que cela même car il n'était qu'un bâtard, mais sa ruse et son âpreté en avaient fait leur maître, le propriétaire

25

des forêts où ils se louaient, et ils l'admiraient et le détestaient pour cela.

Ils l'admiraient et le détestaient d'autant plus que, devenu riche, il était revenu s'installer dans le hameau où il était né.

Il aurait pu ne jamais revenir au Leu-aux-Chênes qu'il avait quitté dans son enfance, choisir de rester vivre à Clamecy où il s'était depuis longtemps fixé, émigrer du vieux faubourg de Bethléem où il vivait parmi le peuple des flotteurs vers le cœur de la vieille ville, s'y acheter une belle maison avec des fenêtres sur la rue et un grand jardin. Il ne le voulait pas. La ferme du Leu-aux-Chênes lui suffisait. Et l'on se demandait s'il était revenu par nostalgie ou bien par esprit de vengeance.

Autrefois la ferme dite du Pas avait appartenu aux Mourrault. Sa mère, Jeanne Mauperthuis, y était servante. C'était là qu'elle l'avait mis au monde, là qu'il avait grandi. Très tôt il avait travaillé dans la forêt de Jalles parmi les bûcherons ; il accomplissait là-bas tous les menus travaux annexes du bûcheronnage. Après la mort de François Mourrault, sa femme Margot avait congédié la servante. Jeanne Mauperthuis était partie avec son fils se louer dans d'autres fermes, dans des villages de la vallée de l'Yonne. Mais les forêts manquaient à l'enfant. Il ne voulut pas se faire garçon de ferme. Son amour n'allait ni à la terre ni aux bêtes mais aux arbres. Puisqu'il vivait dorénavant loin des forêts, tout près de la rivière, il devint flotteur. Il retrouvait ainsi les arbres ; il les retrouvait en aval, démembrés, sans racines ni branches ni feuillages, mais des arbres toujours. Il fut même un temps gars de rivière, à l'époque où le flottage par trains de Clamecy jusqu'à Paris se pratiquait encore. Il avait navigué au fil de l'Yonne et de la Seine sur d'immenses radeaux de bûches qui doublaient ou même triplaient au cours de leur descente. Il était entré au port de Charenton, pieds nus sur

26

ces radeaux géants, tenant la longue perche d'avalant à la main comme une haute houlette de berger. C'est que pendant des jours, du lever au coucher du soleil, il avait dû aider le compagnon de rivière à conduire le fabuleux troupeau de bûches entre les berges, à lui faire passer sauf les périls des courants, des pertuis et des ponts. Mais il n'avait pas eu le temps de devenir à son tour compagnon de rivière ; l'époque des grands trains de bois s'achevait. Seul continuait le flottage à bûches perdues. Alors il resta à Clamecy près des berges de l'Yonne ; il vécut dans le faubourg de Bethléem parmi tous les autres ouvriers flotteurs. Il s'y maria et eut trois fils. Le dernier n'eut que le temps de recevoir son nom de baptême, Nicolas, en l'honneur du saint patron des gens de rivière. Il fut porté en terre avec sa mère qui succomba à la fièvre quelques jours après ses couches. Ambroise Mauperthuis était resté seul avec ses deux fils Ephraïm et Marceau alors âgés de quatorze et de douze ans. Mais au cours de l'année suivante il avait quitté son faubourg. Il avait quitté la ville, la vallée, la rivière. Il avait quitté les gens de rivière pour retourner parmi ceux des forêts. Il était remonté vers l'amont des forêts, vers les arbres aux corps dressés, là-haut, en plein sol granitique. Il avait choisi de revenir vivre là où il était né. La Ferme-du-Pas était vide ; Margot Mourrault était morte depuis déjà longtemps, sans descendants pour recueillir la succession de la maison qui commençait à menacer ruine. Il avait acheté cette ferme tombée en déshérence ; il l'avait réparée, fait agrandir, avait fait construire de nouveaux bâtiments, des étables et des granges, et acquis du terrain tout autour. Et là il s'était installé en maître.

Saint Nicolas, le patron des gens de rivière, n'avait pas daigné accorder sa protection au dernier-né d'Ambroise Mauperthuis qui avait reçu son nom, ni à la mère qui avait choisi ce nom pour l'enfant. Saint Nicolas s'était détourné de

Mauperthuis ; il lui avait rappelé qu'il n'était pas un homme de rivière. Mais qu'importait à Ambroise Mauperthuis cette disgrâce puisqu'elle s'était doublée d'un sortilège. Dans les semaines suivant son deuil, il avait trouvé une autre protection, de la part non pas d'un saint mais de quelque esprit sorcier de la forêt rencontré au bord de l'eau. Il avait rencontré la beauté et trouvé la richesse. Juste une fulguration de beauté, — brève, terrible. Et depuis, quelque chose s'était enté sur son cœur, y avait plongé des racines rugueuses et l'avait enlacé comme un lierre à l'odeur amère et entêtante. Il avait rencontré la beauté, — elle avait le goût de la colère. Et ce goût de colère depuis lors hantait sa vie.

Il ne s'était pas remarié. Il ne désirait nullement reprendre femme. Il avait écarté toutes les propositions qui lui avaient été faites. Son choix d'épouse, son choix d'amante, était fait. Un choix aussi unique, définitif et impérieux qu'impossible. Son choix s'était fait, brutal, un jour de beauté, de colère et de sang. Un choix s'était imposé à lui, et ce choix était fou.

Devenu riche il n'engagea qu'une vieille à son service pour tenir le ménage. On l'appelait la Dodine à cause de sa manie de branler continuellement la tête comme un balancier d'horloge. Tout son souci matrimonial s'était reporté sur ses fils. Il avait l'intention d'unir son fils aîné Ephraïm à la fille de Corvol, Claude. Il attendait que tous deux soient en âge de se marier. D'ici moins de deux ans la chose serait faite. Quant à son second fils, Marceau, il lui choisirait une femme à la hauteur de sa nouvelle condition.

Mais c'était surtout au mariage d'Ephraïm et de Claude Corvol qu'il tenait. Il y tenait même plus qu'à tout. Il ne lui suffisait pas de s'être enrichi, d'avoir extorqué ses trois forêts à Vincent Corvol. Il voulait encore lui prendre sa fille, l'arracher à sa maison des bords de l'Yonne pour venir l'enfermer ici, dans la solitude des forêts. Il voulait engloutir jusqu'au nom de Corvol, le confondre à son propre nom. Corvol avait en outre un fils, Léger, mais si chétif et maladif qu'il ne risquait certes pas de perpétuer le nom des siens car il s'annonçait bien incapable de pouvoir procréer le moindre rejeton. Aussi sa colère fut-elle extrême lorsque Ephraïm lui annonça sa décision de prendre pour épouse non pas celle qui lui était désignée, mais cette énorme et indolente fille de la Ferme-du-Bout. Cela était bien pire qu'une désobéissance, c'était une trahison, un outrage. Un vol. On lui volait le nom de Corvol, on lui faisait perdre cette proie qu'il guettait depuis déjà bientôt cinq ans. Il s'opposa à la décision d'Ephraïm avec fureur, il le menaça de déshéritement et de reniement. Et cependant cela se fit.

Cela se fit avec une simplicité et une rapidité remarquables. Dans le hameau on cuisait le pain deux fois par mois. Ephraïm tomba amoureux de Reinette-la-Grasse lors de la première cuisson du mois d'octobre, il l'épousa le lendemain de la seconde cuisson du même mois.

Il s'était rendu à la Ferme-du-Bout parce que Edmée avait la réputation d'être experte dans la connaissance des simples et la préparation d'onguents. La veille au soir Marceau s'était brûlé gravement un pied en voulant repousser dans l'âtre une bûche qui en avait roulé. Son chausson avait pris feu et les flammes avaient mis la plante de son pied à vif. La douleur l'avait tenu éveillé toute la nuit. Au matin la Dodine avait envoyé Ephraïm chercher un remède chez Edmée car elle ne voulait pas quitter le chevet du blessé. Ephraïm était arrivé de très bonne heure à la Ferme-du-Bout. Le jour n'était pas encore levé. Mais déjà la fenêtre de la cuisine rougeoyait. Edmée était en train de préparer le four pour la cuisson du pain dont elle avait pétri la pâte à l'aube. Lorsque

29

Ephraïm pénétra dans la cuisine il fut saisi par la chaleur qui y régnait et par les grands pans de lueur vermeille qui ondoyaient sur les murs. Edmée venait d'allumer les genêts et le bois sec qui emplissaient le four. Le bois craquait, crépitait, se tordait, les brindilles passaient d'un rouge carmin à un jaune translucide puis éclataient en bris minuscules comme des cristaux de sel rose et or. Edmée, ruisselante de sueur, les manches retroussées presque jusqu'aux épaules, s'activait devant la gueule vrombissante du four. La grande table de la cuisine était couverte de panetons d'osier où reposait la pâte. Tout près du four se tenait Reinette-la-Grasse allongée sur un banc, le buste légèrement soulevé. Son petit visage était tourné vers le feu, le regard tendu vers les flammes. Son regard était en fait plus perdu que tendu. Elle écarquillait ses jolis yeux bleu pâle de poupée de porcelaine et l'éclat des flammes leur donnait la transparence et la luisance des larmes. Mais de larmes vides de toute émotion, qui ne jaillissent ni ne coulent. De douces larmes stagnantes. Un peu d'eau de pluie au creux d'un rocher. Des larmes de poupée.

Elle s'était levée tôt pour assister à la cuisson du pain, cérémonie buccale qui l'enchantait plus qu'aucune autre. Ce four rougeoyant, crépitant, brûlant, s'ouvrait devant ses yeux éblouis comme une bouche magique. Une bouche à la mesure de sa faim, où la pâte s'engouffrait sur une large pale pour se mettre à gonfler, à craquer, à prendre saveur et consistance. Sa propre bouche se confondait à la gueule écarlate du four et sa langue à la pale qui allait bientôt y glisser la pâte. La salive montait comme une houle jusqu'à ses lèvres. Et la faim s'exaltait dans son corps.

Elle était encore en chemise et n'avait pas coiffé ses cheveux qui s'épandaient sur ses épaules et sur son dos jusqu'à ses reins en un long roulis brun cuivré irisé de reflets miel et roux. Sa chevelure se confondait avec les lueurs du four, une même mouvance s'y balançait, un même frisson les parcourait, un même flamboiement les illuminait. Sa chevelure semblait être une matière en fusion, coulée de lave, de bronze et d'or. Coulée de chair et de terre mêlées, coulée de salive et de sang ruisselant de la gueule d'un animal fabuleux. Coulée de boue, de sève et de soleil roulant du flanc d'un arbre-dieu.

Four et chevelure, — une même faim s'y clamait, s'y tordait, y bourdonnait. Une faim nullement liée à un manque, mais à une surabondance. Une faim en fête et en joie. Et l'énorme corps de Reinette-la-Grasse vêtue d'une simple chemise de toile blanche, allongée avec mollesse sur le banc, était semblable aux boules de pâte reposant dans les panetons d'osier. Une pâte blanche et tendre, toute gonflée sous la fermentation du levain. Une peau blanche et douce toute tendue sous l'infinie éclosion de la chair. Et soudain Ephraïm vit Reinette-la-Grasse comme jamais encore il ne l'avait vue. Il ne vit plus la grosse fille de la Ferme-du-Bout, mais une éblouissante divinité de la chair et du désir.

Four et chevelure, pâte et chair, pain et femme, faim et désir, — tout confluait dans les yeux d'Ephraïm, dans sa bouche, tout se mêlait et criait dans son corps. Les lueurs dansaient autour de lui, la chevelure l'emportait comme une grande vague, le bois craquait dans ses muscles en crépitant le long de ses veines et de ses nerfs, la chaleur s'attisait à son ventre et à ses reins et la chair si pleine et placide de la jeune femme ne cessait de se lever en lui comme une pâte miraculeuse. Mais ce qui plus que tout retenait l'attention d'Ephraïm c'étaient les pieds de Reinette-la-Grasse. Ses tout petits pieds nus, blancs et fins, qui dépassaient de la longue chemise et se balançaient en douceur dans le vide au bout du banc. Ces petits pieds gracieux paraissaient indépendants du corps si ample et lourd ; ils l'étaient même au point qu'il sembla à Ephraïm sentir leur légère pression contre son torse comme s'ils s'étaient détachés de leur corps et s'amusaient à trottiner à travers l'espace. Ils lui tambourinaient le torse à hauteur du cœur et il sentait dans sa poitrine battre son cœur, tout affolé, à la cadence des coups de talon que rythmaient ces petits pieds libres et enjoués. Et il était si troublé que lorsqu'il annonça l'objet de sa visite il dit que deux petits pieds lui brûlaient le cœur au lieu de raconter que son frère Marceau s'était brûlé un pied sur une bûche en flammes. Il se reprit et s'expliqua enfin. Edmée, qui commençait à vider et à nettoyer le four dont la température était à point pour la cuisson, ne pouvant interrompre son travail, chargea Reinette-la-Grasse d'aller chercher dans la resserre un pot contenant des pétales d'oignon de lys macérés dans de l'huile de camomille. Et tout en saupoudrant la grande pelle à pain d'un peu de farine et en y renversant le contenu d'un paneton elle décrivit à Ephraïm la façon dont il fallait utiliser ce baume. Mais Ephraïm ne l'écoutait pas, il l'entendait à peine, il ne percevait que le léger glissement des pieds de Reinette-la-Grasse sur le sol. Elle tanguait doucement en marchant, un imperceptible roulis berçait la masse de son corps sous la chemise et l'immense chevelure ondoyante, tandis que ses petits pieds avançaient comme à tâtons avec d'infimes sautillements.

Ce n'était plus seulement contre son cœur que frappaient les petits pieds de Reinette-la-Grasse, mais contre ses reins, contre son ventre, au creux des aines. Les pieds le martelaient, ils le marquaient de signes invisibles, fulgurants, comme les bûcherons marquent les arbres destinés à l'abattage. En cet instant tout en lui ne réclamait plus que cela : s'abattre de tout son poids contre le corps si merveilleusement en excès de Reinette-la-Grasse et décliner le cri du désir qui s'élançait en lui jusqu'en râle de jouissance. Alors, tandis qu'Edmée refermait vivement la porte du four où elle venait de glisser la pâte, Ephraïm présenta une seconde demande. Il demanda Reine en mariage sans réfléchir davantage. Le désir avait d'un coup atteint en lui une telle profondeur, une telle densité, qu'il dépassait de mille coudées toute capacité de réflexion. Le désir venait de s'ériger en loi, en évidence et en nécessité. Edmée tourna vers Ephraïm son visage laqué de sueur tout rosi par la chaleur, et jeta sur lui un regard perçant, plus étincelant que la gueule du four. Elle le jaugeait. Ce simple mortel, tout fils aîné du riche Mauperthuis qu'il fût, était-il digne de recevoir comme épouse sa fille unique et très admirable ? Le mariage était dans l'ordre des choses, soit, et Reine avait déjà plus de dix-sept ans, — mais Reine relevait-elle du commun ordre des choses, elle qui ne devait sa glorieuse venue en ce monde qu'à la grâce consentie par la Très Sainte Mère de Dieu ? « Faut réfléchir », finit-elle par dire en s'essuyant le front. A cet instant Reinette-la-Grasse réapparut dans la cuisine à petits pas dansants, tenant le pot de pétales d'oignon de lys entre ses mains. Elle le déposa sur la table et reprit aussitôt sa place sur le banc sans plus prêter d'attention au visiteur, toute ravie par la tendre odeur du pain en train de cuire. « Faut réfléchir, répéta Edmée. Reviens au soir, l'Jousé sera à la maison. Faut qu'on en parle tous deux. »

Ephraïm s'en retourna à la Ferme-du-Pas avec le pot qu'il remit à la Dodine. Le baume apaisa les douleurs de Marceau. Puis il partit rejoindre son père dans la forêt de Saulches. La foire aux Bois qui se tenait à la Toussaint à Château-Chinon approchait et Ambroise Mauperthuis inspectait ses bois en détail avant de décider des abattages à effectuer pendant l'hiver en vue des ventes. Car s'il était devenu propriétaire il demeurait toujours un bûcheron dans son âme et son sang et il se passait de tout intermédiaire pour évaluer ses bois.

33

Ce ne fut que sur le chemin du retour, alors que le jour commençait à décliner, qu'Ephraïm fit part à son père de sa décision. Par trois fois Ambroise se fit répéter ce que lui annonçait son fils, comme pour se convaincre qu'il ne rêvait pas, qu'Ephraïm parlait avec sérieux. Alors il dit non. Il assena son refus comme on abat la hache au pied de l'arbre condamné. Un non sans retour, sans discussion, sans appel. Mais Ephraïm dit que ce refus ne pouvait rien changer, sa décision était prise et elle était plus irrévocable encore que le refus paternel. Le père passa alors au registre des menaces : — reniement et déshéritement. Ephraïm écouta en silence, hocha la tête. Il savait combien son père était avare de mots, qu'il ne parlait jamais en vain et qu'il tenait toute promesse qu'il faisait, qu'elle soit en bien ou en mal. Son père allait sur l'heure le renier et le déshériter, pour toujours. Il acceptait ce prix. « Fais comme tu voudras, se contenta de répondre Ephraïm. Moi je ferai comme je veux. Je vais épouser Reine Verselay. »

Jusque-là les deux hommes n'avaient pas cessé de marcher. Mais à ce moment Ambroise Mauperthuis s'arrêta. Ephraïm s'arrêta également. Les derniers feux du jour viraient au pourpre derrière les monts, et les forêts se resserraient en une masse violâtre comme les entrailles d'une gigantesque laie d'où la nuit allait surgir. Les deux hommes se tenaient face à face, les traits accusés par l'ombre montante. En silence le père détacha sa ceinture, la retira, l'empoigna par la boucle puis rejeta son bras en arrière pour donner plus de force et d'élan à son geste. Il fixait son fils droit dans les yeux. Ephraïm ne cilla pas. « Renonce ! cria Ambroise qui retenait encore son geste ; c'est la Corvol qui sera ta femme ! Pas une autre, aucune autre, t'entends ? — Je renonce, répondit d'un ton calme Ephraïm ; je renonce à toi,

34

à tes bois. Je vais épouser Reine Verselay.» Alors le père lança son bras. Il cingla son fils en plein visage avec son ceinturon. Le coup frappa Ephraïm de la tempe jusqu'au cou. Tout un pan de son visage était blessé. Etait marqué. Il était l'arbre condamné, le fils rejeté. Celui destiné à s'abattre. Mais ce serait de son plein gré, emporté par le poids de son seul désir, qu'il allait s'abattre, et ce serait contre le corps de Reinette-la-Grasse qu'il tomberait. Il serra les mâchoires et les poings sous l'assaut de la douleur mais ne dit rien, ne bougea pas. Du sang coulait le long de sa joue. Il lui sembla sentir à nouveau la chaleur du four à pain de la Ferme-du-Bout. Il n'avait pas détourné son regard du visage de son père, mais ce visage mauvais, tout tendu de colère, s'éloignait déjà de lui, il se brouillait dans les ombres du soir, et à nouveau les sensations se confondaient en lui. Tout se tordait et se gonflait dans un même rougeoiement, — les derniers nuages au ciel, le sang coulant le long de sa joue, les lueurs du four à pain de la Ferme-du-Bout, la chevelure de Reine. Il ressentait en même temps la douleur présente et la jouissance promise, la faim et le désir, la colère et la joie. Ambroise Mauperthuis laissa retomber son bras. « Voilà qui est fait, père », dit d'une voix sourde Ephraïm. L'autre hurla : « Ne m'appelle plus jamais père ! Maintenant je n'ai plus qu'un seul fils. Un fils unique, Marceau. Te voilà mort comme l'Nicolas. T'existes plus ! Et Marceau il épousera la Corvol, je te le jure ! Alors lui seul aura les bois. Toi, rien ! Tu peux bien aller crever misère, te faire mendiant pour nourrir ta grosse ! De moi t'auras pas un sou, rien et rien ! »

Ephraïm commença à s'éloigner puis après quelques pas il s'arrêta et se retourna vers son père. « Au fait, ces forêts, demanda-t-il, comment tu les as donc volées ? Au prix de quelle saleté, hein ? » C'était la première fois qu'Ephraïm faisait allusion au mystère très douteux qui entourait la prise de possession des bois de Vincent Corvol par son père. Ambroise Mauperthuis sursauta comme un animal surpris mais tout aussitôt prêt à l'attaque. « Fous l'camp », rugit-il en brandissant à nouveau son ceinturon. Ephraïm lui tourna le dos et descendit vers le hameau en coupant à travers champs.

Ambroise Mauperthuis rentra par la route. Ses mains tremblaient encore de colère. Mais la dernière question lancée par Ephraïm le tourmentait en cet instant plus même que son entêtement à épouser la grosse fille aux Verselay. Son propre fils se doutait-il de quelque chose, aurait-il réussi à percer l'obscur secret de sa fortune? Ce n'était pas que son secret pût être découvert qui l'inquiétait, mais il en était jaloux comme un amant de sa maîtresse. Non, cela était impossible, nul ne pouvait le lui voler. Ce secret n'appartenait qu'à deux hommes, Corvol et lui-même, et Corvol moins encore que lui-même n'avait intérêt à le dévoiler, fût-ce par la plus infime allusion. Car ce secret portait un nom, avait un corps. Un nom désormais tu, un corps disparu. Ce secret s'appelait Catherine Corvol.

LES YEUX VERTS

Catherine Corvol. La femme de Vincent Corvol que tout le monde, tant dans la vallée que dans les hameaux des forêts, croyait partie. Vincent Corvol prétendait que sa femme l'avait quitté, le laissant seul avec leurs deux enfants Claude et Léger, pour s'enfuir à Paris rejoindre un autre homme. Cette fugue n'avait guère étonné les gens qui avaient toujours pensé que Catherine Corvol avait le diable au corps. On lui connaissait plus d'un amant dans la région ; après sa disparition la rumeur lui en inventa encore bien d'autres. Vincent Corvol devint alors objet mi de pitié mi de risée pour les gens du pays.

Il était vrai que sa femme l'avait quitté. Elle s'était sauvée de la maison un matin de printemps, avant le lever du jour. Elle avait fui la maison des bords de l'Yonne, la vie de province, et par-dessus tout son mari qu'à force de n'avoir jamais pu aimer elle avait fini par détester. Il était vrai qu'elle avait tout abandonné, même ses deux enfants aux grands yeux gris dont les visages trop pâles et silencieux ressemblaient à des masques de tristesse. Elle avait fui ce petit théâtre familial où ne se jouait, sempiternelle, qu'une unique scène dans un décor figé : sa solitude entre la haine, l'ennui et la tristesse. Elle avait fui l'engourdissement des

37

sens, l'ensommeillement de la vie, la lente pétrification du corps. Car c'était vrai : elle avait le diable au corps ; le diable du désir, du mouvement, de la joie. Et sa beauté avait l'éclat acide, lumineux, qu'allume le goût de vivre chez ceux dont le cœur est épris d'espace et de vitesse.

Elle avait fui, mais aussi vite qu'elle ait couru ce matin-là elle n'avait pas réussi à monter dans le train en partance pour Paris. Son mari l'avait rejointe à l'aube sur la route de Clamecy alors qu'elle se hâtait vers la gare. Ils s'étaient disputés, lui voulant la forcer à rentrer, elle s'obstinant à partir. Corvol l'avait finalement traînée hors de la route jusque sur la berge de l'Yonne. Ils avaient dévalé le talus, avaient roulé dans la broussaille étincelante de rosée. Ils s'étaient relevés et s'étaient à nouveau battus ; mais sans cris. Plus durait leur lutte et plus s'aggravait leur silence. Cela se passait un peu en amont du pertuis de Clamecy, à l'époque de l'arrivée du grand flot des bûches descendues des cours d'eau du haut Morvan. La nuit avait été douce. Le printemps commençait à fleurir les berges de la vallée et Ambroise Mauperthuis qui participait à la surveillance du bon acheminement de ce flot avait dormi à la belle étoile sur la rive, près de la rivière tout encombrée et sonore de bûches. On ne distinguait presque plus l'eau de la rivière ; celle-ci semblait ne plus charrier que du bois. Les corps démembrés des chênes et des hêtres de la forêt de Saulches glissaient dans la vallée de village en village jusqu'à la ville, comme un immense et lent troupeau gris grondant en continu une sourde clameur. C'était là le dernier chant des arbres, leur sombre plainte au fil de l'eau.

Le jour commençait à poindre. Ambroise Mauperthuis s'était réveillé tout à coup. Quelque chose qu'il ne comprenait pas venait de l'arracher au sommeil. Quelque chose comme un silence ; un silence très étrange qui ne montait pas de la terre, qui ne sourdait ni de l'eau ni du bois et ne descendait pas davantage du ciel. Les bruits alentour étaient toujours les mêmes mais, juxtaposé à la rumeur des feuillages et de la rivière, un silence étonnant régnait qui semblait les repousser tous au loin. Un silence si aigu, si dense, implacable. Et ce silence ne cessait de s'intensifier. Il s'immisçait sous la peau d'Ambroise Mauperthuis comme une sueur glacée. Il s'était levé, toujours à l'écoute de ce silence qui n'était ni de la terre ni du ciel ni de l'eau. Et soudain il avait vu. Là-bas, sur l'autre rive, juste en face de lui, un homme et une femme luttaient. C'était d'eux, de leur lutte, de leur haine, que montait ce silence dans la roseur de l'aube. Ambroise Mauperthuis ne distinguait pas leurs visages ; il n'apercevait que deux silhouettes s'enlaçant et se repoussant en une danse aussi souple que brusque. Ce couple, existait-il ou n'était-il qu'un rêve surgi du sommeil de Mauperthuis ? Un rêve enfui de son sommeil et s'en allant courir les berges en se tordant comme les flammes d'un feu follet.

Mais le silence qui irradiait de ce couple était si dense, tangible presque, qu'il ne pouvait pas émaner d'un rêve. Un tel silence ne pouvait provenir que de corps faits de chair et de sang. Et il ne pouvait annoncer que la mort. D'emblée Ambroise Mauperthuis perçut cette stridence d'extrême violence à travers ce silence. Mais avant qu'il n'ait eu le temps de crier pour briser ce silence de mort, la femme avait vacillé et s'était effondrée. L'homme venait de la poignarder à la gorge. Le couple s'était disloqué. Et ce fut à cet instant qu'Ambroise Mauperthuis reconnut Vincent Corvol, le propriétaire des forêts de Saulches, de Jalles et de Failly. Corvol, celui-là même dont Ambroise Mauperthuis était en train de convoyer le bois débité en milliers et milliers de rondins égaux, tous marqués du signe distinctif de leur propriétaire : — un C inclus dans le dessin d'une cloche. Alors une joie fulgurante, mauvaise, l'avait saisi. Il s'était senti soudain illuminé par ce crime dont il venait d'être témoin comme par une lumière d'orage, incandescente, crue. Il s'était redressé et avait crié le nom de Corvol. Il avait crié ce nom d'une voix éclatante, allègre.

Corvol s'était figé sur place. Son nom ainsi lancé à travers la rivière l'avait cloué sur la berge. Comme s'il venait de recevoir en plein dos l'écho de son geste de mort répercuté par toute la vallée. Comme si l'immense troupeau flottant de ses bûches martelées à son initiale se mettait à clamer en chœur le nom de son maître. Comme si son nom s'arrachait à tout ce bois qui faisait sa richesse. Comme si tous ses arbres n'étaient descendus du haut Morvan que pour le surprendre à l'instant de son crime et dénoncer tout aussitôt son nom à toute la vallée. Son nom d'assassin.

Sitôt commis, son crime se retournait contre lui, — au cri lancé par Mauperthuis, Vincent Corvol s'était senti dénoncé d'un coup à la face de la terre et du ciel, à la face des hommes, des oiseaux, des arbres, de Dieu, et surtout de lui-même. Ce fut le cri de Mauperthuis qui retourna ainsi son crime dans son cœur avant même qu'il ne prenne conscience de son acte. Et il était resté planté là, penché au-dessus du corps de Catherine, les mains ballant dans le vide, ruisselantes de sang. Et tandis qu'il demeurait ainsi pétrifié, Ambroise Mauperthuis avait gagné la plus proche passerelle et traversé la rivière. Il avait rejoint Corvol. Et là, dressé à deux pas, il lui avait dit de partir, de rentrer chez lui, et que, lui, il allait se charger de faire disparaître le corps et toutes les traces du crime. Puis qu'il viendrait le voir. Le soir, à l'orée du petit bois près de la maison de Corvol à la sortie de la ville. Alors il lui signifierait les conditions de son silence. L'autre avait écouté sans se retourner vers cet in-connu qui parlait dans son dos d'une voix toujours enjouée

40

et si dure pourtant. Il avait écouté en silence puis s'en était allé. Déjà Corvol était vaincu. Il obéissait en aveugle aux ordres donnés par cet homme surgi il ne savait d'où. De la rivière, d'entre les bûches de hêtres et de chênes, tel un obscur génie de l'eau et du bois. Un terrifiant génie surgi du crime même qu'il venait de commettre. Un génie cruel, impitoyable, qui ne le lâcherait plus, qui le tenait à la conscience comme un chien sauvage tient sa proie à la nuque entre ses mâchoires. Avec l'air de rire.

Vincent Corvol s'était éloigné à pas lents, toujours sans se retourner, les épaules affreusement resserrées. Tout son corps venait ainsi de se rétrécir comme s'il cherchait à occuper le moins de place possible. Il avait gravi le talus, les mains toujours pendant le long de son corps comme deux oiseaux morts. Ses mains où déjà séchait le sang jailli de la gorge de Catherine. Et ce sang s'incrustait sous sa peau, il lui pénétrait la chair jusqu'au cœur. Ce sang lui donnait la nausée. Ambroise Mauperthuis le regardait partir. Il avait remarqué que la silhouette de Corvol qui était un homme plutôt grand et fort venait de changer ; il lui avait paru d'un coup tout rabougri, et raide. Et Mauperthuis avait alors songé : « Ce n'est qu'un début ! Je te réduirai comme une branche qu'on élague et qu'on taille jusqu'à en faire une brindille ! Je te tordrai, je te casserai comme un bout de bois mort ! » Et il avait encore ajouté avec une hargne joyeuse : « Dorénavant le maître c'est moi ! » Puis il s'était tourné vers la femme qui gisait dans l'herbe. Elle avait gardé les yeux ouverts. Ils étaient d'un vert vif, lumineux, tacheté d'or. De ce vert dont se méfient les paysans et les bûcherons qui suspectent les femmes dont les yeux sont de cette couleur d'entretenir d'occultes commerces avec les noirs esprits sorciers et d'être douées de fatals pouvoirs d'envoûtement. Il se trouvait encore des vieux qui se signaient à la hâte si par

41

mégarde ils avaient croisé le regard d'une femme aux yeux verts. Des yeux couleur de la peau de la Vouivre qui luit dans l'eau des rivières. Un vert serpent.

Ses paupières s'étiraient un peu à l'oblique vers les tempes. Son nez était très mince et droit; une ligne pure que rehaussaient l'aspect légèrement bridé des paupières et l'arc aigu des sourcils. Sa bouche était large, magnifique, couleur d'argile. Ambroise Mauperthuis avait souvent entendu parler de la beauté de Catherine Corvol mais il ne soupçonnait pas combien cette beauté était vive, à la fois grave et sensuelle. Combien cette beauté était singulière. Une beauté qui surprend et qui trouble, qui attire moins l'admiration que le désir et la fougue. Une beauté qui saisit à la gorge comme un cri sourd, comme un chant rauque, un goût acide. Une beauté que la mort n'avait pas encore altérée ni glacée. Cette mort violente qui venait à l'instant de s'emparer de Catherine donnait même à son visage une expression plus forte encore, un air de franchise totale et insolente. Alors toute la joie acrimonieuse qui s'était levée dans le cœur d'Ambroise Mauperthuis s'était d'un coup obscurcie, retournée, et la colère seule l'avait repris. Une colère devenue sombre, froide, contre Vincent Corvol qui avait osé retrancher du monde un tel accent de beauté. Et, comme il s'agenouillait près du corps pour le porter en retrait de la berge afin de l'enterrer dans un fourré, il s'était soudain affaissé contre le corps de la femme et avait laissé rouler sa tête contre son cou. Il avait enserré un moment dans ses bras ce corps d'une beauté d'autant plus bouleversante que la mort venait tout juste de s'en saisir. Il avait disputé cette beauté à la mort avec toute la force d'un désir brusquement frappé de désespoir. Et la rumeur des bûches transhumant au fil de l'eau avait pris à cet instant une sonorité nouvelle, terrible de gravité et de puissance : comme si toutes les cloches grossièrement gravées sur les rondins venaient de se mettre en branle dans la rivière et que toutes sonnaient à l'unisson sous la secousse d'un unique battant, — la lettre C que chacune incluait.

C comme Corvol, C comme Catherine, C comme colère et chagrin. C, le cœur de Catherine Corvol battait à la volée dans l'eau, battait dans le bois de tous les arbres. C, le cœur de Catherine battait une dernière fois sur cette terre, battait une ultime et prodigieuse fois contre le torse d'un homme. Car Ambroise Mauperthuis sentait contre sa poitrine battre le cœur de la femme, il sentait les coups lancés par ce cœur jusque dedans son propre cœur. Ce fut à cette minute que la folie fit effraction dans le cœur d'Ambroise Mauperthuis. Il venait d'être empoigné par la folie, — pour n'avoir pu être l'amant de cette femme pourtant offerte à lui.

A la blessure le sang était encore humide. Il avait léché ce sang comme un animal lèche une plaie ouverte sur son flanc. Il ne distinguait plus le corps de Catherine du sien. La beauté de Catherine morte lui était blessure. Il léchait un sang qui s'écoulait d'elle autant que de lui, qui était de mort autant que de vie. Il léchait le sang de la beauté et du désir. Il léchait le sang de la colère. Il enfouissait sa tête au creux de son épaule, ses mains dans ses cheveux. Des cheveux blonds qui gardaient encore la chaleur et l'odeur de la vie. Il embrassait ses tempes, ses paupières, il mordillait ses lèvres entrouvertes.

Puis il avait doucement soulevé le corps de Catherine et l'avait déposé près des buissons ; là il avait creusé la terre avec une pierre et avait enfoui le corps au plus profond sous les broussailles et les chardons. Avant d'ensevelir Catherine sous la terre et les cailloux il avait glissé sous sa nuque une bûche prélevée dans la rivière et avait posé le couteau de Corvol sur sa poitrine, comme on enchâsse une croix entre les mains d'un mort afin qu'il n'entre pas en païen dans la mort, comme on insère une pièce de monnaie entre ses paumes afin que son âme de défunt puisse payer son droit de passage dans l'au-delà. Car tout se paie, et Ambroise Mauperthuis ne faisait pas de différence entre ce monde et l'autre. Il voulait que Catherine puisse accuser son époux assassin parmi les forces de l'au-delà et fixer au plus élevé le prix de sa vengeance que Corvol aurait à payer.

Avant que le jour ne soit tout à fait levé il avait fait disparaître toutes les traces du crime. Toutes les traces aux yeux des vivants, mais non au regard implacable de ceux qui règnent dans l'invisible. Catherine morte, couchée sous la terre et les pierres, serrait entre ses mains le couteau que son mari avait plongé dans sa gorge, et de cela même les racines des arbres, et la boue, et les bêtes qui vivent sous la terre et dans l'eau de la rivière prendraient connaissance. Les hommes pouvaient bien ignorer ce crime, mais la terre, elle, saurait. De la vallée jusqu'aux forêts du haut la terre devait savoir, et se venger de Corvol le voleur de beauté.

A l'endroit où Catherine était tombée et où le sang s'était répandu il avait allumé un feu de brindilles et de ronces. L'herbe et le sang étaient devenus cendres que la brise du matin dispersait déjà sur la berge. Nul n'aurait pu soupçonner ce qui s'était passé en cet endroit une heure plus tôt. Et nul ne le saurait. C'était là un secret tenu par Corvol et lui-même, uniquement. Un secret qui ne lui faisait pas peur comme à Corvol, mais dont il était jaloux. Il en savait même davantage que Corvol, car il était le seul à connaître le lieu où reposait Catherine. Et, surtout, il était le seul à connaître le goût du sang de Catherine. Il était le dernier à avoir posé sa tête contre la gorge de Catherine, et ses lèvres sur son cou et sa bouche, le dernier à avoir caressé ses cheveux et respiré l'odeur de sa peau.

Mais ce qu'il ignorait lui-même, et qui pourtant ne devait plus jamais le lâcher, c'était qu'il était le dernier à être tombé éperdument amoureux de Catherine Corvol. De l'avoir vue couchée dans l'herbe de la berge, la face tournée vers le ciel, ses yeux fendus en amande d'un vert encore si lumineux, ouverts sur l'immensité rose du jour levant, sa bouche légèrement entrouverte où s'attardait l'éclat de cet inouï silence qui avait précédé le crime, et la gorge entaillée comme d'une seconde bouche d'où s'écoulait le sang de ce silence fou, — il devait en garder pour toujours l'image gravée en lui. Une image à jamais vivace et sonore, — carillon de milliers de cloches de bois. Une image obsédante, clamant sans fin ni mesure une beauté en excès. En excès de violence, de désir, de douleur et de vie. Une beauté frappée en plein dans son élan, brisée dans sa révolte, arrachée à son corps.

Et c'est cela qu'il avait vu Ambroise Mauperthuis, — cet arrachement de la beauté au visage qui l'avait forgée, qui l'avait conquise au fil des jours, des années, qui l'avait exhaussée d'entre les entrailles du corps rebelle et désirant. Cet arrachement de la beauté à sa propre chair comme un masque de feu verdoyant. Voilà ce qu'il avait vu: cette impondérable fulguration du visage basculant dans l'inconnu de la mort, cet ultime sursaut de la beauté à l'instant de glisser dans le mystère de la disparition. Voilà tout ce qu'il avait vu: la beauté de Catherine Corvol saisie à vif par la mort. Voilà ce que depuis lors il ne pouvait plus cesser de voir, le jour comme la nuit. La nuit surtout. Depuis le matin de sa rencontre avec la beauté de Catherine, morte, il passait chaque nuit couché sur le dos dans son lit, immobile, la nuque posée sur une bûche pareille à celle qu'il avait disposée sous le cou de Catherine avant de l'ensevelir. Mais ce rondin de chêne qu'il avait pris dans la rivière ce matin-là

45

portait deux marques : celle de Corvol et la sienne propre qu'il avait rajoutée. Quand il était devenu propriétaire des forêts appartenant autrefois à Corvol il s'était fait confectionner un marteau de martelage à son signe, un M inclus dans un soleil.

Lorsque le soir de ce même jour il avait retrouvé Vincent Corvol au lieu qu'il lui avait fixé, il lui avait parlé d'un ton plus dur encore que le matin sur la berge. Un ton d'une rudesse à laquelle ne s'alliait déjà plus le moindre enjouement. C'est qu'entre-temps le visage de Catherine s'était emparé de lui, la beauté mise à cru de Catherine morte lui avait été révélée comme un secret prodigieux, terrible, sacré. Et au même instant détruit. Et cette destruction exigeait une vengeance à sa mesure. La haine de Catherine pour son mari, sa colère muette, sa lutte à mort, s'étaient engouffrées en lui, étaient montées jusqu'à son cœur. Il ne s'agissait dorénavant plus pour lui, le tâcheron, le bâtard, l'ouvrier flotteur du grouillant faubourg de Bethléem, de saisir seulement la chance d'une revanche contre un homme riche, au service duquel il travaillait de saison en saison pour survivre, mais d'accomplir une vengeance bien plus grave. Le sang de Catherine Corvol s'était mêlé au sien, il charriait dans ses veines un cri sourd, une tenace clameur de vengeance. Le sang de Catherine devenu noir dans l'herbe de la berge. Devenu noire incantation dans le cœur d'Ambroise Mauperthuis.

Alors il avait déclaré à Vincent Corvol qu'il ne tairait ce qu'il savait qu'à deux conditions : que Corvol d'ici un an lui fasse don devant notaire de ses trois forêts du haut, celles de Saulches, de Jalles et de Failly, et qu'il donne sa fille Claude à l'aîné de ses fils dès qu'elle aurait atteint ses dix-huit ans. Cette seconde exigence ne s'était imposée à son esprit qu'après avoir découvert la beauté de Catherine. Ce qu'il voulait en réclamant Claude c'était quelque chose du corps de Catherine, c'était s'emparer, à travers son fils aîné, d'une femme enfantée de la chair de Catherine. C'était confondre leurs sangs, leurs chairs, par le biais de leurs enfants. Tel était le prix de son silence ; il ne réclamait et ne réclamerait rien d'autre, mais si Corvol ne tenait pas ces deux promesses il irait aussitôt le dénoncer. C'est qu'il avait des preuves, et lui seul savait où se trouvait le corps. Corvol avait tout accepté. Et il avait tenu la première des deux promesses ; moins d'un an plus tard il lui avait légué ses bois. La surprise provoquée par cet acte insensé, que nul ne comprenait, avait cependant été tempérée par le fait que depuis la fugue de sa femme « ce pauvre Corvol n'était plus le même ». Les gens disaient qu'en s'enfuyant Catherine Corvol avait dû emporter dans sa valise une part de la raison de son mari. Il ne sortait plus, ne riait ni même ne souriait jamais plus, ne recevait personne. Il vivait en reclus dans sa maison des bords de l'Yonne, avec ses deux enfants plus tristes et pâles encore. Mais même avec ses enfants il ne parlait pas. Il hantait sa maison comme une ombre frileuse plus qu'il ne l'habitait, restait enfermé tout le jour dans son bureau. Et là il contemplait pendant des heures ses mains posées à plat sur sa table avec une stupeur et un effroi constants.

Les gens n'avaient pas tout à fait tort de prétendre que sa femme en s'en allant lui avait ravi en partie la raison ; mais elle avait fait pis encore, — en tombant sous le coup de couteau qu'il lui avait donné, elle avait fait basculer le peu de raison qui lui était resté. Et le cri de Mauperthuis clamant son nom à travers la rivière avait pétrifié sa raison renversée. Ce que Mauperthuis n'avait pas compris c'était que Corvol avait accepté sans discuter le prix de son silence non par peur d'être dénoncé mais pour se livrer d'emblée à un châtiment à la mesure de son crime. Une mesure vile, nauséeuse. Son propre crime lui faisait à ce point horreur qu'aucune prison n'aurait pu le contenir. Mais ce bûcheron au visage fruste, buté, aux yeux mauvais, à la voix rude, surgi de la rivière comme un esprit malfaisant, un noir génie descendu des forêts, — cette brute-là ressemblait à son crime. Corvol voyait en Mauperthuis l'esprit incarné de son crime venant sans fin le tourmenter, et non pas le juger. Or il avait besoin d'être tourmenté, humilié, dépouillé, mais non d'être jugé. Nul n'aurait pu le juger plus durement qu'il le faisait lui-même. Il ne relevait pas de la loi des hommes, il avait roulé d'un coup très en deçà de leur justice. Il ne relevait plus que d'une loi obscure, bien plus cruelle et folle, et qui s'en prenait à son cœur et à son âme incessamment et les lui fouaillait comme un tas de braises à jamais incandescentes. Mauperthuis incarnait cette loi, cette folie d'expiation, et Corvol s'y soumettait.

LES NOCES D'OCTOBRE

Parvenu au hameau, Ephraïm s'arrêta à la Ferme-du-Bout. Dans la cuisine il trouva Edmée et Jousé assis à la table. Reinette-la-Grasse somnolait sur le banc près de l'âtre. Un grand châle à fleurs l'enveloppait ; ses cheveux étaient relevés en chignon. Quand Edmée et Jousé virent entrer Ephraïm, son profil gauche tout meurtri par une longue balafre, la peau à vif, ils se levèrent. Reinette-la-Grasse égarée dans ses songes n'avait pas remarqué l'arrivée d'Ephraïm ; elle contemplait le feu d'un air absent. « Me voilà, dit Ephraïm. J'ai parlé à mon père et voici sa réponse. » Il porta la main à son visage. Puis il reprit : « Je viens vous demander la main de votre fille Reine. Mais je n'ai plus rien, pas même un toit. Le père m'a chassé de la maison. » Jousé s'approcha de lui et le prit par le bras. « Assieds-toi donc, on va boire un coup. Edmée ! Apporte-nous donc des verres, et la gnôle. C'est qu'il faut fêter ça, fêter ta venue, mon gars, et puis faut te r'quinquer. Vrai ! L'Mauperthuis il est pas allé d'main morte, il t'a bien arrangé ! Edmée ! Des compresses, quelque chose pour le soigner... » Le vieux Jousé tournicotait dans tous les sens, à la fois tout joyeux de l'arrivée de ce gendre inespéré et troublé par le coup que celui-ci venait de recevoir. Quand Edmée lui avait annoncé qu'Ephraïm Mauperthuis était venu le matin demander leur fille en mariage, il en était tombé assis tout d'un bloc sur le banc et pendant près d'une heure il était resté là à se flanquer de grandes tapes sur les genoux en répétant avec un sourire béat : « Ben vrai !... ben vrai alors !... » Il se trouvait donc un homme, et pas des moindres, pour vouloir prendre en charge leur fille. La joie le rendait tout bonnement idiot. « Ben vrai, ben ça alors !... » Il en aurait dansé. C'était tout vu qu'il donnait son consentement. Mais Edmée demeurait plus réservée et n'avait manifesté aucune joie ni fierté. L'honneur pour elle consistait à donner sa fille, non pas à recevoir un gendre. Elle hésitait et n'avait cessé de grommeler tout le jour : « Faut réfléchir ! », sans même savoir au juste à quoi il s'agissait de réfléchir. Quant à Reinette-la-Grasse elle n'avait semblé nullement émue par cette nouvelle la concernant. Tout sentiment dormait en elle ; il n'y avait place en son cœur et ses pensées que pour la faim. Le mariage, l'amour, le désir, rien de tout cela ne faisait sens pour elle.

Jusqu'au retour d'Ephraïm, Edmée était restée indécise, mais lorsqu'elle le vit entrer le soir avec son profil tuméfié, elle consentit. Cette blessure que le vieux Mauperthuis venait d'infliger à son fils, qu'il reniait et ruinait de surcroît, était à ses yeux une marque sacrée qui rendait Ephraïm enfin digne de sa fille. S'il était venu faire sa demande en costume du dimanche selon la coutume, tout propre et guindé, elle ne l'aurait toujours pas jugé à la hauteur de la situation. Sa fille miraculeuse dépassait toute coutume. Mais, ainsi blessé et rejeté, Ephraïm lui sembla ennobli, et même sanctifié. Comme si à présent Ephraïm l'orphelin, le pauvre, le sans-toit, n'était plus que sous la protection de la Madone. Quant à Jousé il ne recula pas devant la nouvelle du déshéritement d'Ephraïm ; c'était dommage bien sûr, mais il connaissait bien Ephraïm, il le savait fort et endurant au travail. Cela suffisait. Et puis ils avaient toujours été pauvres, ils pouvaient bien continuer à l'être. Ils se pousseraient un peu dans la ferme pour faire une place au nouveau venu. L'essentiel était que la relève soit prise.

Edmée envoya une fois encore Reinette-la-Grasse dans la resserre puis elle prépara des compresses de lait baratté mêlé à des plantes pour les appliquer sur la tempe et la joue d'Ephraïm. Pendant ce temps les deux hommes buvaient, assis face à face à la table, devant la grosse dame-jeanne en terre cuite où Jousé gardait son eau-de-vie de prune. Puis Jousé dit à sa fille de venir s'asseoir avec eux. Elle vint, docile, prendre place près de son père. Ephraïm lui demanda si elle acceptait de l'épouser. Elle leva enfin ses yeux d'un bleu transparent vers lui, esquissa un léger sourire et se contenta de hocher un peu la tête.

Ephraïm demeura à la Ferme-du-Bout. Jusqu'au jour fixé du mariage il dormit dans la grange. Ambroise Mauperthuis ne vint pas visiter les Verselay, même pour leur lancer des menaces ou des injures. Lorsqu'il passait devant leur maison il se retournait et crachait en direction du seuil pour marquer son dégoût, puis continuait son chemin. Quand il croisait son fils sur la route ou dans la forêt il ne le saluait même pas comme on salue un étranger, d'un signe bref plein de méfiance et de réserve. Il ne le saluait pas du tout, comme si Ephraïm n'existait pas ou était devenu invisible à ses yeux. Et, lorsque les gens tentaient de lui parler de son fils et de le raisonner au sujet de ce mariage, il les regardait d'un air surpris et leur répondait d'un ton sec : « Mais de qui me parlez-vous donc ? De quoi ? Moi, j'ai qu'un fils, c'est Marceau. C't'Phraïm dont vous me causez je l'connais pas et vos histoires m'intéressent pas. » Quant à Edmée que la colère glacée d'Ambroise Mauperthuis affligeait dans son âme dévotement mariale, elle baignait chaque soir le visage meurtri d'Ephraïm avec un linge humecté d'eau de neige du premier mai afin que cette plaie ne plonge pas de racines jusqu'à son cœur de fils humilié et n'y fasse pas se lever le mal avec le goût de la vengeance. Elle lavait sa souffrance, visible et invisible, dans les larmes de la Très Miséricordieuse Mère de Dieu.

Ambroise Mauperthuis laissa cependant Ephraïm s'engager dans ses forêts ; il l'embaucha comme n'importe quel bûcheron qui se loue. Mais il surveillait son travail plus que celui de quiconque et lui imposait les tâches les plus lourdes. Il faisait un esclave de celui qui aurait dû être son héritier.

Le mariage eut lieu avant la fin du mois, peu de temps avant la Toussaint. Jousé, Edmée, Reine et Ephraïm partirent au petit jour dans une carriole tirée par un bourricot pour descendre jusqu'au village. Edmée avait taillé une robe blanche dans des draps pour vêtir sa monumentale fille et lui avait noué un nœud bleu autour du cou. Du même bleu que celui du manteau de la Madone. Personne du hameau ne les accompagna car chacun redoutait la colère d'Ambroise Mauperthuis. Mais tous les regards épiaient derrière les rideaux le passage de la carriole. Seule la Dodine avait trottiné en douce jusqu'à la sortie du hameau pour embrasser Ephraïm et lui donner quelques sous prélevés sur ses économies. Lorsqu'ils rentrèrent, la nuit tombait déjà. Ils retraversèrent en silence le hameau désert. Mais à nouveau les gens guettaient derrière leurs fenêtres. Ils n'aperçurent, dans le brouillard et la bruine glacée du soir, que le bourricot poussif qui traînait la carriole, ses sabots patinant dans la boue, et les vagues silhouettes des passagers. Trois silhouettes noires, serrées à l'avant, et l'ample silhouette blanche de la mariée flottant à l'arrière comme une colossale divinité de la neige venue annoncer l'arrivée de l'hiver. Ils n'entendirent, dans le silence grésillant de fine pluie, que le léger tintement des grelots attachés au harnais de l'âne. Un joli bruit de grelots comme un rire d'enfant un peu triste, pareil au rire de Reinette-la-Grasse. Peut-être d'ailleurs mêlait-elle son drôle de petit rire aux grelots du vieil âne. Le mariage était fait, tout était en règle. Ephraïm était en règle avec son père, — il venait de légaliser la raison de sa colère. De la rendre irréversible.

Il s'installa donc définitivement à la Ferme-du-Bout. Ambroise Mauperthuis avait voulu qu'à travers lui, le fils aîné, le nom des Corvol fût englouti, avait voulu faire régner son propre nom en maître. Ephraïm avait donné son nom à Reine, il le partageait avec elle ; il portait dorénavant un nom évidé de puissance et de richesse. Il avait lié son nom à celui des Verselay, il s'était allégé du poids de son nom en le mêlant à la douceur de celui des Verselay. Pour Reine il avait tout perdu, son titre de fils, ses droits sur les trois bois, la belle Ferme-du-Pas avec sa vaste cour, ses granges et ses étables. A peine sorti de la misère il y était de nouveau précipité. Mais de tout cela il ne regrettait rien. Auprès de Reine il avait trouvé la paix, le bonheur, c'était bien davantage que tous ces espaces de forêts, c'était une demeure bien plus ample que la Ferme-du-Pas qu'il venait de trouver auprès d'elle. C'était une terre franche, sans limites et sans ombres, sans obscure passation de droits de propriété ; une terre tendre, profonde où il aimait se coucher, s'enfouir, rêver. C'était un doux palais de chair à la peau blanche et rose dans lequel chaque nuit il s'enfonçait jusqu'à l'oubli. L'oubli de sa fatigue, de sa misère, de sa solitude du jour. L'oubli surtout de cette haine sourde qui lui avait tant taraudé le cœur contre son père. Et cette haine ne datait pas seulement du soir où son père l'avait renié, maudit et cinglé en plein visage avec son ceinturon. Cette haine était plus ancienne. Elle était de toujours. Car toujours ce père avait été brutal, autoritaire, le cœur âpre et plein d'orgueil, l'âme en courroux. Un cœur si racorni que la mort prématurée de sa femme ne l'avait pas atteint, pas même effleuré. Et cette indifférence de son père à la mort de sa mère, Ephraïm déjà ne l'avait pas pardonnée. Mais c'était surtout depuis le trouble enrichissement de son père qu'il éprouvait à son égard un malaise. Un malaise tout pétri de doutes, de dégoût. Jamais son père n'avait expliqué les raisons de cet incompréhensible don fait par Corvol, jamais il n'avait répondu aux questions qu'on lui posait à ce sujet. « C'est comme ça et c'est tout. Rien à redire, tout est en ordre. On a été chez le notaire, Corvol et moi. Le propriétaire des forêts maintenant c'est moi, de plein droit. » Voilà tout ce qu'il rétorquait d'un ton bourru à ceux qui osaient le questionner, fussent ses propres fils. Et si on insistait il éclatait franchement en colère. Ephraïm pressentait que ces raisons tues par son père avec tant d'obstination devaient être louches, et même viles, terribles. Ce doute ne l'avait jamais quitté depuis le début, il couvait en lui comme une lancinante nausée. Il ne connaissait pas la fille de Vincent Corvol, Claude, que son père s'était juré de lui faire épouser. Peut-être était-elle charmante, et bonne. Mais il n'aurait pas pu l'aimer. Aussi jolie qu'elle eût pu être elle n'aurait cessé, de par sa seule présence, d'entretenir et même d'aggraver cette gêne et ce dégoût en lui. Auprès de Reinette-la-Grasse par contre il trouvait l'oubli. L'oubli de tout. Il se sentait délesté du poids de ses doutes, lavé de sa nausée, délivré de sa haine. Corps et chevelure, chair et peau, — Reinette-la-Grasse lui était un palais, une terre de jouissance, une forêt d'oubli tout au fond de laquelle il s'enfonçait, se perdait dans un éblouissement de tous ses sens. Comme si la continuelle faim qui hantait le corps de Reinette-la-Grasse frayait dedans sa propre chair des dédales brûlants où sans fin s'engouffrait le désir. Faim et désir se confondaient pour lui en un même flamboiement, un même tournoiement. Mais pour Reinette-la-Grasse faim et désir ne se confondaient pas, ils luttaient. Car il y avait une lutte en elle. Une lutte silencieuse, invisible, mais âpre. Comme si la faim voulait régner seule en cet énorme corps dont elle s'était saisie et y creuser sans cesse un vide toujours plus vif, plus aigu, pour y instaurer un pur espace intérieur où déployer une absolue virginité. Et cela dans l'attente d'un autre assaut que celui monté du désir d'un corps d'homme, d'un autre éblouissement que celui de la chair et du sang. Cette faim insatiable qui rongeait Reinette-la-Grasse n'était en effet rien d'autre qu'une attente. Une attente faite chair, incrustée au plus profond des entrailles. Et ce n'était pas un corps d'homme que réclamait cette attente. C'était un tout autre corps, — un corps de gloire, une illumination blanche. Alors Reinette-la-Grasse devint plus tourmentée en son palais de chair et son perpétuel état de somnolence se fit état de songe. Elle commençait, bien que très vaguement encore, à s'éveiller à cette attente indéfinie qui la harcelait corps et âme, sans mesure.

Et cette attente était tellement indéfinie qu'elle était vouée à perdurer encore longtemps ainsi, à errer de retard en retard en louvoyant entre des corps qui, aussi nombreux devinssent-ils autour d'elle, ne pouvaient suffire à la combler et lui donner enfin la paix. Car il devait venir neuf enfants à Reinette-la-Grasse. La fécondité de son corps en excès était vouée à proliférer hors de sa chair. Chacun des prénoms dont sa mère l'avait chargée reçut au cours du temps un corps à part entière. Ce grand corps d'homme qui s'abattait contre elle chaque nuit pour y chercher l'oubli, s'y décharger de sa fatigue, de sa misère et ses tourments, de sa colère muette, fit se lever en elle une fertilité nouvelle.

Dans l'année qui suivit son mariage, Reinette-la-Grasse mit au monde un fils. Il naquit un 15 août, à la première heure du jour. Et ce fut toujours un 15 août qu'elle donna naissance à ses fils comme si d'année en année ce même jour poursuivait son cours. Seules différaient les heures de naissance. L'aîné naquit à l'aube d'un 15 août, le cinquième un midi de 15 août, le dernier une nuit de 15 août. Les neuf fils de Reinette-la-Grasse et d'Ephraïm marquaient les heures d'un jour unique comme un cadran marial. Il y avait les fils du Matin, le fils de Midi et les fils du Soir. Chacun portait le nom de Marie accolé à son prénom, en l'honneur de la Vierge au culte de laquelle Edmée avait consacré sa fille miraculeuse. Et d'ailleurs selon Edmée cette lignée de fils, tous nés le jour célébrant la glorieuse Assomption de l'Immaculée Mère de Dieu, n'était encore que la réponse miséricordieuse répétée par la Vierge en écho aux innombrables *Ave Maria* qu'elle lui avait adressés. Et lorsque naquit le dernier fils de Reine une nuit de 15 août, et qu'Edmée remarqua qu'il était atteint d'une difformité, loin de s'en affliger elle s'en réjouit car elle n'y vit pas du tout une disgrâce mais bien au contraire une ultime manifestation du mystère sacré dans lequel elle n'avait cessé de vivre. L'enfant avait un bec-de-lièvre. A cela aussi Edmée comprit qu'il serait le dernier, qu'après lui Reine n'enfanterait plus. Car ce bec-de-lièvre était un signe gravé sur la bouche de l'enfant par l'Ange du mystère à l'instant de sa naissance, afin qu'il taise le secret qui lui avait été révélé dans le ventre de sa mère, — à lui, le petit, le dernier-né. Sur le secret qui depuis toujours habitait le ventre de sa mère, sur le secret de sa faim.

Car la faim demeurait toujours présente en Reinette-la-Grasse, présente et lancinante. Pas davantage que le corps d'Ephraïm les corps de ses neuf fils qu'elle porta, mit au monde, éleva, ne parvinrent à assouvir sa faim, à apaiser son attente. Mais au fil de toutes ces années scandées d'accouchements ponctuels, l'état de songe qui s'était fait sien depuis son mariage ne cessa de se dégager des torpeurs où elle avait somnolé durant son adolescence et sa jeunesse, et tendit petit à petit vers plus de clarté. Tout doucement Reinette-la-Grasse affleurait à sa propre conscience, peu à peu s'éclaircissait le songe flou qui l'habitait. Et le poids prodigieux de son corps lui pesait moins qu'autrefois. Elle apprenait à s'affairer, à se mettre à l'ouvrage, bien que ce fût encore avec une immense lenteur et d'infinies précautions. Elle apprenait à vivre son état de songe comme une somnambule, se déplaçant dans l'espace avec des gestes lents, un peu incertains et qui parfois même paraissaient douloureux, et non plus comme une gisante étendue tout le jour sur un banc dans la chaleur de l'âtre. Mais le soir après le dîner, qui laissait fatalement sa faim en souffrance, elle aimait encore s'allonger un moment sur le banc près de la cheminée et contempler le bleu des flammes. C'est qu'elle était sans cesse requise par ce songe encore flou qui sourdait de sa faim, par cette attente indéfinie qui tremblait dans son cœur. Et ses yeux au doux regard absent, toujours un peu mélancolique, prenaient le bleu translucide des flammes.

Ce fut aussi au cours de ces années que Jousé s'effaça tout à fait après toute une vie de soumission à l'effacement. Il n'attendit pas que la lignée de ses descendants soit établie au complet. Il décéda avant la naissance du troisième fils de Reinette-la-Grasse. Un soir il se coucha et lorsqu'il ferma les yeux pour la nuit il sut qu'il ne les rouvrirait jamais plus. Et cette certitude d'avoir cette nuit-là à glisser non pas dans le sommeil mais dans la mort ne l'angoissa nullement. Il n'en fut même pas troublé. « J'ai assez vécu, pensa-t-il, j'ai fait mon temps. J'ai eu ma part en ce monde. Et puis maintenant la fille est mariée, et des enfants déjà qui poussent et encore un bientôt à naître! La relève est prise. Oui, elle est bien prise avec l'Phraïm et ses fils. Et puis, on est toujours bien pauvres et avec ça on manque de place ici. C'est ça, il faut laisser la place. » Il s'était alors tourné vers Edmée couchée à ses côtés. Tout de même, elle avait été sa compagne pendant près d'un demi-siècle. Il lui devait bien un dernier regard avant de fermer les yeux pour toujours. Puis il s'était tourné la face vers le mur, car il est des choses qui exigent la pudeur. Et pour Jousé la mort était de ces choses-là.

LES NOCES D'AVRIL

Ambroise Mauperthuis n'attendit pas que le délai qu'il avait octroyé à Vincent Corvol pour lui prendre sa fille soit révolu. Il attendit seulement que passât l'hiver. La désobéissance d'Ephraïm avait fait éclater sa patience. Il ne pouvait en outre prendre le risque que Marceau se rebelle à son tour et aille s'enticher d'une autre fille du pays. Il fallait donc hâter les choses. Dès la fonte des neiges il attela les deux plus beaux de ses bœufs, Bachou et Marjolet, à un chariot repeint à neuf et descendit en compagnie de Marceau jusqu'à Clamecy. Marceau, lui, ne voulait rien ; il ne désirait ni ne refusait ce mariage auquel le contraignait son père. Depuis l'expulsion de son frère hors de la Ferme-du-Pas et l'interdiction rigoureuse imposée par son père de lui adresser la parole, la solitude s'était totalement refermée sur lui. Tout comme Ephraïm il avait toujours éprouvé un malaise, mais plus teinté de crainte que de dégoût, face à leur père. Par contre, son affection pour Ephraïm, sa confiance en lui et même son admiration étaient entières, sans ombre aucune. Et voilà que d'un coup cet attachement si plein et franc lui était interdit, son père avait précipité des ténèbres là où jamais une ombre ne s'était glissée. Son père le forçait à prendre la place d'Ephraïm, à lui voler sa part intégrale. Et

59

cela lui était d'autant plus pénible qu'il se sentait coupable de la disgrâce d'Ephraïm, car c'était à cause de lui que son frère était allé à la Ferme-du-Bout chercher auprès d'Edmée Verselay un calmant contre sa brûlure au pied. C'était de ce jour-là que datait le malheur. Mais il n'osait pas se révolter, il n'osait pas dire non à ce père qui lui faisait peur jusqu'à la terreur. Il avait passé tout ce dernier hiver dans la détresse, désormais seul entre la vieille Dodine et le père toujours ruminant quelque colère. Et voilà qu'à présent on le traînait, tout endimanché, vers une fille tout aussi jeune que lui et dont il ignorait tout.

Vincent Corvol reçut Ambroise Mauperthuis comme on reçoit un châtiment auquel on s'attendait depuis longtemps. Qu'il arrivât en avance ne changeait pas grand-chose, et qu'il fût encore plus dur que prévu ne l'étonna même pas. Car son fils Léger refusa de se séparer de sa sœur et préféra partir s'enfermer dans ce hameau perdu à l'orée des forêts plutôt que de rester sans elle dans la maison des bords de l'Yonne. Depuis la disparition de sa mère, Léger avait reporté sur sa sœur tout son amour blessé, trahi. Et du jour où sa mère avait fui la maison pour les abandonner, il avait cessé de grandir. Le temps semblait s'être arrêté en lui, fossilisant son corps d'enfant. A douze ans il en paraissait sept. Comme s'il attendait le retour de cette mère prodigue et qu'il craignît qu'elle ne le reconnaisse pas lorsque enfin elle reviendrait. Qu'elle ne reconnaisse pas son petit garçon en pantalon court, aux genoux blancs et minces. Quand sa mère rentrerait, il faudrait lui faire croire que rien ne s'était passé, qu'elle n'avait fait qu'un bref voyage à Paris et non pas une si longue fugue. Une fugue qui durait à présent depuis cinq ans. Léger ne trouvait cette force d'attente insensée qu'auprès de sa sœur ; que celle-ci vienne à son tour à le quitter et toute sa force se déliterait, tout son espoir se briserait. Son petit corps mis en suspens ne survivait que greffé à celui de sa sœur. Et c'est ainsi que Vincent Corvol perdit ensemble ses deux enfants. Ambroise Mauperthuis n'avait que faire de ce gamin malingre et apeuré, mais il avait à cœur de dépouiller intégralement Corvol, d'aggraver sa solitude, sa souffrance. Il saisit donc cette occasion imprévue et accepta d'emmener le gamin.

Quant à Claude Corvol elle consentit à son sort sans un mot, sans une plainte. Non pas par soumission morbide comme son père, mais par indifférence. Il n'y avait en elle vraiment rien de sa mère ; nulle trace, ni au physique ni dans le caractère. Ses yeux étaient gris, comme ceux de son père, sa bouche mince, des lèvres rêches, sa beauté était fade. Aucune fougue en elle, aucun éclat, aucun élan de fuite, mais une austère tranquillité. Elle faisait dorénavant corps avec ce masque de tristesse qui s'était glissé sur son visage dans l'enfance. Ce masque que sa mère avait refusé de porter. Sa mère rebelle, fugueuse ; elle, sa fille, semblait être née résignée. Résignée à la solitude, au silence, à l'ennui. Sa mère s'était sauvée de cette maison des bords de l'Yonne, de ces chambres engourdies par le parfum douceâtre des fleurs de jardin, dans la rumeur languide des pendules de bronze émiettant les heures en nuées de poussières toujours plus suffocantes. Elle, elle y trouvait la paix. Elle aimait lire, se promener le long de la rivière, s'occuper du jardin, rêver à l'ombre du magnolia que son père y avait fait planter le jour de sa communion, ou parmi les bibelots ornant les meubles sombres, comme un hommage à l'immobilité régnante dans cette calme demeure provinciale. Le soir, elle jouait au piano dans le grand salon désormais désert. Plus personne ne leur rendait visite ; le père ne recevait personne.

Mais voilà que son père, après toutes ces années de réclusion, recevait un visiteur. Et à ce visiteur au ton de voix grossier, aux allures de fruste, son père acceptait de la confier sans même discuter. Puisqu'il en était ainsi, que ce visiteur à l'air de vulgaire marchand de bois l'emporte donc, mais il l'emporterait comme une branche morte, un bibelot, elle garderait son cœur fermé, son âme enfouie. Elle ne se mêlerait pas à ces gens avec lesquels elle consentait de partir, elle les côtoierait.

Le mariage fut célébré à Clamecy en l'église Saint-Martin. Ambroise Mauperthuis avait tenu à donner ainsi plus de retentissement à ces noces incongrues qui alliaient son fils, ce descendant de bûcherons miséreux aux manières restées rustaudes, au langage pauvre, heurté, à Claude Corvol, la fine et pâle fille d'un bourgeois ruiné, à l'allure distinguée, aux mains inaptes à tout autre travail que l'art des bouquets et du piano. Il avait tenu à ce que soit scellé en public le lien qui allait unir les Corvol aux Mauperthuis, — un lien comme une chaîne, un licou, une lanière de fouet, destiné à étrangler l'orgueil de Corvol, à traîner son nom comme un chien jusque dans un hameau de forêt et l'y faire taire en le soumettant à celui de Mauperthuis. Mais il y avait surtout un autre lien bien plus obscur qu'il voulait nouer par là ; un lien comme une greffe pour s'enter sur Catherine. Sur la race et le sang de Catherine. Race affadie et sang devenu pâle et dormant en sa fille Claude, mais Ambroise Mauperthuis avait l'espoir de voir s'arracher du ventre de celle dont il avait enfin fait sa bru des enfants qui relèveraient la race de Catherine, qui rendraient vigueur et couleur à son sang. D'avoir vu la beauté de Catherine jetée bas sur les berges de l'Yonne comme un masque de déesse païenne, il en avait gardé pour toujours le désir de la voir, la voir et la revoir encore, jusqu'à l'ivresse. Elle ne pouvait pas ne pas resurgir, ne pas revenir l'éblouir. Il ne vivait plus que dans cet espoir forcené, dans cette attente possédée, depuis cinq années.

Si le mariage très incongru de la fille Corvol et du fils cadet Mauperthuis avait surpris, choqué et fait jaser les bourgeois de Clamecy, il étonna bien davantage encore les paysans et les bûcherons des hameaux des forêts. Car leur stupeur fut grande lorsqu'ils virent monter par la route de granit rose bordée de ronces et de fougères le prodigieux charroi de la noce à Mauperthuis. Les deux énormes bœufs à robe claire, Bachou et Marjolet, leurs cornes d'un blanc ivoire enguirlandées de roses et de lys, tiraient d'un pas lourd la charrette d'une éclatante blancheur qui portait à son bord, outre la mariée et son frère, un monceau de coffres et de malles et un piano à queue. Derrière suivait un second équipage qu'Ambroise Mauperthuis avait dû louer à Clamecy. Un bœuf à robe rousse dont le front large et plat était ceint d'une couronne de lierre traînait un large tombereau à bord duquel se dressait le magnolia arraché au jardin des Corvol. Claude dans son exil n'avait voulu se séparer ni de son piano ni de son arbre majestueux.

Le convoi traversait lentement les hameaux sous un étincelant soleil d'avril. Ambroise et Marceau Mauperthuis marchaient chacun à la tête d'un attelage, à la cadence des bœufs. Ambroise Mauperthuis conduisait celui de la mariée, Marceau celui du magnolia. Claude, plus blanche encore dans ses fines dentelles de mariée, se tenait assise à l'avant du chariot, son petit frère serré contre elle. Il jouait d'un air grave avec un bilboquet en bois rouge. Les paysans se découvraient sur leur passage, sans même savoir pourquoi, comme s'il se fût agi d'une procession religieuse tandis que les enfants s'exclamaient de bonheur en pensant voir passer là un théâtre ambulant. Les gens du Leu-aux-Chênes, hormis ceux de la Ferme-du-Bout, attendaient le convoi de la noce à l'orée du hameau. Mais lorsqu'ils virent déboucher l'étrange équipage ils en oublièrent de pousser les hourras d'acclamation qu'ils étaient venus lancer en bienvenue à la jeune mariée. Ils contemplaient, bouche bée, les dentelles précieuses, l'enfant au bilboquet, les coffres de bois vernis et les malles de cuir, l'arbre merveilleux aux branches hérissées d'innombrables bourgeons déjà à moitié éclos parmi les grandes feuilles brillantes, et surtout l'immense piano noir d'où s'échappait par instants une note étouffée. La Dodine, qui comme les autres n'avait jamais vu un piano de sa vie, porta avec effroi les mains à son visage. Elle pensa que la bru Mauperthuis emportait avec elle un cercueil de famille. C'est que les riches ont souvent de tels caprices, jusque dans la mort, songea la Dodine, et d'autant plus que les Corvol étant ruinés c'était peut-être là tout ce qui restait de précieux à la fille. Ce grand cercueil biscornu d'un noir luisant, comme laqué de larmes éternelles, et gémissant de sourdes plaintes échappées de l'âme de quelque aïeul frappé de malemort que tourmentait cet exil posthume, — voilà quel était tout l'héritage de la Corvol, toute sa dot. De terreur la Dodine se signa trois fois avant de rentrer dans la cour de la Ferme-du-Pas où pénétrait le convoi.

Ce fut dans cette cour que Claude fit aussitôt replanter son magnolia. Au centre de la cour, orienté plein sud afin que la ramure puisse s'étaler à la lumière. Elle fit creuser un trou profond qui fut comblé de terre mélangée à du fumier puis recouvert de tourbe et enfin ensemencé de grains de millepertuis. Ainsi réenraciné l'arbre pourrait s'accommoder des rigueurs du sol et du climat du Leu-aux-Chênes. Il ne tarda d'ailleurs pas à déployer la splendeur de ses fleurs couleur d'ivoire et embaumantes face aux fenêtres de façade de la Ferme-du-Pas.

Ambroise Mauperthuis n'aimait pas sa belle-fille ; il n'y

avait décidément rien en elle qui lui rappelât Catherine. Elle était le portrait de son père, affiné et confit à l'ombre des chambres et des salons de la grande maison de famille des Corvol. Il n'avait même pas réussi à étouffer son nom, à le faire oublier. Bien qu'elle se nommât dorénavant Mme Mauperthuis, tous les gens du pays lorsqu'ils parlaient d'elle ne l'appelaient que la Corvol. C'est qu'elle venait de trop loin, de la vallée, de la ville, d'une vieille famille qui jusqu'à ces dernières années avait toujours été fortunée. Elle leur était trop étrangère pour pouvoir si aisément se faufiler dans un nom aussi familier que leur était celui de Mauperthuis, tout riche qu'il fût devenu. Et puis ils la trouvaient bizarre ; elle ne sortait que pour aller se promener à la lisière de la forêt, toujours flanquée de son frère, ce timide avorton où s'attardait l'enfance et qui jouait tout le temps avec son bilboquet. On ne les entendait jamais rire, ils n'adressaient la parole à personne. La Corvol ne semblait même pas apercevoir les gens. Lorsqu'elle restait à la ferme elle passait ses journées dans le salon qu'elle avait installé selon son goût, décoré de bibelots apportés de sa maison des bords de l'Yonne. A toute heure du jour et jusque tard dans la soirée on pouvait entendre les airs tristes et beaux qu'elle jouait au piano. La Dodine racontait que la Corvol ne faisait pas autre chose lorsqu'elle était à la maison que rester enfermée dans ce salon dont les fenêtres s'ouvraient sur le magnolia, assise devant son grand catafalque sonore et d'y danser des mains pour en sortir cette musique à vous faire chavirer le cœur, même qu'elle, la Dodine, il y avait des jours où elle en perdait le goût du travail et pour un peu elle en aurait perdu le goût de vivre. Cette femme-là, concluait la Dodine, c'était pas son mari qu'elle aimait, sûr, c'était seulement son sorcier de piano ; c'était pas la vie qu'elle aimait, vrai, c'était la douleur de l'âme, rien que la tristesse. C'était une ensorcelée. Et les gens se disaient qu'au fond la Corvol était bien de la même trempe que sa mère, — « des pas comme les autres ». Sauf que la mère, avec sa beauté du diable, ses yeux de Vouivre et son air tout feu tout flamme, c'étaient les hommes qu'elle envoûtait, alors que la fille, avec ses yeux couleur de cendres et ses airs de fantôme précieux s'était ensorcelée elle-même au son de ses mélodies à vous fendre l'âme.

Les années passant, ce fut même du ressentiment qu'éprouva Ambroise Mauperthuis pour cette damnée Corvol au nom inétouffable, car elle ne procréait pas, alors que l'autre, la grosse fille à Edmée, du fond de son taudis de la Ferme-du-Bout, mettait chaque été au monde un nouveau fils. Des fils éclatants de force et de santé. L'aîné, Fernand-Marie, à l'âge de cinq ans était déjà capable de brouetter ses petits frères à travers les chemins en poussant de grands cris. On l'appelait Fernand-le-Fort et on prédisait de lui que lorsqu'il serait grand il déracinerait les chênes à mains nues. Chaque fois qu'Ambroise Mauperthuis croisait les fils d'Ephraïm, ces gamins effrontés, aux tignasses couleur de paille et aux yeux d'un bleu vif, toujours braillant et chahutant, la colère le prenait.

Reinette-la-Grasse venait de mettre au monde son septième fils lorsque Claude Corvol tomba enfin enceinte. Elle dut s'aliter durant toute sa grossesse pour pouvoir porter son enfant jusqu'à terme. La Dodine et les autres soupçonnaient que ce rejeton serait de la même pâte que sa mélancolique génitrice et que son oncle nain, — une pâte sans levain ni saveur, friable et blême. Il n'en fut rien. Claude Corvol donna naissance à une petite fille pleine de santé et de vigueur.

Claude ne s'attacha pas à son enfant, et surtout elle décréta qu'elle n'en aurait jamais plus d'autre. Cette grossesse et cet accouchement avaient été une trop pénible épreuve pour elle. Elle avait le corps en dégoût, la sexualité en horreur. Sitôt sa fille mise au monde, elle fit chambre à part et n'ouvrit jamais plus sa porte à son mari. Marceau ne s'aventura pas à aller frapper à cette porte derrière laquelle s'était retirée sa femme ; il savait trop combien le lit de cette femme était dépourvu de plaisir, combien le corps de cette femme était dénué de tendresse. Bien plus encore que le grand piano noir, le lit de sa femme lui faisait l'effet d'un catafalque. Ils avaient conçu leur fille sans échanger le moindre baiser ni la moindre caresse, dans un silence aigre, — elle subissant cet acte comme une fatalité avec un sentiment de violente répulsion et l'impression d'étouffer sous le poids écœurant du corps de son époux, lui accomplissant cet acte comme une corvée avec un sentiment de profond désarroi et d'ennui. Aussi furent-ils les premiers à s'étonner du caractère de l'enfant née de leur union muette, glaciale et forcée ; la petite était enjouée, rieuse et turbulente, et douée d'une grâce à la fois sensuelle et lumineuse. Elle fut prénommée Camille.

L'entrain que mettait Camille à s'amuser, à vivre, fit même bientôt plus qu'étonner sa mère, cela l'agaça et finalement la dégoûta. Ce dégoût ne fit qu'empirer avec les années ; Camille en grandissant rappelait de plus en plus sa propre mère à Claude, — cette coureuse d'hommes qui les avait abandonnés, son père son frère et elle, pour donner pleine licence à son corps de femelle éprise de séduction, de divertissement, de plaisir. Aussi se détourna-t-elle de sa fille qui ravivait trop en elle le souvenir à jamais douloureux de sa mère. Elle retourna à son piano auquel elle consacra tout son temps et ne s'occupa en rien de la petite. La Dodine, devenue trop vieille pour assumer la charge de nourrice, quitta les Mauperthuis. En vérité elle était surtout bien trop superstitieuse pour porter dans ses bras une gamine aux

67

yeux de Vouivre. Car il était exact que la petite ressemblait à sa grand-mère Catherine Corvol ; elle avait d'elle les yeux légèrement en amande, d'un vert doré, brillant, et la même bouche large. Des yeux vert serpent, disait la Dodine d'un ton méfiant, et elle ajoutait : dans ces yeux-là c'est l'œil du Malin qui pétille, malheur à ceux qui vont y regarder de trop près. Alors elle décida de s'en aller, car mieux valait partir mourir en paix sur un grabat parmi les siens dans son village que de continuer à vivre dans la vaste Ferme-du-Pas entre une femme aux allures de fantôme assise tout le jour à son piano-catafalque pour y voler aux morts des sanglots et des plaintes et une gamine aux yeux de Vouivre. Adolphine Follin, dite la Fine, prit la place de la Dodine et accepta de s'occuper de la petite fille. Elle était veuve depuis deux ans, ses enfants Rose et Toinou étaient déjà mariés ; Rose avec Mathieu Gravelle et Toinou avec Céline Gravelle. Au Leu-aux-Chênes les jeunes n'avaient guère le choix pour se marier ; on épousait qui était en âge de se faire mari ou femme et ce choix ne se jouait qu'entre la Ferme-Follin et la Ferme-Gravelle. Huguet Cordebugle, qui vivait seul dans la Ferme-du-Milieu depuis la mort de ses parents, avait déjà l'allure et les manies d'un vieux garçon bourru à jamais rétif au mariage. Qu'elles aient ou non les yeux verts, toutes les femmes lui semblaient suspectes, voire dangereuses. Il soup-çonnait toutes les femmes d'accointances avec le diable et d'avoir la folie dans le sang prête à surgir à tout instant. Reclus volontaire dans son acariâtre célibat il ne tolérait pour toute compagnie qu'un coq aussi hargneux que lui qu'il avait surnommé Tatave.

Il importait peu à Ambroise Mauperthuis que sa bru n'eût plus d'autre enfant. Camille lui suffisait. A travers elle Catherine lui revenait. Lui revenait enfant pour recommencer à zéro, jour après jour, le mûrissement de sa beauté. Car c'était bien la même beauté qui se promettait chez l'enfant. Camille, c'était le retour de la beauté prodigue. Avec elle la beauté, le désir refaisaient entrée sur la terre. Et cette beauté arrachée à la mort, à l'oubli, allait grandir chez lui, dans sa maison, à l'orée des forêts. Et déjà il portait à l'enfant un amour plein de fougue et d'orgueil, un amour d'amant fou de jalousie. « Voyez, disaient les gens, la petite avec ses yeux de Vouivre voilà qu'elle a déjà tourné la tête au vieux ! Faut dire qu'elle est jolie, et effrontée comme elle est avec ça, sûr qu'elle fera une graine de belle garce comme sa grand-mère de la vallée ! » Et d'elle on prédisait que lorsqu'elle serait grande, non pas qu'elle déracinerait les chênes à mains nues comme Fernand-le-Fort, mais qu'elle serait bien capable d'ensorceler jusqu'aux arbres de la forêt de par le charme de son seul regard vert serpent.

CHANTS

LES FRÈRES

Ils étaient hommes des forêts. Et les forêts les avaient faits à leur image. A leur puissance, leur solitude, leur dureté. Dureté puisée dans celle de leur sol commun, ce socle de granit d'un rose tendre vieux de millions de siècles, bruissant de sources, troué d'étangs, partout saillant d'entre les herbes, les fougères et les ronces. Un même chant les habitait, hommes et arbres. Un chant depuis toujours confronté au silence, à la roche. Un chant sans mélodie. Un chant brutal, heurté comme les saisons, — des étés écrasants de chaleur, de longs hivers pétrifiés sous la neige. Un chant fait de cris, de clameurs, de résonances et de stridences. Un chant qui scandait autant leurs joies que leurs colères.

Car tout en eux prenait des accents de colère, même l'amour. Ils avaient été élevés davantage parmi les arbres que parmi les hommes, ils s'étaient nourris depuis l'enfance des fruits, des végétaux et des baies sauvages qui poussent dans les sous-bois et de la chair des bêtes qui gîtent dans les forêts ; ils connaissaient tous les chemins que dessinent au ciel les étoiles et tous les sentiers qui sinuent entre les arbres, les ronciers et les taillis et dans l'ombre desquels se glissent les renards, les chats sauvages et les chevreuils, et les venelles que frayent les sangliers. Des venelles tracées à ras de terre entre les herbes et les épines en parallèle à la Voie lactée, comme en miroir. Comme en écho aussi à la route qui conduisait les pèlerins de Vézelay vers Saint-Jacques-de-Compostelle. Ils connaissaient tous les passages séculaires creusés par les bêtes, les hommes et les étoiles.

La maison où ils étaient nés s'était montrée très vite bien trop étroite pour pouvoir les abriter tous, et trop pauvre surtout pour pouvoir les nourrir. Ils étaient les fils d'Ephraïm Mauperthuis et de Reinette-la-Grasse. Le vieux Jousé Verselay n'avait jamais occupé beaucoup de place durant sa vie aussi besogneuse que discrète, et lorsqu'il quitta sa ferme pour descendre au cimetière du village il ne libéra qu'un infime espace.

Chaque été pendant neuf années consécutives un nouveau garçon était venu au monde dans l'unique chambre de la Ferme-du-Bout. Au fur et à mesure des naissances Ephraïm avait aménagé un galetas pour les aînés, d'abord au grenier puis dans la grange, et à la fin ces aînés s'étaient construit eux-mêmes une cabane de rondins, de glaise et de branches dans la forêt de Jalles où ils dormaient sur des litières de paille. Ces aînés, c'étaient les fils du Matin, nés entre l'aube et midi au fil des 15 août. Ils étaient trapus, robustes, avaient des cheveux couleur de paille et des barbes blond-roux ; la rudesse de leurs traits et le hâle de leur teint rehaussaient cette blondeur et le bleu très clair de leurs yeux profondément enfoncés sous la saillie du front. Fernand-Marie surpassait ses frères du Matin par la puissance et par la taille ; devenu homme, sa force s'était hissée à la hauteur des légendes qu'il suscitait déjà enfant. Adrien-Marie le surpassait par la force de son rire ; celui-là était doué d'un rire prodigieux, énorme, tonitruant, qu'un rien suffisait à provoquer. Lorsqu'il riait ainsi ses yeux prenaient une telle brillance que leur couleur s'intensifiait et à force d'associer le

74

bleu si étincelant de ses yeux et ses formidables éclats de rire on l'avait surnommé Adrien-le-Bleu. Le surnom échu à Martin-Marie, s'il était dû lui aussi à un excès comme la force de l'aîné et le rire du second, ne visait qu'un excès de retenue ; on l'appelait Martin-l'Avare. Non qu'il fût avare de quelques biens ou de son argent car il était beaucoup trop pauvre pour pouvoir thésauriser quoi que ce fût ; c'était de lui-même qu'il se montrait avare. Avare de mots, de sentiments, d'expressions. Avare même de rêves ; la peur, l'espoir, le doute lui étaient étrangers. Il semblait bâti tout d'un bloc rugueux et n'avoir pas plus de vie intérieure qu'une pierre. Au travail il ne dépensait jamais le moindre geste ou effort inutiles, ce qui valait à ses gestes une adresse et une justesse extraordinaires. Quant à Germain-Marie on l'appelait le Sourd parce qu'il l'était en effet devenu. Il l'était devenu ni par accident ni à la suite d'une maladie, mais pour cesser d'entendre. Pour cesser de souffrir d'entendre. Car dès l'enfance les sons, les bruits, les voix l'avaient tourmenté. Il ne pouvait supporter le moindre bruit, fût-ce un chuchotement, un souffle, — singulièrement d'ailleurs les sons les plus ténus. Comme si son ouïe avait été douée, ou plutôt atteinte, d'une sensibilité d'une anormale acuité. Comme si chaque bruit se décomposait à ses oreilles en innombrables sons suraigus, perçants. Il lui semblait percevoir au fond de chacun une plainte, un cri étouffé, un sanglot. Jusque dans le silence il décelait de confus murmures, d'imperceptibles pleurements. Et partout, sans cesse, il croyait deviner un appel, — une voix errante, nue, qui filait tel un invisible insecte de verre en stridulant et suppliant. Et cet appel aussi incompréhensible qu'obstiné il le percevait avec une particulière vivacité à travers la voix et le souffle des autres ; une lancinante plainte transsonnante. Les si légers rires en grelots de sa mère Reinette-la-Grasse auxquels les autres prê-

75

taient si peu d'attention, lui les avait toujours perçus jusqu'à la détresse. Et même lorsqu'il était parti rejoindre ses trois aînés dans leur cabane de la forêt de Jalles il avait continué à souffrir des bruits, des sons, des souffles et des voix. Tout se faisait sonore à ses oreilles ; le silence ne cessait de tramer un fin murmure en sourdine, la nuit foisonnait de chuchotements, les arbres bruissaient continûment, susurrant, craquetant, tremblant, sifflant ou mugissant. Des racines jusqu'au faîte chaque arbre était pour lui un fût de résonances. Un jour qu'il abattait un hêtre avec Martin-l'Avare il avait senti, au moment où l'arbre basculait, que quelque chose se renversait en lui. A la même vitesse que le haut tronc ébranché. Comme si l'arbre s'abattait à travers lui. Il avait lâché sa hache et était tombé à genoux sur le sol, portant ses mains à ses oreilles et proférant un cri. Le fracas du hêtre s'effondrant avait couvert son cri. Puis le silence était retombé un instant, ce bref silence qui toujours surgit abruptement autour du tronc gisant après le formidable bruit de la chute. Et aussitôt le rire tonnant d'Adrien-le-Bleu avait fait éclater ce silence. C'était sa façon de saluer l'abattage d'un arbre parfaitement accompli. Mais ce grand éclat de rire de son frère Germain ne l'avait cette fois-là pas entendu ; le silence si dense et dru de la chute s'était pétrifié en lui. Le tronc gisant du hêtre s'était couché en travers de son ouïe, le frappant de surdité. Et de ce jour il était demeuré sourd.

Simon-Marie, le cinquième fils, celui de Midi, était bouvier. Là-bas on disait galvacher. Il s'occupait des bœufs d'Ambroise Mauperthuis qui charroyaient le bois coupé de la forêt jusqu'aux berges de la Cure lorsque s'ouvrait la saison du flottage à bûches perdues. Il vivait en partie dans les étables de la Ferme-du-Pas et parfois aussi allait rejoindre ses frères du Matin dans la forêt. On l'appelait l'Emporté tant il était prompt à la colère autant qu'à l'enthousiasme, impatient et immodéré dans ses actes, ses paroles, ses coups de passion. Même Ambroise Mauperthuis redoutait ses colères, mais il le gardait à son service car il savait qu'il n'aurait pu trouver meilleur bouvier dans le pays. Et puis quelque chose le troublait en Simon-l'Emporté, il se retrouvait en lui plus qu'en ses propres fils Ephraïm et Marceau et en même temps il sentait chez lui des ressemblances avec Camille. Les yeux de Simon étaient d'un châtain très clair, doré, mais son regard était le même que celui de Camille. Un regard aussi lumineux qu'effronté qui se posait sans détour sur les choses, les bêtes et les gens. Tous deux étaient d'une franchise qui frôlait souvent l'insolence et leur vitalité était d'une semblable intempérance. Le vieux Mauperthuis éprouvait à son égard un sentiment trouble où se mêlaient une admiration inavouée, l'envie et l'animosité. Il ne pouvait s'empêcher d'avoir pour lui plus d'estime qu'il n'en avait jamais eue pour ses propres fils et tout à la fois du ressentiment. Les traits de ressemblance avec lui-même qu'Ambroise Mauperthuis décelait en Simon-l'Emporté, tant au physique qu'au caractère, soulignaient en même temps leurs différences, car tout ce qui était retors, obscur et noué en Ambroise Mauperthuis s'avouait avec franchise et élan en Simon-l'Emporté. L'un ne cessait de biaiser avec ses sentiments, de renfrogner ses rages et ses haines pour mieux les condenser, les rendre coriaces et vengeresses, n'avouant à personne, et pas même vraiment à lui-même, son unique et obsédante passion pour Catherine Corvol. Passion tortueuse qu'il ne cessait de reporter au fil des années sur leur commune petite-fille Camille. L'autre vivait à découvert tous ses sentiments.

Simon était entré vers l'âge de douze ans au service d'Ambroise Mauperthuis. Pas davantage que ses frères il ne considérait cet homme comme son grand-père ; le vieux n'était que leur patron. Il était le maître du hameau et de tous les autres hameaux alentour, propriétaire des forêts où tous les hommes et les garçons des environs venaient se louer comme bûcherons. C'était un patron dur, taciturne, vigilant quant à la bonne exécution du travail. Un homme qui n'inspirait ni l'amitié ni la moindre sympathie mais qui forçait un certain respect pour sa réussite et pour l'efficacité avec laquelle il savait mener ses affaires. Ce respect restait cependant toujours plus ou moins troublé de méfiance et de vague hostilité car le secret de sa fortune n'avait jamais été percé. Les fils d'Ephraïm n'avaient en commun avec lui que leur nom. Il avait tranché trop violemment tout lien de parenté avec eux dès avant leur naissance pour qu'ils puissent le considérer comme leur aïeul. Depuis le soir où il avait frappé Ephraïm au visage jamais plus il ne lui avait adressé la parole sinon pour lui lancer des ordres quand le travail l'exigeait. Et il traitait tous ses petits-fils de la même manière, comme des ouvriers employés sur ses terres, et ne leur parlait que pour leur fixer les tâches à accomplir. Sa colère contre Ephraïm s'était depuis longtemps rassise, mais bien que devenue sans objet depuis le mariage de Marceau avec Claude Corvol et surtout depuis la naissance de Camille, il n'y avait pas renoncé. Sa colère contre Ephraïm s'était simplement fossilisée et son reniement établi en habitude. Il avait bien trop d'orgueil pour aller proposer à son fils de se réconcilier, d'autant plus qu'il devinait qu'Ephraïm ne le souhaitait même pas. Il pensait qu'Ephraïm gardait une tenace rancune à son encontre. En vérité Ephraïm avait fini par perdre cette rancune qui l'avait si longtemps taraudé et alourdi ; après s'être retournée et rancie dans son cœur la filiation coupée s'était simplement desséchée, ce père brutal et injuste lui était devenu indifférent. Il avait trouvé tant de tendresse et de paix à la Ferme-du-Bout entre Edmée et Reinette-la-Grasse, et ensuite tant de joie en ses fils que tout ce passé avait cessé de lui peser. Il acceptait son destin, il ne se plaignait pas, il n'avait jamais eu à regretter le choix qu'il avait fait en ce lointain matin d'octobre. Que le père aille donc son chemin, lui suivait le sien. Il arrivait que ses fils s'emportent contre Ambroise Mauperthuis qui ne venait vers eux dans la forêt que pour surveiller leur travail et leur crier des ordres d'un ton rude et méprisant, et plus d'une fois ils avaient questionné leur père au sujet de son passé, des raisons du reniement qui l'avait frappé, mais alors Ephraïm se contentait de répondre : « C'est comme ça. Le vieux c'n'est qu'un patron pour nous, c'est un riche qu'a l'cœur mauvais. Il l'a toujours eu sec comme un croûton, l'cœur. C'est qu'un patron et rien de plus. Faut rien attendre de lui, rien de bon. Il nous donne du travail, ça suffit. On n'est plus de sa famille, vous comme moi. C'est lui qui l'a voulu et c'est en fait tant mieux. Il faut rien regretter. »

Ephraïm ne regrettait rien, il n'enviait surtout pas son frère Marceau marié à sa place à la fille Corvol, cette femme qui mettait tout son orgueil à demeurer une totale étrangère dans le hameau où elle vivait pourtant depuis un quart de siècle. Auprès de cette femme froide et hautaine, il n'aurait jamais connu la paix, l'oubli et le bonheur. Tout cela que Reine lui donnait à profusion de par sa seule présence physique, de par son ample corps placide et tendre, de par la douceur de sa voix, de son sourire et de ses gestes. Et puis il était fier de ses fils, en particulier de ceux du Matin et de celui de Midi. Il admirait la force et l'endurance au travail des aînés, et la beauté du cinquième, sa radieuse liberté d'être ; ces cinq-là prenaient la vie à bras-le-corps sans se soucier de leur misère, sans prendre garde à la fatigue. Il semblait à Ephraïm que toute la puissance de son amour pour Reinette-la-Grasse avait trouvé en ces fils son corps, son mouvement, et en Simon-l'Emporté sa joie portée au jour, sa beauté visible, son éclat.

79

Ses sentiments à l'égard de ses autres fils, ceux du Soir, étaient plus teintés d'étonnement et de trouble. Ces fils-là n'avaient ni l'extrême vigueur des aînés ni l'éclat du cinquième. L'ombre des soirs de leurs naissances semblait s'être glissée en eux. Ils avaient les cheveux bruns, les yeux sombres et plus de tourments au cœur que d'ardeur. Ils n'étaient ni bûcherons ni bouviers mais participaient à l'occasion aux travaux de la forêt lors du martelage des bûches et surtout ils travaillaient le bois. Leurs mains n'étaient guère habiles à manier la hache mais fort adroites pour confectionner des sabots, des ustensiles et de la vaisselle de bois qu'ils vendaient lors des marchés et des foires. C'était là un travail plus calme et solitaire qui leur convenait. Car leur goût pour la solitude était grand, — démesuré même chez Léon-Marie. Dès qu'il avait fini son ouvrage il s'en allait, jamais pour rechercher la compagnie d'autres personnes mais pour s'enfoncer dans la forêt, seul. Il tenait si farouchement à sa solitude qu'on l'appelait Léon-le-Seul. Sa passion était la chasse. Il s'était taillé des appeaux avec lesquels il savait imiter à merveille tous les chants et les cris des oiseaux, et il s'était aussi taillé un arc avec lequel il tuait les oiseaux. Il ne mangeait jamais la chair de tous ces oiseaux qu'il rapportait soir après soir à la ferme, mais il tenait à effectuer lui-même la plumaison ; c'était là pour lui un rituel aussi sacré que la chasse elle-même. Il rassemblait ensuite toutes ces plumes arrachées, les triait puis les rangeait dans un coffre au grenier dont il conservait toujours la clef sur lui.

Tout comme Léon-le-Seul, Eloi-Marie quittait le hameau dès qu'il le pouvait. Ce n'était pas pour s'enfoncer dans la forêt en quête d'oiseaux à abattre, mais pour aller s'asseoir près des rivières et des étangs. Là, il aimait demeurer immobile et silencieux, à pêcher et à rêver. Car il ne se lassait

pas de rêver, de rêver à d'imaginaires et impossibles ailleurs.
Non pas qu'il désirât quitter son hameau pour partir vivre
dans une ville ou dans un autre pays; l'ailleurs auquel il
aspirait n'était pas un pays. C'était un paysage indéfini,
immense et plat, comme une plaine noyée sous l'eau. Il ne
désirait même pas voir la mer; les vagues, les marées, les
remous, tout cela l'aurait effrayé. Ce à quoi il rêvait continuellement était un espace illimité, plat à perte de vue,
luisant d'eau dormante et translucide, scintillante de reflets
argentés. Une flaque d'eau de pluie déployée à l'infini. Et cet
espace liquide aurait été planté d'arbres par milliers, mais
non serrés les uns contre les autres; un troupeau d'arbres
dispersés, chacun se reflétant dans l'eau. Des trembles, des
bouleaux, de jeunes hêtres. Tout un peuple d'arbres aux
troncs minces, élancés, d'un gris soyeux ou d'un blanc satiné,
aux branches souples, perpétuellement liés à leur propre
reflet dans un silence doux, une clarté légère. De loin en loin
se serait levé le chant bref d'un bruant, le sifflement d'un
grèbe ou la mélodie d'un loriot, et tout comme chaque arbre
aurait été doublé d'un éternel reflet chaque chant d'oiseau
aurait été accompagné de son écho, et dans l'eau chaque
poisson aurait nagé en compagnie de son ombre. Ce rêve
qu'il se plaisait à recommencer sans cesse lui était venu il y
avait déjà longtemps. Cela s'était glissé en lui un matin
d'août à l'église du village où il descendait chaque dimanche
avec ses frères et leur père pour assister à la messe, précédés
par Edmée et leur mère qui s'y rendaient dans une carriole
tirée par un âne. Leur cortège dominical amusait toujours
ceux qui le croisaient sur la route, — les deux femmes assises
dans la carriole, la vieille Edmée portant un fichu noir serré
autour de son visage et Reinette-la-Grasse volumineuse et
aérienne dans le grand châle bleu Madone qui flottait autour
de son corps, Ephraïm marchant à côté du baudet dont il

tenait les rênes, et les neuf fils suivant derrière. « V'là l'Phraïm et sa tribu qui s'en vont saluer l'Bon Dieu! » disaient les gens sur leur passage.

Ce matin-là, la lecture de l'Evangile avait saisi l'attention d'Eloi-Marie d'ordinaire très distrait. Le curé lisait l'Evangile selon saint Matthieu relatant la marche de Jésus sur les eaux. Ce récit avait frappé son esprit autant d'étonnement que de ravissement. Il était donc possible de marcher sur les eaux. Cette idée l'avait soudain rendu fou de joie. Lui qui aimait déjà tant jouer au bord des rivières et pêcher dans les étangs, il pourrait glisser sur l'eau? Il s'imaginait déjà en train de traverser nu-pieds le lac des Settons, de courir et de danser sur l'eau. A la sortie de la messe il s'était écrié : « Moi aussi j'veux marcher sur l'eau! » Ses frères aînés s'étaient moqués de lui. « Toi? Mais t'es bien trop froussard! Tu coulerais comme une bûche pas sèche bien plus vite que saint Pierre, va! » Et Edmée leur avait dit : « Taisez-vous donc, on ne rit pas avec ces choses-là! Marcher sur l'eau, c'est l'affaire des saints. Des saints! Vous comme moi, nous n'en sommes pas. Il faut pour ça avoir une âme plus légère qu'une libellule. » Alors Eloi avait gardé son rêve pour lui, mais ce rêve ne l'avait jamais plus quitté, il s'était fait songe continuel en lui, le rendant encore plus distrait. Et quand on lui demandait à quoi il pensait lorsqu'on le voyait plongé d'un air absent dans ses rêveries, il répondait, imperturbable : « J'voudrais être ailleurs. » Ailleurs désignait pour lui ce lieu magique, lumineux d'eau pure et calme qui reflétait les arbres et les nuages, une eau entre ciel et terre étendue à l'infini et sur laquelle il pourrait marcher pieds nus, danser, courir et glisser. Et depuis on l'appelait Eloi-l'Ailleurs.

Les surnoms des deux derniers fils s'étaient imposés d'eux-mêmes, leurs tares naturelles les avaient dictés d'emblée. Louis-Marie, que l'on avait commencé par appeler le

Sot, car il était simple d'esprit, était devenu avec les années Louison-la-Cloche. Il babillait d'une voix fluette, posant sur tout et sur tous un doux regard d'idiot, gesticulant drôlement à longueur de temps et passant d'un rire suraigu aux larmes les plus chagrines à tout propos. Lorsqu'il atteignit l'âge de la puberté une étrange lubie s'empara de lui, dont il ne se défit jamais. Il décida qu'il n'était pas un garçon, qu'il ne voulait pas devenir un homme, mais qu'il était en vérité une fille. Son corps maigrelet aux longs membres grêles, sa voix aiguë, son air follet, sa façon de rire et de pleurer pour un oui pour un non, sa démarche sautillante sinon même cabriolante, pouvaient en effet fort bien prêter à une dérisoire féminisation de sa personne. Mais pour lui cette féminité qu'il revendiquait était sérieuse. Il se mit à parler de lui au féminin, à la troisième personne. Il s'accoutrait la plupart du temps de vieilles jupes et de châles et laissa pousser ses cheveux qu'il nouait en queue de cheval ou bien tressait en natte.

A la Ferme-du-Bout il tenait la charge de bonne à tout faire, parce qu'il ne savait rien faire correctement. Mais il y avait trois occupations qui l'enchantaient: passer le balai, et si on ne l'en avait pas empêché il aurait balayé aussi bien la forêt que les ruisseaux ou le ciel, — servir sa mère dont la vue l'emplissait d'une joie radieuse, et sonner les cloches à l'église du village. Comme il ne pouvait se rendre chaque jour au village, il avait suspendu un carillon de cloches et de clochettes disparates aux branches d'un orme derrière la ferme et trois fois par jour il le mettait en branle, à l'angélus du matin, à midi et à l'angélus du soir. Et chaque fois qu'il faisait sonner son carillon désaccordé il riait aux éclats de bonheur.

Quant au benjamin, Blaise-Marie, le bec-de-lièvre qui défigurait son visage lui valait d'être appelé Blaise-le-Laid.

83

Cette difformité lui valait également la préférence de sa grand-mère Edmée. Il était l'enfant dernier-né, venu au monde en pleine nuit, celui qui avait clos l'étrange et long 15 août dont le cours s'était déroulé sur neuf années. Edmée ne voyait qu'un unique jour en cette date mariale neuf fois répétée. Et ce dernier-né avait été béni dès le ventre de sa mère. Le doigt de l'Ange du Seigneur s'était posé sur la bouche de l'enfant encore flottant dans les eaux maternelles afin tout à la fois de le bénir et de lui imposer le silence sur le secret qui brûlait dans le cœur et la chair de sa mère, et qu'il lui avait été donné de découvrir. Les doigts des anges sont d'une si grande douceur, d'une si impalpable légèreté, que leur toucher est terrible et ceux qu'ils daignent ainsi bénir en sont marqués dans leur chair pour toute la vie comme d'une ineffaçable et merveilleuse blessure. Edmée n'avait jamais interprété autrement la prodigieuse obésité de Reine : c'était un déploiement de la chair de sa fille sous la miraculeuse caresse de l'Ange du Très-Haut, l'archange Gabriel, Celui qui se tient devant Dieu et que Dieu envoya auprès de Zacharie pour lui annoncer que sa femme enfanterait un fils dans sa vieillesse, puis auprès de Marie qu'Il salua en disant : « Réjouis-toi, comblée de grâce, le Seigneur est avec toi. » Et c'est pourquoi Edmée contemplait avec tant de ravissement l'énormité corporelle de sa fille, et avec tant d'admiration le bec-de-lièvre de son dernier petit-fils. Tous deux avaient été élus pour recevoir la visite de l'archange Gabriel, tous deux étaient, plus que tous les autres et elle-même, les bien-aimés de la Madone qui avait délégué auprès d'eux l'archange de l'Annonciation. Les anomalies physiques qui les frappaient étaient pour Edmée signes visibles d'une beauté surna-turelle. Car la beauté de la grâce n'était en rien une affaire de joliesse selon Edmée, mais une sorte d'émerveillante monstruosité.

Aussi admirable parût-il à sa grand-mère, Blaise n'en était pas moins d'une totale laideur aux yeux des autres. Il le savait mais il n'en souffrait pas. Il avait reçu un don à la mesure de sa disgrâce physique, — le don des mots. Il parlait d'une voix grave et belle aux inflexions si mélodieuses que nul ne pouvait l'entendre sans s'étonner et s'arrêter pour l'écouter. Il parlait surtout comme personne autour de lui ne savait le faire, avec des mots qui étaient autant d'images, de sensations, de goûts et de couleurs. Il était le seul qui avait appris à lire, et il était pourvu d'une mémoire prodigieuse.

Blaise-le-Laid élevait des abeilles. Là-bas on les appelait des mouches à miel et on désignait les ruches sous le nom de courtil des mouches. Ces ruches consistaient en des cloches de paille tressées avec des tiges de ronciers et de fines lames de branches de noisetiers que l'on plaçait sur un bloc de bois recouvert d'une chape en paille de seigle. A Noël on prélevait dans l'âtre un charbon de la bûche allumée pour la veillée et on le déposait dans les ruches pour porter bonheur aux abeilles, et aux Rameaux on rapportait de la messe la première branche de buis bénit que l'on piquait dans la chape de glui de chaque ruche. Mais tout comme sa grand-mère renchérissait sur les croyances colportées par les vieilles, Blaise-le-Laid renviait sur les coutumes du pays et chaque solennité célébrée en l'honneur du Seigneur, de la Vierge ou des Saints était pour lui occasion de cérémonie à fêter parmi ses abeilles.

Il avait installé ses courtils de mouches à miel derrière la ferme, non loin de l'orme carillonneur que son frère Loui-son-la-Cloche faisait tinter trois fois par jour. Cette manie de son frère de venir ainsi sonnailler en piaillant de ses rires aigus lui plaisait, car, disait-il, le chant des abeilles est vif et joyeux, c'est un chant solaire qui vole et danse en bris lumineux et l'allègre musique de mon frère-carillonneur les enchante. Les abeilles, disait-il, ne sont en vérité rien d'autre que les éclats du rire des anges. Il croyait à l'invisible présence des anges auprès des hommes et, disait-il, leur joie d'avoir vu Dieu est si grande qu'ils aiment la partager avec toutes les autres créatures en l'essaimant en doux fous rires d'or et de feu à travers toute la terre. Il disait aussi que l'éloquence qui habitait sa bouche torse, il la devait aux abeilles. Elles venaient se poser sur ses mains, sur ses épaules et son visage ; elles se posaient même sur ses lèvres. Les abeilles, racontait-il, déposent sur ma bouche le pollen des fleurs qu'elles ont recueilli et aussi la poussière ignée butinée dans la lumière ; elles emplissent ma bouche de sucre et de parfum, de toutes les saveurs récoltées sur la terre. Le goût du sucre est doux si l'on n'y prête pas attention, en vérité il est brûlant, il est terrible et violent. Voilà de quoi sont faits mes mots, — ils sont moulés dans tout le sucre et les parfums de la terre, ils roulent en moi comme une coulée de miel pur, ils luisent et tournent telle une nuée d'alouettes ivres d'espace et de soleil. Les abeilles parlent dans ma bouche, elles dansent sur ma langue, elles chantent dans ma gorge, elles flamboient dans mon cœur. Elles sont ma joie, ma lumière, mon amour.

Ainsi répondait Blaise-le-Laid, le dernier-né des neuf fils d'Ephraïm et de Reinette-la-Grasse, quand on s'étonnait de son étrange façon de s'exprimer. Et la surprise alors ne faisait que croître, l'emportant sur l'envie de moquerie. Voilà aussi pourquoi la confusion était plus grande que la fierté dans le cœur d'Ephraïm à l'égard de ses fils du Soir ; il ne comprenait rien à leurs lubies, à leur esprit, soit taraudé par l'errance, la solitude et l'ailleurs, soit ombragé par l'imbécillité ou au contraire trop illuminé. Mais Reinette-la-Grasse, elle, trouvait auprès d'eux une apaisante consolation à ses tourments de faim. Lorsque Léon-le-Seul rentrait le soir dans la cuisine et jetait sur la table les oiseaux qu'il venait de tuer, et qu'il s'asseyait pour accomplir en silence le lent rituel de leur plumaison, elle sentait le cruel furet de sa faim se tapir subitement au fond de sa chair malheureuse comme si sa fourbe voracité était mise un instant en arrêt. Dans le regard absent d'Eloi-l'Ailleurs elle entrevoyait cet indicible ailleurs qui le hantait tellement et elle y pressentait un paysage nu tant immergé sous l'eau douce que même sa faim aurait pu s'y noyer. Et quand Louison-la-Cloche s'amusait à sonnailler sous l'orme en riant aux éclats, elle croyait entendre dans ce carillon de clochettes et grelots virevolter avec innocence et gaieté son propre rire enfin libéré de son corps étouffant. Quant à Blaise-le-Laid, elle écoutait ses propos incompréhensibles semés de mots bizarres avec une telle stupeur qu'elle en oubliait pour un moment l'obsession de sa faim. Elle devinait, en transparence de ces mots et de ces images envolés d'un ton mélodieux de la bouche difforme de son dernier-né, un champ de lumière, un règne d'apesanteur. Elle entrevoyait aux confins de ces mots une échappée éblouissante hors de toute pesanteur. Ainsi son corps, tout aussi monumental demeurât-il, lui pesait moins et réussissait à trouver au fil des jours une agilité et une aise qu'elle n'avait jamais connues auparavant. Tous ces corps nés de son propre corps, en devenant des corps d'hommes libres qui bâtissaient chacun une âme forte et vive, comblaient progressivement sa faim.

Malgré toutes ces différences qui opposaient les frères du Matin, celui de Midi et ceux du Soir, l'entente qui régnait entre eux était profonde, bien plus profonde qu'en toute autre famille du hameau ou des villages alentour. La complicité et la cordialité de leurs rapports étaient même telles qu'elles éveillaient chez certains la suspicion, — on pouvait s'attendre à tout d'une tribu de sauvages aussi solidaires, aussi ligués, qui alliaient la force à la bizarrerie voire la dingoterie. Il était vrai que lorsqu'ils se retrouvaient tous ensemble le dimanche pour descendre à l'église et à l'occasion des fêtes carillonnées ou de famille, leur rassemblement offrait un spectacle assez étonnant. Ceux du Matin allaient toujours de front et marchaient l'amble d'un pas lourd comme des chevaux de trait, précédés par Simon-l'Emporté au pas trop vif pour tenir la cadence et suivis par ceux du Soir, avec Louison-la-Cloche qui trottinait en queue et qui tous les trois pas faisait un petit bond, un entrechat ou esquissait une galipette en piaulant de plaisir. A l'église ils se tenaient groupés dans le narthex avec leur père pendant que leur mère et Edmée prenaient place au dernier banc de la nef, et au moment de l'élévation ils s'agenouillaient tous en bloc, baissant le front jusqu'à toucher le sol, puis en file indienne ils s'acheminaient avec solennité vers l'autel pour recevoir la communion. Et ils chantaient avec puissance, avec éclat, — la voix mélodieuse de Blaise-le-Laid se détachait par degrés toujours plus élevés du chœur des voix de basse des aînés tandis que la voix aigrelette de Louison-la-Cloche sautillait comme un moineau. Après l'office ils se rendaient tous ensemble au bistrot sur la place du village. Ils buvaient avec entrain, sauf Martin-l'Avare et Louison-la-Cloche, le premier parce qu'il détestait perdre la maîtrise de lui-même, fût-ce d'une once, le second parce que l'alcool lui montait aussitôt à la tête et la lui chamboulait encore davantage. Mais Fernand-le-Fort et Adrien-le-Bleu buvaient à eux deux pour l'ensemble des frères. Le Fort ne buvait que cul sec, descendant l'un après l'autre ses verres de gnôle jusqu'à n'avoir plus un seul sou en poche et sa raison sens dessus dessous.

Les aînés jouaient aux cartes, sauf l'Avare qui avait le

hasard en horreur et qui se contentait de les regarder jouer, tournant en silence autour de leur table bruyante, tandis qu'à une autre table le Laid racontait des histoires qui enchantaient l'assistance, parmi laquelle siégeaient toujours Léon-le-Seul et Eloi-l'Ailleurs. Louison-la-Cloche ne pouvait jamais tenir en place, il gambadait entre les chaises ou s'empressait auprès de la serveuse pour l'aider dans son service.

Mais c'était lors des grandes fêtes que la tribu des frères Mauperthuis s'imposait vraiment de façon remarquable, même inquiétante au goût de certains. Car alors ils s'improvisaient orchestre. Mais leur sens de la musique était si fantasque que leurs impromptus relevaient chaque fois d'un vacarme aussi insolite que puissant. Les aînés n'avaient d'ailleurs aucun sens de la mélodie ; en revanche ils étaient doués d'un prodigieux sens du rythme. Leurs instruments étaient tout à fait rudimentaires. Fernand-le-Fort en alternance frappait dans ses mains, claquait ses paumes contre ses cuisses et martelait le sol à grands coups de pieds chaussés de galoches de bois, pendant que le Bleu, l'Avare et le Sourd entrechoquaient des bâtons de diverses grosseurs. Même Germain-le-Sourd excellait dans ce jeu de percussion ; il regardait ses frères et le rythme que battaient leurs gestes le prenait à plein corps, s'élançait dans ses membres, dans ses muscles, et par imitation il s'accordait à merveille à leur jeu.

Léon-le-Seul jouait d'un étrange instrument qu'il avait inventé et appelait « l'arc-à-neuf-cordes ». Cela tenait aussi bien du tambour, de la guitare que du xylophone, de tout et de n'importe quoi. Il s'agissait d'une sorte de cuve en bois finement poli, de forme ovale, sur laquelle il avait tendu neuf fils de métal d'épaisseurs décroissantes auxquels il arrachait des vibrations sèches, sonores, soit en tapant dessus avec de fines baguettes de métal, soit en les tirant entre deux doigts. Il portait son arc à-neuf-cordes en bandoulière, appuyé contre une hanche. Eloi-l'Ailleurs jouait d'un petit accordéon et Louison-la-Cloche faisait tinter un carillon de clochettes aux sons grêles, aigus, suspendu à une haute tige de noisetier qu'il tenait à la main. Blaise-le-Laid tambourinait avec un petit marteau en bois sur un gong de métal.

A Simon-l'Emporté revenait la splendeur du souffle s'élançant en son pur, perçant, d'une étincelante allégresse. Du souffle magnifié par le cuivre. Il jouait de la trompette. Et il en jouait avec l'aisance, la passion et l'éclat qu'il mettait en toutes choses.

Toutes les fêtes carillonnées leur étaient prétextes à musique, mais celle de l'Assomption l'était par excellence. Alors leur entrain, leur bonheur et leur hardiesse à jouer ne connaissait plus de limites. Ils célébraient dans une joyeuse confusion tout à la fois la Vierge dans l'adoration de laquelle leur grand-mère les avait élevés, leur propre mère Reine qui était l'incarnation fabuleuse de la grâce mariale, et leurs neuf anniversaires qui se doublaient de leurs neuf fêtes, le nom de Marie renforçant le prénom de chacun comme un magique garde-fou contre le mal, le péché et la mort.

NOTRE-DAME-DES-HÊTRES

Vint un jour où leur joie fut portée à son comble, où ils la firent exploser en formidable retentissement. Un retentissement tel que sa démesure fit l'effet d'un scandale. Mais un scandale heureux, et même glorieux. Ce fut lors de la bénédiction d'une statue de la Vierge consacrée sous le nom de Notre-Dame-des-Hêtres, au cœur d'une vaste clairière, carrefour de chemins forestiers entre les bois de Jalles et de Saulches. Cette cérémonie eut lieu un 15 août à midi. Tous les bûcherons, les paysans, leurs femmes et leurs enfants étaient là, venus de tous les hameaux perdus aux abords de ces forêts. A cette foule de pauvres se mêlaient aussi des marchands et même des notables montés des villages et des bourgs pour assister à l'événement. Le curé de l'église à laquelle se rendaient les Mauperthuis chaque dimanche était accompagné par les prêtres de quatre autres paroisses avoisinantes, et une nuée d'enfants de chœur en surplis de dentelle blanche amidonnée les environnait, portant cierges et encensoirs. Les hommes d'église ouvraient la marche solennelle, précédant le dais de velours bleu azur constellé d'étoiles or et argent qui abritait la statue de Notre-Dame-des-Hêtres posée sur un brancard lui aussi recouvert de velours bleu que portaient six hommes sur leurs épaules.

91

L'essaim des enfants de chœur voletait à leurs côtés dans un nuage d'encens, leurs surplis immaculés et raides brillant comme des élytres d'insectes blancs. Derrière le saint cortège cheminait la foule. D'abord les enfants, puis les jeunes filles, ensuite les femmes et les vieilles, et à la fin les hommes. Tous étaient chargés de fleurs, d'épis, de paniers de fruits.

Parmi le groupe des jeunes filles marchait Camille. Le vieux Mauperthuis, lui-même présent, lui avait permis à titre exceptionnel de paraître en public, de se joindre à la foule. Mais cette foule avait une dignité qui autorisait cette dérogation à la stricte mise à l'écart dans laquelle il gardait d'ordinaire sa petite-fille. Il l'avait élevée en marge de tous, il l'avait gâtée comme une petite princesse prisonnière dans l'enclos spacieux de sa ferme. Il avait réussi à tenir en bride la turbulence et la curiosité de Camille en la confinant dans un doux rêve paresseux. Elle ne connaissait rien du monde extérieur, elle avait toujours vécu comme un oiseau en cage. Une cage dont il avait su faire une vaste et belle volière afin qu'elle ne s'y ennuyât pas. Il l'avait comblée de son attention, de son amour, — elle seule. Et Camille jusquà ce jour s'était contentée de cette vie facile, monotone et choyée.

Ambroise Mauperthuis n'était pas croyant, ou s'il croyait c'était davantage aux diables qu'à Dieu. Il ne condescendait à assister à la messe que pour Pâques et pour Noël, juste pour ne pas passer aux yeux des autres pour un total mécréant. Et il avait imposé son exemple tant à son fils Marceau qu'à Camille. Mais cette cérémonie était pour lui une heure de gloire qu'il prenait à son compte. Notre-Dame-des-Hêtres s'en venait trôner au cœur de ses forêts. Tout en marchant la tête haute, flanqué de Marceau à sa gauche, il ne perdait pas un instant Camille de vue, autant par vigilance que par admiration. Sobrement vêtue de blanc, ses cheveux relevés en chignon sous une mantille de soie blanche brodée de fleurs et d'oiseaux blancs, elle avançait parmi les autres jeunes filles de son âge, les mains croisées autour d'un volumineux bouquet de roses blanches, jaunes et orangées, marchant du même pas, lent et presque obséquieux, et chantant à l'unisson du chœur le *Magnificat*.

Mais le vieux Mauperthuis n'était pas le seul à braquer ses regards sur elle. Tous les hommes louchaient vers elle bien plus que vers le dais de velours bleu qui flottait en tête du cortège. C'est que personne ne s'y trompait, — Camille avait beau marcher au pas, les yeux baissés, chanter en chœur, et prendre avec application un air de jeune fille pieuse et effacée, sa beauté ne s'en imposait pas moins dans toute sa fougue de chair et de sang et ses paupières ne faisaient que cacher un étincelant regard de Vouivre. Elle n'était pas faite pour s'habiller de blanc, mais pour se parer de couleurs éclatantes, ses cheveux n'étaient pas destinés au chignon et à la mantille mais faits pour être ébouriffés, son pas docile sonnait faux, tout son corps tremblait de mouvement contenu, d'une imperceptible envie de bondir et de danser, et sa voix avait un accent trop rauque, trop sensuel, pour ne pas laisser deviner une vivace disposition au rire, aux cris, aux chansons. Elle faisait l'effet d'un petit cheval sauvage entravé dans la soie, le satin, la dentelle, et tous sentaient piaffer ce petit cheval impétueux sous ses airs de jeune fille candide et sage. Un invisible petit cheval nommé désir. Et tous les hommes en leur for intérieur jalousaient le vieux Mauperthuis d'avoir dans sa maison une fille aussi belle. « Le vieux renard, se disaient-ils, il lui a pas suffi d'extorquer au Corvol ses forêts et ses r'jetons, v'là encore qu'il lui a volé une fille belle comme le jour. Sûr qu'elle doit ressembler à sa grand-mère côté Corvol, celle qui courait les hommes, même qu'elle s'est sauvée à c'qu'on raconte. » Et pour se consoler de n'avoir pas une aussi belle fille sous leurs toits ils ajoutaient : « Mais il a beau la tenir en laisse, sa Camille, elle finira bien par lui filer un jour ou l'autre entre les pattes ! » Et certains poussaient même la consolation jusqu'à s'imaginer les bienheureux bénéficiaires du joli corps de Camille, jugée par avance effrontée et volage.

Il ne serait venu à l'idée de personne de considérer Camille comme étant la fille de Marceau. Elle l'était, soit, mais le vieux s'était interposé d'une si impérieuse présence entre son fils et sa petite-fille, il avait si bien écarté le terne Marceau, que celui-ci ne comptait aux yeux de personne. Lui-même ne le savait que trop. La veille encore sa lâcheté l'avait conduit à obéir une fois de plus à un ordre humiliant imposé par son père. Un nouvel acte de lâcheté qu'il ne se pardonnait pas. Le vieux l'avait envoyé à la Ferme-du-Bout pour qu'il aille signifier à son frère Ephraïm l'interdiction absolue qui lui était faite de venir assister, lui et ses neuf fils, à la cérémonie du 15 août. « Vas-y donc toi-même lui dire ! » avait osé marmonner Marceau qu'une telle démarche auprès de son frère révoltait et blessait. Mais le vieux l'avait aussitôt invectivé avec rage et une fois encore la peur l'avait emporté en Marceau sur le sursaut de révolte. Il était sorti sous les sarcasmes de son père, s'était traîné jusqu'à la maison de son frère, portant son message comme un bât qui lui écrasait les épaules et le cœur. Il n'avait pas franchi le seuil de la Ferme-du-Bout. Il avait parlé à son frère dans la cour, d'une voix sourde, heurtée, les yeux rivés au sol. Pas un instant il n'avait osé lever son visage vers lui. L'eût-il fait que les larmes qui lui nouaient la gorge auraient brûlé ses yeux. Ephraïm l'avait laissé parler sans mot dire. A la fin il avait juste lancé : « Moi, j'irai pas. C'est pas la place de ce vieux mécréant, ce voleur, ce rossard, de suivre la statue de la Vierge. Ça, c'est une honte ! Et j'veux pas voir ça. Dis-lui donc, au vieux. Mais mes garçons ils feront comme ils voudront. Parce que moi je crie pas comme un chien après mes fils, ils sont pas mes esclaves, mes fils, mais des hommes. Dis-lui donc ça aussi, à ton vieux ! » Et il s'était détourné de son frère, le laissant seul au milieu de la cour. Il était si malheureux, Marceau, si accablé par sa propre faiblesse, si blessé dans son affection inavouable pour Ephraïm, qu'il s'était senti tout étourdi comme si on l'avait roué de coups. Et une sensation de douleur avait transpercé son pied, à croire que l'ancienne brûlure subie dans son adolescence venait de se réveiller. Et il était rentré en claudiquant, se maudissant lui-même plus encore que son père.

Les fils étaient absents du cortège des hommes, tout comme leur père, et cette absence de la tribu des Mauperthuis dont tout le monde connaissait l'excessive et loufoque piété mariale intriguait l'assistance et excitait la curiosité. L'absence de la Corvol et de son vieux gamin de frère n'étonnait par contre personne. On la savait bien trop fière, comme d'habitude elle n'avait pas voulu se mêler à cette racaille de paysans et de bûcherons. Elle avait dû préférer rester plantée devant son catafalque à musique pour y voler encore et encore des sanglots et des plaintes aux morts délaissés de sa famille déchue. Edmée et Reine, elles, étaient venues, indifférentes aux ordres et menaces lancés par ce vieil impie de Mauperthuis. Edmée, qui n'allait pas tarder à devenir nonagénaire, trottinait d'un pas alerte au bras de sa fille. La vieillesse n'avait fait que lui tanner et lui rider la peau, mais n'avait pas atteint son cœur. Elle conservait intact son cœur radieux d'enfant dévote, à jamais enamouré de la Très Miséricordieuse Madone. Et son regard ne s'attardait ni à droite ni à gauche, ne lorgnait personne en coin, — elle avançait les yeux fixés sur le dais bleu azur, un sourire de bienheureuse aux lèvres. Reinette-la-Grasse tanguait doucement à ses côtés, allégée de son poids par un même ravisse-

95

ment. Et puis toutes deux savaient bien que les fils allaient venir présenter leurs louanges à Notre-Dame-des-Hêtres, malgré l'interdiction du vieux.

Parvenue au carrefour forestier, dit la Croix-aux-Hêtres, la foule se divisa en demi-cercles autour de la châsse de pierre érigée en son centre et destinée à abriter la statue ; les femmes d'un côté, les hommes de l'autre. Le ciel était d'un bleu intense, éblouissant. Le soleil piquait droit sur la clairière, énorme, torride. L'herbe était sèche, craquante sous les pas ; on entendait grésiller les insectes. L'air vibrant de chaleur était saturé d'odeurs mêlant le poivré au miellé, le suave à l'amer, l'acidulé au sucré. Senteurs d'encens, parfums de fleurs et de fruits, odeurs des corps transpirants. Les petites filles avaient les mains chargées de bouquets de fleurs des champs, les jeunes filles les bras emplis de gerbes de roses, les femmes serraient contre leurs poitrines des brassées de fleurs aux couleurs vives cueillies dans leurs jardins, et les vieilles portaient les plus beaux fruits de leurs vergers dans de petits paniers d'osier. Les garçons portaient des rameaux d'aubépine, d'églantier et de douce-amère cueillis dans les haies et liés en longs faisceaux enguirlandés de lierre. Les hommes tenaient des bottes d'épis de blé, de seigle et d'orge. Tous venaient offrir le meilleur de ce que leurs mains avaient semé, cultivé, récolté de la terre, et les enfants donnaient ce qu'ils avaient trouvé en jouant dans les champs ou en furetant dans les sentiers.

La statue fut déposée au creux de sa châsse, bénie, encensée, puis le doyen des curés prononça un sermon sur l'Assomption de la sainte Mère de Dieu et sur le doux mystère de sa Dormition. La foule écoutait, tout à la fois recueillie et somnolente dans la clairière enivrante de chaleur et d'odeurs et de bourdonnements de mouches et de guêpes. Beaucoup semblaient s'endormir debout, en douceur. Les têtes dodelinaient, les paupières s'alourdissaient. Puis la foule se remit en marche avec langueur à la suite des hommes d'église et des enfants de chœur, comme un troupeau de somnambules meuglant d'un ton indolent :

Ave Regina cælorum,
Ave Domina Angelorum :
Salve radix, salve porta,
Ex qua mundo lux est orta...

Ce fut alors qu'ils surgirent, débouchant dans la clairière par un chemin opposé à celui par lequel se retirait la foule. Ils avançaient à sept de front, tenant leurs instruments à la main, vêtus du pantalon de leur costume de fête et d'une simple chemise blanche que fleurissaient, piqués dans le col en guise de cravate, soit des coquelicots, soit des boutons d'or. Louison-la-Cloche les précédait, habillé en fille, ses longs cheveux retroussés en queue de cheval sur le sommet de la tête. Il agitait sa hampe à clochettes, égrenant de jolis sons aigrelets. Léon-le-Seul fermait la marche. Il était enveloppé dans une vaste cape couverte de plumes d'oiseaux. La foule ralentit son pas presque jusqu'à l'immobilité et son chant s'assourdit, s'enlisa en une confuse rumeur.

...Gaude Virgo gloriosa,
Super omnes speciosa :
Vale, o valde decora,
Et pro nobis Christum exora.

Les enfants finirent par s'arrêter tout à fait pour mieux contempler les nouveaux arrivants. Malgré leurs parents qui essayaient de les entraîner, ils restaient plantés là à rouler des yeux ronds. Mais les parents les tiraillaient par la manche sans grande conviction ; tout le monde brûlait de curiosité. La foule venait d'être arrachée à sa torpeur. Une autre cérémonie allait commencer.

Les fils d'Ephraïm avançaient à pas vifs vers le cœur de la clairière, sans prêter la moindre attention à la foule. Louison-la-Cloche carillonnait avec une allégresse croissante tandis que les frères du Matin commençaient à battre un rythme lent et qu'Eloi-l'Ailleurs jouait en sourdine de l'accordéon. Blaise-le-Laid frappa un coup de gong et les neuf frères poussèrent à l'unisson une clameur. Puis le Laid se détacha du groupe et, marchant en tête, se mit à déclamer d'une voix forte : « Le Temple qui est dans le ciel s'ouvrit, et l'arche de l'Alliance du Seigneur apparut dans son Temple.

« Un signe grandiose apparut dans le ciel : une Femme, ayant le soleil pour manteau, la lune sous ses pieds, et sur la tête une couronne de douze étoiles. Elle était enceinte et elle criait, torturée par les douleurs de l'enfantement. Un autre signe apparut dans le ciel : un énorme dragon, rouge feu, avec sept têtes et dix cornes, et sur chaque tête un diadème. Sa queue balayait le tiers des étoiles, et les précipita sur la terre. Le Dragon se tenait devant la Femme qui allait enfanter, afin de dévorer l'enfant dès sa naissance. Or la Femme mit au monde un fils, un enfant mâle, celui qui sera le berger de toutes les nations, les menant avec un sceptre de fer. L'enfant fut enlevé auprès de Dieu et de son trône, et la Femme s'enfuit au désert où Dieu lui a préparé une place. » Il se tut un instant, tandis que ses frères du Matin amplifiaient le roulement de leur rythme, que Léon-le-Seul tirait des vibrations sonores de son arc-à-neuf cordes et que Louison-la-Cloche agitait de plus belle son carillon. La foule, de l'autre côté de la clairière, écoutait bouche bée. Puis le Laid reprit : « Alors j'entendis dans le ciel une voix puissante qui proclamait : "Voici maintenant le salut, la puissance et la royauté de notre Dieu, et le pouvoir de son Christ ! " »

Le Laid frappa à nouveau sur son gong ; les autres recommencèrent à jouer en sourdine, — rythme des bois frappés, accordéon, arc-à-neuf-cordes, et grelots du carillon qui s'égayait de plus en plus. Ils s'étaient rapprochés de la statue de Notre-Dame-des-Hêtres qu'ils entouraient. Louison sautillait et agitait à toute vitesse sa hampe à clochettes, les autres intensifiaient leur rythme. Et soudain le son de la trompette s'élança, éclaboussure d'or jaillie du corps de Simon-l'Emporté, crevant la terre et filant droit vers le soleil pour souligner d'un trait étincelant la joie et la splendeur du jour. Alors les autres donnèrent libre cours à leur force, à leur entrain. Fernand-le-Fort bondit auprès de Simon et se mit à scander le rythme en accéléré, il battait des mains, faisait claquer ses pieds contre le sol de plus en plus violemment, il trépignait, proférait de grands cris. Han han ha ! et ses frères les faisaient ricocher. Simon-l'Emporté entraînait tous leurs cris, leurs sons, leurs résonances, dans le sillon flamboyant percé par sa trompette. Il arrachait les souffles hors des entrailles, des gorges, les projetait en plein ciel, les faisait rouler en pleine lumière. Il se balançait en jouant, tantôt cambré tantôt courbé, et ses frères s'agitaient autour de lui, ils tournaient, ils sautaient, ils riaient et jouaient à grand éclat. C'était là leur offrande, — non plus seulement les fleurs et les fruits de la terre mais leur vigueur, leur jeunesse, l'impétuosité de leurs cœurs, la magnifique ampleur de leurs souffles, de leurs rires. Ils étaient les messagers des arbres parmi lesquels ils vivaient depuis toujours et que Notre-Dame venait honorer de son image, protéger de son nom. Notre-Dame-des-Hêtres. Elle était leur Notre-Dame. Ils étaient si bien liés corps et âme aux arbres qu'ils appartenaient à la tribu des arbres, à leur royaume. Ils étaient les princes du royaume des arbres, princes danseurs et musiciens, princes sauvages et enjoués. Ils accueillaient leur reine.

Dans la foule certains commençaient à murmurer : Les fils au 'Phraïm, tout de même, n'avaient pas des mœurs de chrétiens, ils faisaient un tapage de barbares et se moquaient des braves gens ! Cela n'était-il pas un blasphème, tous ces cris et ces trépignements autour de la statue de la Vierge que les hommes d'église venaient à l'instant de bénir selon le rituel établi ? Ambroise Mauperthuis était fou de colère, — cette valetaille engendrée par son fils renié et par la grosse de la Ferme-du-Bout avait donc osé désobéir à son ordre ! Ils se croyaient peut-être chez eux au milieu de ces forêts qui n'appartenaient qu'à lui seul ? Il tourna la tête vers Camille. Et ce qu'il vit exaspéra sa fureur. Bien qu'immobile en apparence elle se tenait comme prête à bondir vers le cœur de la clairière ; ses épaules tremblaient du désir de danser. Le vieux vit son profil tout tendu vers le groupe des frères, il entr'aperçut l'éclat intense de ses yeux verts et l'humide rougeur de ses lèvres entrouvertes. Il devina les battements saccadés de son cœur, l'extrême tension de ses muscles et la légère raucité de son souffle. Et puis, elle eut ce geste, — elle arracha sa mantille et secoua la tête avec brusquerie, décoiffant son chignon. Ce geste sec, rapide, il le reçut comme une gifle en plein visage. Camille lui échappait. Le désir venait de s'engouffrer dans son cœur, de s'emparer de son corps, de la détourner de lui. Plus que jamais elle ressemblait à Catherine. La même intempérance et la même impatience, la même ardeur et la même insolence, la même et unique beauté. Tout cela qu'il s'était ingénié à maintenir caché aux yeux des autres, à retenir secret à la conscience même de Camille, venait d'un coup d'entrer en irruption, là, comme ça, en public, et tout ça à cause de ces gueux nés à répétition dans le cloaque de la Ferme-du-Bout, sortis du ventre de lapine de la grosse fille aux Verselay ! Sa rage était telle qu'il ne put se contenir davantage. Il marcha droit vers Camille, bousculant tous ceux qui étaient sur son passage. Il l'attrapa par le bras, la serrant avec force, et lui dit d'un ton sec : « Ça suffit ! On rentre. » Elle ne se tourna même pas vers lui mais se cabra et chercha à dégager son bras d'un brusque coup d'épaule. Alors il la tira, resserrant son étreinte. Elle dut céder, mais le regard qu'elle lui lança était furieux, hautain. « Ta mantille, remets-la ! » lui ordonna-t-il d'une voix sourde en l'entraînant. Pour toute réponse elle fit tomber dans l'herbe la mantille et l'écrasa d'un coup de talon. « Garce ! siffla-t-il entre ses dents. Tu vas voir à la maison ! — C'est ici qu'il y a quelque chose à voir ! » lui rétorqua-t-elle, excédée.

Non seulement Camille lui échappait, mais elle commençait d'un coup à se rebeller. Elle lui tenait tête, sans la moindre crainte, et encore un peu elle allait se retourner contre lui. Comprenant qu'il était vain et même dangereux de se quereller avec elle à mi-voix en pleine foule, il déporta sa colère vers les cinq prêtres qui se tenaient un peu en retrait. Qu'avaient-ils donc à rester posés là comme des potirons, qu'attendaient-ils pour faire cesser ce vacarme, pour chasser ces sauvages ? Il vint se planter devant eux, traînant toujours Camille par le bras, et leur cria : « Ventre Dieu ! Vous ne faites donc rien ? V'là qu'des bons à rien trépignent et beuglent en plein lieu saint et vous n'dites rien ? Mais regardez-les donc, des vrais pourceaux du diable qu'on égorge, et vous les laissez faire ! Crénom de nom de Dieu, ça peut pourtant pas durer ce charivari ! » Les prêtres tournèrent vers lui des visages plutôt froids tandis que les enfants de chœur, qui allaient de surprise en surprise, le regardaient en écarquillant des yeux ébaubis. C'est que dans sa colère Ambroise Mauperthuis venait de lancer deux jurons sacrilèges sans même s'en rendre compte. L'un des prêtres, le père Monin, celui qui avait prononcé le sermon, prit enfin la parole. « Monsieur, s'il y a faute elle est de votre côté, non de celui de ces garçons. Vous outragez le nom de Dieu devant ses serviteurs avec vos jurons grossiers. Par contre je ne vois rien de mal chez ces hommes venus chanter leur foi, aussi fruste soit leur chant. Je ne perçois aucune mauvaise intention dans leurs débordements, même s'ils sont excessifs. Je devine chez eux un grand élan de joie, ce qui est rare. Et ce qui est encore plus rare, ils connaissent les textes sacrés. Vous, monsieur, seriez-vous capable de déclamer de mémoire comme l'a fait ce garçon un passage de l'Apocalypse de saint Jean ? » Les autres prêtres étaient moins bien disposés à l'égard des frères Mauperthuis, jugeant leurs effusions sauvages comme scandaleuses, mais face au vieux Mauperthuis qui leur jetait des regards meurtriers et grimaçait de courroux après avoir vociféré ses jurons, ils étaient plutôt enclins à donner raison à leur confrère. A ce moment la musique retentissante de Simon-l'Emporté et le rythme effréné battu par ses frères commencèrent à décroître ; le son de la trompette s'adoucit, le rythme s'allégea. L'attention de la foule en fut encore plus aiguisée. Les frères reprenaient leur souffle. En fait ils ouvraient un nouvel espace, clair et léger, à la voix mélodieuse de Blaise-le-Laid qui se mit à psalmodier les Litanies de la Vierge. La foule écoutait, non plus abasourdie comme l'instant d'avant encore, mais émerveillée. La voix du Laid glissait avec tant de grâce qu'elle semblait voleter dans l'air brûlant, nager dans la lumière, ondoyer à travers tout l'espace. « ...Mère de la Lumière, Mère de la Vie, Mère de l'Amour, Mère de la Miséricorde, Mère de l'Espérance... » Et tout en chantant il se balançait doucement tandis que ses frères soutenaient sa voix en jouant en sourdine. « ... Vierge comblée de grâce, Vierge toute sainte, Vierge très humble, Vierge très pauvre, Vierge très pure, Vierge obéissante à la

Parole...» Sa voix prenait des inflexions implorantes, — obéir à la Parole, il savait ce que cela signifiait du fond de sa misérable condition, lui, l'infirme, avec sa vilaine bouche torse visitée par tant et tant de mots dont lui-même ne pouvait pas toujours prendre la pleine mesure. « Vierge priante, Vierge souffrante, Vierge exultante, Eve Nouvelle, Fille de Sion... » Le doigt que l'Ange du Mystère avait posé sur ses lèvres comme une pointe de feu avait laissé derrière l'horrible plaie de la chair une flamme translucide, vive, qui dansait dans son cœur et sa bouche. « ...Reine élevée au Ciel, Reine des Anges, Reine des Patriarches, Reine des Prophètes... » Des larmes de tendresse tremblaient dans sa voix fine et admirablement posée au faîte des aigus. Ses frères maintenaient leur tempo sourdement. Edmée et Reine contenaient l'élan de bonheur qui ravissait leurs cœurs. La foule retenait son souffle. Et le vieux Mauperthuis sa colère.

Dans la clairière de Notre-Dame-des-Hêtres les gens s'étaient retirés, le cœur réjoui, bien après le départ d'Ambroise Mauperthuis qui avait traîné Camille de force, et Marceau à sa suite. Même ceux qui au début avaient été hostiles aux neuf frères surgissant à grand fracas dans la clairière avaient retourné leurs sentiments. La beauté et la douceur du chant de Blaise-le-Laid avaient fait céder toute résistance et toute indignation. Et cela d'autant plus que les prêtres, y compris celui de la paroisse qui avait jusque-là toujours jugé avec suspicion les bûcherons qu'il tenait pour des demi-sauvages, s'étaient à la fin approchés des frères Mauperthuis et leur avaient manifesté leur émotion. Cette reconnaissance par ceux-là mêmes qui auraient pu les condamner avait ainsi renversé l'impression initiale de scandale en sensation de joie et de fierté.
Mais les frères ne se souciaient pas plus de cette reconnais-

sance qu'ils ne s'inquiétaient de la colère du vieux, leur patron. Ils avaient fait ce qu'ils avaient à faire, ils avaient chanté leurs louanges rituelles à la Vierge, ils avaient clamé leur allègre piété mariale, leur foi abrupte en Dieu, leur croyance enjouée en l'invisible présence des anges, — foi et dévotion auxquelles se mêlaient leur amour de la terre, leur passion des forêts. Ils avaient proclamé leur joie avec un élan encore accru ; un élan tel qu'il avait emporté dans sa course le cœur de tous ceux et toutes celles qui avaient assisté à son exclamation. Et lorsque le père Monin avait témoigné à Blaise-le-Laid son admiration pour sa connaissance des textes saints et pour sa voix d'une si rare pureté, le Laid s'était contenté de lui répondre : « Je ne mérite aucun éloge. Ce n'est pas moi qui parle et qui chante, ce sont les abeilles. Ma bouche est leur demeure, elles dorment dans mon cœur et l'éclairent de leur songe, leur beau songe d'or et de lumière butiné parmi le rire des anges. Leurs tendres et si légers corps de foudre sont nés des éclats de rire des anges. Et ma bouche difforme au sourire grimaçant qui n'inspire que dégoût ou moquerie aux gens ne leur fait pas peur. Loin de fuir ma laideur elles viennent l'adoucir ; elles viennent m'en consoler au point de m'en réjouir. Je ne connais ni l'envie, ni la haine, ni la rancœur, la jalousie ou l'esprit de vengeance. Je ne connais même pas la peine et la détresse. Je suis heureux. Oui, moi, le dernier rejeton accablé de laideur, je suis heureux, plus heureux que quiconque, parce que je suis requis par une joie qui me dépasse de toutes parts pour attester la beauté du monde, le bonheur des jours, la gloire de la terre et l'infinie tendresse de Dieu. — Ce que tu dis me trouble, ton humilité a de terribles accents d'orgueil ! » avait observé le prêtre qu'un tel langage chez un homme si simple étonnait, et qu'une telle assurance effrayait presque. Mais Blaise avait ri doucement et avait poursuivi : « Ma parole n'a que l'accent que lui dictent la joie et l'émerveillement qui m'ont été donnés de pure grâce. Je n'ai d'autre orgueil que mon amour pour Dieu, mon amour de la terre et des miens. Tout mon orgueil est d'aimer, d'aimer plus que je ne suis par moi seul capable d'aimer. Car j'ai été favorisé d'un songe par l'Ange qui visita Marie. Cela n'est pas de l'orgueil, c'est de la gratitude. — Sais-tu bien ce que tu dis? avait demandé le prêtre. — Si je savais vraiment ce que je dis je ne pourrais même plus parler, je ne pourrais alors plus trouver le moindre mot à la mesure de ce savoir. Il n'y a que les hommes qui parlent, parce qu'il y a quelque chose en eux qui tremble, qui bouge dans leur chair, qui tourne dans leur cœur ; ils sentent cela, mais ne le comprennent pas. Alors ils parlent, ils parlent et parlent pour poursuivre mot à mot cette chose étrange qui glisse et virevolte en eux sans jamais se laisser saisir. Les anges, eux, ne parlent pas ; quand ils viennent s'adresser aux hommes ils leur parlent dans un langage lapidaire, rapide. Eux-même n'ont nul besoin des mots, la lumière les habite, ils sont faits de clarté, ils sont des transparents. Ils ne portent même pas de noms ; si on leur demande comment ils s'appellent, ils répondent hors des noms, car leurs noms sont Merveille. Mais moi je dois chercher, je dois marcher pas à pas dans les mots. Si je connaissais pleinement ce dont je parle je ne pourrais plus vivre, je mourrais de cet excès de splendeur et de grâce. Tout comme j'aime plus que je ne saurais aimer par moi seul, je pense bien plus que ce que je crois penser, et je parle bien en deçà de ce qui se chante en moi. A travers moi. — Et tes frères? — Chacun d'entre nous a reçu sa part de lumière ; une lueur, juste une lueur, mais qui vit. — Et aussi sa part de colère! avait lancé le prêtre de leur paroisse qui se souvenait de certains éclats des frères du Matin. — Et de colère aussi, avait calmement admis Blaise-le-Laid. Mais cette colère est dénuée de toute rage et n'est pas liée au mal. Cette colère n'est jamais fureur. N'y a-t-il pas de la folie dans toute beauté, de l'éclat dans toute joie, de l'emportement dans l'amour? La tendresse elle-même est élan, vivacité, flamme qui brûle, qui brûle! La lumière est violente, le vent est une intense force qui marche, et qui court, qui court! Regardez ce soleil de 15 août comme il frappe la terre! Tout est ardeur. Et le cri des nouveau-nés? Tout commence par un cri, un déchirement. La création du monde a commencé ainsi et c'est ainsi que finira le monde, dans une terrible clameur, une déchirure. Mes frères et moi nous vivons dans la proximité de ce cri primitif. Et c'est aussi bien proximité du cri dernier. Nous vivons parmi les arbres sur un sol dur et pauvre, à l'à-pic d'un ciel qui nous jette à la face ses pluies et ses orages, ses neiges et ses soleils, ses vents, ses grêles et ses foudres. Notre corps est marqué par tout cela, notre peau est tissée de tout cela, notre cœur est plein de tout cela. Et notre âme se réjouit de tout cela. Nous sommes ainsi faits, nous sommes comme nous sommes et ne changerons pas. Toujours nous vivrons dans la proximité du monde surgissant d'entre les mains de Dieu, avec cet amour de la terre et des arbres planté à vif dans notre chair, avec cette joie sans mesure et cette foi fichée profond au cœur. C'est ainsi. Chacun a reçu sa part de lumière, force et colère pour les aînés, songes et chants pour les cadets. — Et Ambroise Mauperthuis? Il est votre grand-père, je crois? — Il est notre patron. Il a renié son fils, et nous tous à sa suite. Il a rompu tous les liens avec les siens. — Et d'avec Dieu? — De cela, je n'ai pas à juger.»

LA RONDE DES ANGES

Ambroise Mauperthuis n'avait rompu tous les liens avec son fils et ses petits-fils que pour mieux les resserrer autour de Catherine, autour de l'image de Catherine. Et ceux qu'il avait noués avec tant d'âpreté avec Camille, en prenant soin d'écarter d'elle tout le monde, s'enroulaient à ces uniques liens. Des liens d'origine. Les années d'avant Catherine ne comptaient pas. Il n'était vraiment venu au monde, à la vraie vie, que depuis sa rencontre avec cette femme des bords de l'Yonne, que par le heurt qu'avait provoqué sa beauté jetée bas. A travers Camille il traquait l'image de Catherine, il rôdait comme une bête aux abois, il attisait sans fin le feu de son ancien et bref éblouissement. Mais voilà que cette image lui échappait soudain, et cela au moment même où elle venait de fulgurer avec le plus d'éclat.

Camille le fuyait. Elle ne riait plus, ne chantait plus, ne courait plus à sa rencontre pour le prendre par le bras quand il rentrait de ses tournées à travers ses forêts ou de ses voyages à Vermenton, à Clamecy ou à Château-Chinon. Elle ne venait plus marcher ou s'asseoir à ses côtés pour parler avec lui comme elle avait toujours fait. Depuis la fête interrompue dans la clairière de Notre-Dame-des-Hêtres Camille se tenait à l'écart. Elle ne recherchait pas davantage d'autre compagnie, fût-ce celle de la Fine ou de quelque jeune fille des environs. La seule compagnie qu'elle désirait lui était interdite. C'était celle des neuf frères. Elle brûlait de les revoir, de se lier à eux. Elle se savait semblable à eux. Elle se voulait leur amie, leur sœur.

Camille ne réfléchissait pas. Elle sentait. Avec ardeur, de toute la force de son être. Tous ses sens venaient de prendre une vigueur nouvelle. La statue de Notre-Dame-des-Hêtres avait accompli d'emblée un miracle en s'installant au cœur de la clairière. Un très simple miracle, tout humain, magnifiquement humain : le regard de Camille sur les autres et sur sa propre vie avait été remis au monde, d'un coup aussi brusque que superbe. Son corps s'était arraché à lui-même pour s'élancer au-dehors, en avant. Le désir s'était engouffré dans sa chair, il lui avait empoigné le cœur.

L'imprévu avait surgi en coup de vent dans sa vie jusque-là si bien ordonnée et avait mis le feu à cette prodigieuse force de désir qui depuis toujours couvait en elle mais que les soins très vigilants de son grand-père avaient su maintenir endormie. Un coup de vent inespéré s'était levé, brutal, et beau à en crier de joie. Un coup de vent solaire. Le souffle de Simon magnifié par le cuivre. Simon, ce simple galvacher au service de son grand-père, ce brutasse toujours ébouriffé et sale, fulminant pour un rien et pour un autre rien s'exaltant tout autant. Le regard distrait, et même un peu hautain, qu'elle avait jusqu'alors porté sur lui comme sur tous les autres fils de la Ferme-du-Bout venait de changer. Son regard se posait soudain sur eux tous avec une attention aiguë.

L'étrange récit que Blaise-le-Laid avait déclamé lorsqu'il s'était avancé vers le centre de la clairière ne cessait de résonner en elle. « Le Temple qui est dans le ciel s'ouvrit. » C'était la terre qui s'était ouverte devant elle. Le temple qui est dans la terre ; les forêts. « Un signe grandiose apparut dans le ciel. » Un signe grandiose avait ébloui les forêts. Neuf jeunes hommes avaient donné chair et mouvement à une statue de la Vierge, l'avaient fait se lever de sa châsse de pierre, l'avaient invitée à danser nu-pieds sur l'herbe roussie par le soleil. « Une Femme, ayant le soleil pour manteau, la lune sous ses pieds, et sur la tête une couronne de douze étoiles. »

Camille voyait cette Femme. Elle voyait s'ouvrir la clairière de la Croix-aux-Hêtres, l'herbe y était d'or tant le soleil y ruisselait. La statue prenait chair, sève et sang, elle se dressait et s'avançait à pas dansants vers les arbres. Elle dansait et bondissait, lumière vivante frappant le sol de ses talons. A chaque coup perçaient des roses au ras de l'herbe. Des roses de granit dont le cœur flamboyait. Et la femme criait, en proie à une joie profonde comme le jour, plus ample que le monde. Ses cris s'envolaient vers la cime des arbres, se posaient sur leurs branches, — nuées d'oiseaux rouge feu. Les branches ployaient sous leur poids, sous la splendeur des cris ; elles se balançaient avec une mollesse terrible, voluptueuse.

Les arbres s'arrachaient de leur sol, ils se mettaient en mouvement. Leurs branches chargées d'oiseaux, de cris, de fruits, de flammes, se tordaient comme des bras d'hommes saisis par le désir. Ils luisaient, incandescents. Elle, corps de boue et de lumière, tournoyait parmi eux et les roses de granit qui partout trouaient le sol roulaient dans l'herbe, pourchassées par le vent, becquetées par les oiseaux. Et les arbres entonnaient un chant d'une voix rauque. Un chant de pure joie.

Les mots de la Litanie de la Vierge psalmodiés par le Laid prenaient en elle un accent nouveau. « Mère de la Lumière, Mère de la vie, Mère de l'Amour... » Mère de la Terre, Mère enfantant le bonheur de la terre. Femme portant la beauté de la terre entre ses bras comme un enfant radieux. Camille se confondait avec cette Femme. Elle en était la fille, la sœur. Sœur de la lumière, de la vie. Elle portait le désir dans ses bras comme une brassée de fleurs, — roses et pivoines rouge feu. Et elle avait mal de ne pouvoir partager ces fleurs, les effeuiller avec ceux qui avaient fait se lever en elle une si vaste, une si profonde joie. Elle souffrait de ne pouvoir clamer ce bonheur fou qui la tenait, cœur et entrailles, de ne pouvoir danser son allégresse et crier son désir. Avec eux, les frères.

Un signe grandiose était apparu sur la terre. Les forêts où depuis toujours vivaient les frères Mauperthuis venaient d'être enchantées. La statue de la Madone y avait fait une entrée solennelle et sa présence désormais éblouissait le lieu, le fécondait de merveille. Eux, les frères, s'étaient élancés à sa rencontre, l'avaient accueillie comme leur souveraine. En son image confluaient tous leurs amours, — leur foi en Dieu dont Elle était la bienheureuse Servante, la Fille et la Mère à la fois ; leur tendresse pour Edmée, leur amour pour leur mère, leur fierté pour leur père qui avait tout sacrifié sans un instant d'hésitation pour aller jusqu'au bout de son désir ; leur passion des forêts. Plus que jamais leur vie tournait autour de cette image, ils y puisaient leur force, leur bonheur. Mais il ne leur suffisait pas de l'avoir acclamée, ils voulaient encore honorer sa présence au cœur des forêts. Il leur vint une idée.

Un matin, aux premières lueurs de l'aube, ils se mirent tous les neuf en chemin vers la clairière de Notre-Dame-des-Hêtres. Là ils choisirent treize arbres alignés en arc de cercle sur le pourtour de la clairière, face à la statue. Et ils se mirent au travail. Dans le tronc de chacun de ces arbres ils sculptèrent un ange. Dans le hêtre dressé juste en face de la

Madone ils donnèrent forme à un ange aux bras chargés de fruits à la gloire de leur mère, et à sa gauche à un ange aux mains ouvertes, portant son cœur au creux des paumes. C'était là l'hommage rendu par les fils à l'amour que leur père avait toujours porté à Reinette-la-Grasse. A la droite de l'ange-aux-fruits ils sculptèrent un ange aux mains jointes, le visage souriant, ravi dans sa prière ; c'était l'ange-adorant, en l'honneur d'Edmée. A ses côtés ils firent un ange aux yeux clos ; l'ange-dormant, à la mémoire de Jousé. Puis de part et d'autre de ces quatre arbres ils sculptèrent les anges à leurs signes. A la gauche de l'ange-au-cœur apparurent, dans les troncs de cinq hêtres, des figures d'anges représentant les frères du Matin et celui de Midi. L'ange-à-la-hache, l'ange-riant, l'ange-sévère, l'ange-aux-oreilles enroulées comme des cornes de bélier, et l'ange-à-la-trompette. A la droite de l'ange-dormant émergèrent dans les troncs les figures d'anges à l'image des frères du Soir ; l'ange-aux-oiseaux, l'ange-aux-poissons, l'ange-aux-clochettes et l'ange-aux-abeilles. Et ils avaient travaillé de telle façon les troncs que lorsque le vent se levait il s'engouffrait dans les trous, dans les plis et les fentes creusés dans le bois. Le vent qui filait à travers la clairière glissait dans la bouche des anges, sifflait au ras de leurs lèvres, entre leurs doigts, entre leurs ailes, dans les plis de leurs robes. Râles et stridences, mugissements et chuintements. La clairière chantait, le vent fredonnait des airs aux accents tantôt vifs, tantôt lents, la lumière ondoyait le long des troncs sculptés, et les arbres vibraient d'avoir été ainsi marqués de l'empreinte des anges.

Quand le vieux Mauperthuis découvrit ce que tramaient encore les fils d'Ephraïm il laissa enfin éclater la fureur qui le harcelait depuis la fête du 15 août. Ces arbres lui appartenaient, nul n'avait le droit de jouer avec selon sa fantaisie. Il vint à la clairière un matin ; les neuf frères étaient là, en train

111

d'œuvrer à leurs sculptures. Mais les menaces et les injures qu'il leur lança ne provoquèrent que la colère des aînés. Ce fut lui qui prit peur ; il recula même quand Fernand-le-Fort s'avança droit sur lui, flanqué d'Adrien-le-Bleu et de Martin-l'Avare. Mais tout en reculant il leur avait crié : « Je les ferai abattre ces arbres ! Assez de gâchis ! Bande de vauriens, c'est mes bois et j'vais pas vous laisser les détruire comme ça ! — Alors on fera pareil avec toi, avait riposté Fernand-le-Fort en brandissant la hache qu'il portait toujours avec lui. Même la foudre quand elle tombe elle me fait pas peur. J'ai pas plus peur de toi que des éclairs ! » Et c'était vrai qu'il ne craignait nullement la foudre ; quand éclatait un orage en forêt et que le tonnerre ébranlait le ciel, le Fort dressait sa cognée, tranchant en l'air, pour fendre l'éclair. « Ils sont à moi ces arbres et je fais ce que je veux ! Brigands, voleurs, je vous chasserai tous de mes forêts ! » avait encore vociféré le vieux. D'un bond Simon-l'Emporté s'était planté face à lui et lui avait crié en plein visage : « S'il y a un voleur ici, c'est toi ! Tout le monde le sait bien que tu les as volés ces bois ! Hein ? ils étaient dans ta poche quand t'es né ? On veut même pas savoir comment t'as fait, tellement ça doit être sale ! Oui, t'as le cœur sale, sale et mauvais ! Tu as chassé notre père de ta maison. Et nous depuis toujours tu nous fais crever à la tâche, et on dit rien, et notre travail on le fait mieux que personne et tu le sais bien ! Mais aujourd'hui on va pas se taire ! Ces arbres ils sont à personne. Pas plus à toi qu'à nous. Ils sont à la Madone ! — Il a raison, avait repris Blaise-le-Laid en s'approchant de lui à son tour, ces arbres n'appartiennent à personne. Voyez, ils sont marqués du signe des anges ; ils sont là pour monter la garde autour de Notre-Dame-des-Hêtres. Elle est venue prendre place au cœur de vos forêts et vous ne voulez même pas accepter que ce simple hommage lui soit rendu ? Vous n'avez rien à nous reprocher.

112

Nous vous avons toujours servi avec honnêteté. Mais au-dessus de vous nous avons d'autres maîtres. Nous sommes les servants de Celle qui fut la Servante du Seigneur. Ne craignez-vous donc pas Dieu ? Refuserez-vous de lui offrir ces quelques arbres ? » Pour toute réponse le vieux avait craché avec colère puis leur avait tourné le dos et était reparti en maugréant, les poings serrés. Les frères s'étaient remis à leur travail.

Pour la seconde fois Ambroise Mauperthuis avait dû battre en retraite. Il crevait d'envie de chasser hors de ses forêts toutes ces crapules engendrées par la grosse Verselay mais, bien qu'il en eût le pouvoir, il n'osait pas encore passer aux actes car il sentait que depuis ce maudit 15 août l'opinion de tous les gens du pays avait basculé en leur faveur, — jusqu'à même cette terrible engeance des curés qui leur avait donné raison en approuvant leur scandaleux tintamarre et en admirant les palabres de ce laideron au museau de rat, et lui avait donné tort, à lui, en public ! Il ne voulait pas se mettre à dos tous les gens du pays, il attendrait donc pour se venger. Car il saurait bien prendre un jour sa revanche. Il attendrait son heure ; il l'attendrait avec la terrible et froide patience d'une bête de proie guettant l'instant propice pour dévorer sa victime.

Dans le mois qui suivit, son attente vengeresse fut cependant déviée un moment de son cours. Un événement survint qui le reporta brutalement vers son plus vieil ennemi et raviva sa haine première, fondatrice. Vincent Corvol surgit de l'ombre au fond de laquelle il l'avait précipité. Du bas de sa vallée, des tréfonds de sa maison des bords de l'Yonne où depuis plus de trente ans il expiait son crime dans la solitude et l'effroi, le vieux Corvol le convoquait.

Ambroise Mauperthuis, escorté de Marceau, de Claude et de Léger, descendit en grande pompe à Clamecy, le cœur sanglé de rancune et de hargne. Camille ne fut pas autorisée à les accompagner. En aucun cas elle ne devait être mêlée à ce clan des Corvol, de bout en bout elle devait tout ignorer de cet homme voué, une fois pour toutes, à l'oubli. La Fine reçut l'ordre de la garder sous la plus stricte surveillance à la Ferme-du-Pas.

DIES IRAE

Dies irae, dies illa,
Solvet saeclum in favilla :
Teste David cum Sibylla.

Quantus tremor est futurus,
Quando judex est venturus,
Cuncta stricte discussurus !

Le chœur entonna le *Dies irae*. L'église Saint-Martin était comble. Mais la foule vêtue de noir, qui se tenait debout dans la lumière ambrée de ce matin de septembre filtrant à travers les vitraux, était moins venue par fidélité ou affection à l'égard de celui dont on célébrait les funérailles que par curiosité. Pourtant il n'y avait rien à voir, — seulement le cercueil recouvert d'un long drap de velours noir, posé sur des tréteaux face à l'autel, au bout de la nef. Brodée en fils d'argent, l'initiale du nom du mort luisait d'un éclat mat sur le fond de velours noir. Luisait d'un éclat trouble qui fascinait l'assistance.

Tuba mirum spargens sonum
Per sepulcra regionum,
Coget omnes ante thronum.

115

Mors stupebit et natura,
Cum resurget creatura,
Judicanti responsura.

Il n'y avait rien à voir. Mais tous brûlaient du désir de voir. Ils avaient entendu parler du vœu formulé par le défunt juste avant sa mort. Un vœu insensé, monstrueux. On racontait que cet homme, avant d'entrer en agonie, avait fait appeler le notaire à son chevet et lui avait dicté ses dernières volontés en lui faisant jurer sur le crucifix, suspendu au mur à la tête de son lit, qu'il veillerait à ce que soit strictement accomplie sa demande. Et le notaire avait tenu sa promesse. Comme nul ne connaissait exactement tous les détails de cet étrange testament, on affabulait d'autant plus. On savait seulement que la dépouille du défunt avait été mutilée selon sa volonté. Alors chacun inventait les détails de cette mystérieuse mutilation. S'il n'y avait rien à voir, il y avait par contre terriblement à imaginer. Et c'est pourquoi tous les regards étaient braqués avec tant de fixité sur le cercueil tendu de velours noir. Comme si chacun cherchait à percer l'opacité du velours et du bois pour voir en transparence le cadavre amputé.

Liber scriptus proferetur,
In quo totum continetur,
Unde mundus judicetur.

Judex ergo cum sedebit,
Quidquid latet apparebit:
Nil inultum remanebit.

Dies irae! Dies irae!

116

Dies irae, dies illa,
Solvet saeclum in favilla:
Teste David cum Sibylla.

Mais il y avait un homme dans l'assistance qui, lui, savait. Il savait tout. Il se tenait au premier banc, celui de la famille du défunt. C'était Ambroise Mauperthuis, allié au mort par le mariage de leurs enfants. Lui aussi fixait le cercueil, non comme les autres pour chercher à deviner quelle mutilation marquait le cadavre, — il la connaissait. Ce qu'il fixait c'était la fine lettre d'argent brodée sur le velours. L'initiale du nom du mort. La lettre C.

Vincent Corvol se présentait une dernière fois à lui en exhibant l'initiale de son nom d'assassin. Non plus frappée en creux dans des rondins de bois sonores mais rehaussée en fils d'argent sur fond de velours. Un C à l'éclat mat ; lettre immobile, désormais muette, unique, et non plus démultipliée et brutale au fil de l'eau parmi le fracas des bûches. Et cependant la sourde clameur du chœur chantant le *Dies irae* évoquait pour Ambroise Mauperthuis cette autre grande clameur, si fabuleuse, du long troupeau des bûches de chênes et de hêtres dévalant la rivière, ce sombre chant des arbres démembrés. Ce chant grondant entre les berges, — et qu'un éclair de silence avait soudain transpercé. Le matin du crime. Il y avait déjà plus de trente ans de cela. Mais Ambroise Mauperthuis ne prenait plus, depuis ce matin-là, la réelle mesure du temps. Et cette lointaine aube de printemps se confondait avec cette présente matinée de septembre. Les matins confluaient par-delà les années, — eaux vives et glacées charriant dans leur courant les mêmes corps à jamais. Le corps de haine, le corps de splendeur, le corps fou de désir. Corvol, Catherine et lui-même. Trois corps extrêmes, corps de colère et de vengeance.

117

Quid sum miser tunc dicturus?
Quem patronum rogaturus,
Cum vix justus sit securus?

Rex tremendae majestatis,
Qui salvandos salvas gratis,
Salva me, fons pietatis.

Le regard d'Ambroise Mauperthuis se brouillait. Il lui semblait voir vaciller imperceptiblement le cercueil comme s'il allait partir à la dérive. N'était-il pas de chêne, comme les bûches flottant sur l'eau? Ne portait-il pas cette même initiale? C comme Corvol.

C comme Catherine. Que renfermait au juste ce cercueil de chêne, — le corps du vieux Corvol ou celui de Catherine? Catherine à jamais demeurée jeune, douée à travers les années de sa bouleversante beauté et de son regard vert. Catherine qui aurait repris vie sous la terre où il l'avait enfouie et qui aurait creusé la terre de la berge jusqu'à la rivière, et se serait glissée dans l'eau et aurait nagé à contre-courant pour remonter jusqu'aux forêts du haut Morvan. Jusqu'à ces forêts de Corvol devenues celles de Mauperthuis.

Catherine courant dans les forêts. Dans ses forêts à lui. Elle court, elle fuit l'époux qui la pourchasse. Sa robe se déchire aux branches et aux ronces. Catherine, nue, s'appuyant contre un chêne et frappant son tronc de ses poings jusqu'à ce qu'il craque, s'ouvre et l'enserre en lui. Et le chêne habité par le corps de Catherine se serait arraché à la terre pour se mettre à marcher, pour s'en aller parcourir le monde, et à la fin venir se coucher là, sous ce drap de velours noir. La pensée d'Ambroise Mauperthuis se brouillait. Il confondait son propre corps et celui d'un chêne de la forêt

118

de Saulches. Il était un arbre de chair et de sang hanté par la beauté de Catherine.

Recordare, Jesu pie,
Quod sum causa tuae viae:
Ne me perdas illa die.

Quaerens me, sedisti lassus:
Redemisti crucem passus:
Tantus labor non sit cassus.

Un arbre de chair et de sang hanté par la beauté de Catherine. Tel se tenait le vieux Mauperthuis dans la clameur du chant. Une clameur d'orage, un cri monté de ses entrailles. Sa haine pour Corvol le reprenait comme au premier jour, mais amplifiée par les années, déployée sans mesure par sa mémoire devenue folle, sa mémoire ivre de Catherine. Sa haine magnifiée par la solennité du lieu et la splendeur du chant. Sa haine éblouie par la beauté de Catherine retrouvée en Camille.

Cette lumière dorée qui tombait des vitraux pour s'aviver aux flammes aiguës des cierges, c'était la blondeur de Camille se mêlant à celle de Catherine. C'était l'éclat d'un même corps de femme en course par le monde, d'une femme qui n'avait fait que traverser la mort pour resurgir, plus jeune et intrépide encore, entre granit et ciel, entre les arbres et l'eau. A ses côtés, à lui. Catherine-Camille, sa femme sienne, passionnément. Catherine-Camille, son unique amour, son amour fou de jalousie. Et les fils d'Ephraïm qui avaient détourné de lui Camille par leurs cris et leurs trépignements sauvages lui apparaissaient désormais comme des suppôts du vieux Corvol. La même haine et la même fureur de vengeance braquaient son cœur jaloux

119

contre eux. Son cœur halluciné, — C comme Catherine-Camille. Ambroise Mauperthuis tenait ses yeux rivés au cercueil. « Non, se disait-il, dans ce coffre de chêne, Corvol n'est pas couché ; depuis bien trop longtemps je l'ai ébranché, élagué, réduit à rien. Une vieille brindille sèche. Ou bien si : son corps de chien, d'assassin, croupit dedans. Mais attention, Corvol ! Tous les chênes sont à moi, depuis longtemps, et mes arbres connaissent ton crime, connaissent ma haine contre toi. Ce cercueil va se rabougrir dans la terre et t'enfermer, te serrer comme une noix et te faire éclater. Dans la terre encore tu connaîtras les tourments. Catherine a depuis longtemps parlé aux racines, aux bêtes de dessous la terre. Toute la terre, le ventre de la terre crie vengeance, et va se venger de toi. Reste où tu es, Corvol, reste couché dans ma colère. Tu vas pourrir dans ma colère ! »

Ingemisco, tanquam reus :
Culpa rubet vultus meus :
Supplicanti parce, Deus.

Qui Mariam absolvisti,
Et latronem exaudisti,
Mihi quoque spem dedisti.

Claude Mauperthuis, debout aux côtés de son beau-père, fixait également en silence le cercueil drapé de noir. Le cercueil de son père. La lettre C brillait d'une lueur douce, douce à pleurer. Un C couleur de lune, couleur de givre, couleur de cendres et de larmes.

Claude reprenait lentement possession de son nom, elle se souvenait qu'elle était née Corvol. C'était dans cette même église que tout avait commencé, — le malheur, la perte de son nom, l'abaissement dans celui de Mauperthuis. La mésalliance. Cela s'était passé dans cette église Saint-Martin de Clamecy. Son père l'avait menée par le bras jusqu'à l'autel. Elle se souvenait. Les deux fauteuils de velours rouge. Et elle, vêtue de la robe que sa mère avait autrefois portée à ses noces. Elle, déguisée dans les dentelles ivoire de sa mère, la fugitive. Elle, humiliée dans la peau de traître de sa mère. Camille porterait-elle à son tour cette robe, cette peau de mue qui fait chavirer une jeune fille du nom de son père dans le nom étranger d'un mari inconnu? Cette peau de mensonge que l'on ouvre le soir de ses noces et dont l'on se dévêt pour jeter son corps vierge en pâture à la grossièreté d'un homme. Cette peau de détresse qui désigne le corps à la déchéance, qui le voue à subir la plus abjecte solitude: étouffer sous le poids d'un corps d'homme que l'on ne connaît pas, que l'on n'aime pas, que l'on ne désire surtout pas.

Saint Martin avait divisé son manteau pour en vêtir un pauvre. Elle, elle déchirait sa robe pour en jeter les lambeaux au visage détourné de sa mère, et aussi bien à celui de sa fille. Mère et fille, — hydre à deux têtes jumelles, aux mêmes yeux de Vouivre, aux mêmes bouches larges aux lèvres humides de rires insouciants, de désirs impudiques, gonflées de moues insolentes. Elle déchirait sa robe de noces, elle rejetait son nom d'épouse, — elle se répudiait elle-même pour retrouver l'honneur de son nom de jeune fille. Son nom d'avant, — d'avant la mésalliance. Ce nom léger, Corvol, qu'elle avait reçu à la naissance, qu'elle avait porté à l'école; un nom léger et calme comme un oiseau endormi au creux de la main, et non pas lourd comme celui de Mauperthuis. Celui-là il avait la lourdeur du corps de son mari. Ce corps pesant qui avait sué et ahané contre elle jusqu'à la rendre lourde à son tour, grosse d'un autre corps. Sa fille.

Confutatis maledictis,
Flammis acribus addictis:
Voca me cum benedictis.

Oro supplex et acclinis,
Cor contritum quasi cinis:
Gere curam mei finis.

Claude tenacement reprenait possession de son nom. Là, face au cercueil de son père, face au grand drap de velours noir où luisait le doux éclat d'argent de sa lettre initiale. C comme Claude Corvol. Et la mémoire lui revenait. Celle de son enfance, de sa paisible enfance dans la belle maison des bords de l'Yonne, celle des pièces fraîches qui sentaient l'encaustique, l'odeur douceâtre des roses se fanant dans les vases et des fruits du jardin disposés en pyramides rouges ou dorées dans les compotiers de faïence. Pommes, cerises, poires et prunes. Les reines-claudes jaunes et sucrées. Elle portait le prénom d'un fruit, d'un fruit royal, le prénom d'une reine des bords de Loire. Pourquoi l'avait-on donc exilée loin de son royaume, hors de ces chambres tranquilles où, sur des consoles de marbre, horloges et pendules égrenaient la bienheureuse monotonie des heures ? Pourquoi avait-elle dû quitter le grand jardin et son allée de gravier rose, ombragée par une longue tonnelle couverte d'un fouillis de verdure, de clématites et de volubilis où venaient gazouiller les oiseaux ? Le grand jardin, son portique à balançoires, son coin verger, son coin roseraie, sa cabane à outils, ses lilas et son magnolia. Avec, près des lilas, le fauteuil où son père aimait venir se reposer les soirs de printemps et d'été.

Son père auquel elle avait si peu pensé au cours de toutes ces années. Pour ne pas trop souffrir, peut-être, ne pas être assaillie par la tentation de revenir en arrière. Son père dont elle cherchait à retrouver les traits, le regard, la voix. Son père qu'elle avait tant envie de revoir soudain. Le serrer dans ses bras, l'embrasser, lui demander pardon de l'avoir laissé seul si longtemps. De l'avoir oublié...

Lacrimosa dies illa,
Qua resurget ex favilla
Judicandus homo reus.
Huic ergo parce, Deus.

Pie Jesu Domine,
Dona eis requiem.

Car elle l'avait abandonné, elle aussi, tout comme sa mère, pour s'en aller au bras d'un autre homme. Mais un homme qu'elle n'avait même jamais aimé. Un pauvre rustre des forêts. Et elle n'avait pas pour autant rêvé d'un autre amour, jamais. Elle ne croyait pas à l'amour. Sa mère, la traître, la fuyarde, lui avait volé le sens et le goût de l'amour. Elle ne savait même plus pourquoi, comment, elle s'était séparée de son père. Elle était si jeune alors. Elle s'était laissé conduire un jour par son père jusqu'à cet autel, puis son père avait disparu, s'était effacé, et deux hommes inconnus l'avaient emmenée dans un hameau perché dans les forêts, à bord d'un chariot tiré par des bœufs. On l'avait chargée sur ce chariot parmi ses malles et son piano, comme une chose, un mannequin. Et c'était déjà comme une chose que sa mère l'avait laissée pour compte, comme un objet usé, sans valeur, avec son père et son frère parmi les bibelots, les meubles. Et elle était devenue pareille aux bibelots, aux meubles, — une simple chose au bord de l'inexistence, au corps insensible.

Son mari était resté pour elle un étranger. Et de même

l'enfant qu'elle avait eue de lui. Camille, dont la ressemblance avec sa mère était si grande qu'elle en était insupportable. Cette ressemblance n'avait cessé de la narguer comme si sa mère la fugueuse s'amusait à lui dire à travers Camille : « Vois, je t'ai abandonnée un jour pour ne plus te revoir, mais je t'envoie un double de moi pour me jouer encore de toi et te trahir à nouveau en te quittant bientôt! » Elle ne s'était jamais attachée à sa fille, elle n'avait pas cherché à déjouer les ruses du vieux, son beau-père, pour l'empêcher d'accaparer pour lui seul l'affection de Camille. Elle s'était retirée de leurs vies à tous, — beau-père, époux et fille, au sein même de la ferme où elle s'était laissé mettre en cage. Elle avait mis le temps en suspens, et sa propre vie, son corps, sa mémoire, son cœur avec. Et avec aussi, son père. En suspens dans l'oubli, l'indifférence et la mélancolie. Au fond, la vieille Dodine qui maudissait tant son piano qu'elle accusait de sorcellerie avait peut-être raison. Ce piano l'avait engourdie dans l'oubli, l'avait dispensée d'exister. Elle s'était enfermée avec ce piano comme dans un tombeau. Un doux tombeau tissé de notes où sa vie très évanescente n'avait cessé de se dissoudre dans l'absence, de prendre le goût du néant. Le très insipide goût d'un néant faussement mélodieux.

Sanctus, Sanctus, Sanctus,
Dominus, Deus Sabaoth.
Pleni sunt caeli et terra gloria tua.
Hosanna in excelsis.

Benedictus qui venit in nomine Domini.
Hosanna in excelsis.

Claude reprenait douloureusement possession de son nom. Oui, elle se souvenait qu'elle était née Corvol. Et le dégoût pour le nom de Mauperthuis éclatait dans son cœur. Dégoût pour tous les Mauperthuis, sa propre fille incluse. Cette initiale d'argent qui luisait avec tant de douceur dans la lumière des cierges, c'était la sienne. Elle n'avait plus rien à faire du nom de Mauperthuis, elle allait le jeter comme un déchet, au rebut, loin d'elle, et reprendre son nom de jeune fille. Le nom de son père.

C'était ici que tout avait commencé. Mais un coffre, à présent, remplaçait les fauteuils, le velours rouge s'était fait noir. Et dans le coffre gisait son père. L'émotion montait en elle comme le sang et la douleur d'une blessure longtemps endormie sous la glace et qui brusquement se réchauffe. L'émotion se levait en elle comme une eau brûlante où se mêlaient la honte, la tendresse, le remords, la pitié, le chagrin. Elle voulait voir son père, une dernière fois. On racontait qu'il aurait demandé à être mutilé avant d'être mis en bière. Elle ne cherchait pas comme les autres à savoir de quelle mutilation il pouvait bien s'agir. Ce qu'elle savait, ce qu'elle comprenait maintenant, c'était que son père avait été par deux fois mutilé, — de sa femme, puis de ses deux enfants.

C'était ici que tout avait commencé. Ce serait à nouveau ici que tout recommencerait. Elle allait quitter les Mauperthuis, beau-père, époux et fille, elle ne retournerait dans leur hameau de sauvages, dans leur ferme à bœufs et à cochons, que pour y rechercher ses affaires, ses malles, son piano. Elle allait se réinstaller dans la maison de son père. La sienne désormais. Elle s'y enfermerait avec Léger, son frère chétif au vieux visage d'enfant ridé qui se pressait contre elle. Elle s'enfermerait dans la maison de son père, dans la mémoire de son père, dans le grand corps absent de son père, elle y prendrait le relais de sa solitude, la relève de son silence. Elle reprendrait son nom, ce nom chu du corps de son père, ce nom en déshérence. Corvol.

Agnus Dei, qui tollis peccata mundi:
dona eis requiem.
Agnus Dei, qui tollis peccata mundi:
dona eis requiem.
Agnu Dei, qui tollis peccata mundi:
dona eis requiem sempiternam.

Claude Corvol reprenait pleine possession de son nom, passionnément. Là même où elle l'avait perdu. Elle revenait vers son père. Elle épousait la mort de son père. Oui, la Dodine avait raison : son piano était un tombeau-sorcier qui l'avait enchantée. Un tombeau auprès duquel elle se mettrait plus que jamais à l'écoute de la voix des morts et grâce auquel elle offrirait aux morts, — à son père, un chant sacré. Un chant de pardon, de réconciliation, de mémoire et de paix. Et Léger, son petit frère au corps et à l'esprit d'enfant simplet, aux mains déjà un peu tavelées qui ne savaient toujours que jouer au bilboquet, à la balle ou au cerceau, poursuivrait auprès d'elle son rêve frileux de petit garçon qui ne veut pas, jamais, jamais, devenir adulte.

C comme Corvol. La lettre d'argent tremblait sur le velours noir comme une larme grise et douce. Larme d'un mort versée en signe d'adieu. Pour purifier la mémoire, laver le passé. Larme de son père transsudant de la mort comme une fine étoile de la nuit pour lui montrer quel chemin prendre, en quel lieu séjourner désormais. Là-bas, sur les berges de l'Yonne.

C comme Claude Corvol, fille de Vincent Corvol. De ce grand drap de velours noir qui ensevelissait son père elle ferait sa nouvelle robe d'épouse. Epouse de la mémoire des morts.

Lux aeterna luceat eis, Domine :
Cum sanctis tuis in aeternum : quia pius es.

Requiem aeternam dona eis, Domine :
et lux perpetua luceat eis.

Qui gisait là ? se demandait Marceau. Les voix graves des hommes chantant le *Requiem*, les lueurs vacillantes des cierges, l'odeur de la cire et de l'encens, la lumière ambrée des vitraux nimbant la foule guindée de noir, tout lui tournait la tête. Il se sentait mal, son cœur se soulevait, il avait le vertige. Qui gisait là ? Cette question ne cessait de lui tambouriner l'esprit. Il n'avait vu son beau-père que trois fois dans sa vie. Le jour de la demande en mariage, le jour des fiançailles, le jour des noces. Trois jours précipités, presque coup sur coup. Trois jours orchestrés à toute vitesse par son père. Trois jours maudits. Il y avait si longtemps de cela ; il ne gardait qu'un souvenir confus de cet homme qui avait été son beau-père. Une silhouette mince aux épaules étriquées, des yeux éteints, et quelque chose de traqué dans le regard. Voilà toute l'impression qui lui restait. Mais les questions à présent l'assaillaient. Pourquoi cet homme s'était-il ainsi dépossédé au profit de son père, pourquoi avait-il consenti à lui donner sa fille en mariage, pourquoi avait-il accepté de se séparer de ses deux enfants et par la suite n'avait-il jamais cherché à les revoir. Et enfin, que signifiait cette rumeur qui prétendait que Vincent Corvol aurait exigé d'être mutilé après sa mort ? Et surtout, quel secret avait donc lié cet homme à son père ?

Son père, son père ! Que n'était-il mort, que n'était-il là, à la place de l'autre ! Son père au cœur mauvais, retors, qui n'avait cessé de s'interposer entre la vie et lui, qui l'avait dépouillé de tout, — de sa volonté, de ses désirs, de ses sentiments. Qui l'avait séparé de son frère puis l'avait mésallié avec une étrangère qui, pas plus que lui, ne l'avait aimé. Une étrangère demeurée telle, — femme au cœur gris comme ses yeux, à la peau froide, au corps sec comme un bout de bois mort. Une étrangère hautaine, hostile.

Son père, son père! Tyran au cœur jaloux, et fourbe, qui avait détourné l'affection de sa propre fille pour se l'accaparer. Son père qui avait mis l'héritage au nom de Camille, l'en écartant, lui, le fils direct. Le vieux n'en finissait pas de le tromper, de le rejeter dans l'ombre, de l'humilier, de le déposséder. Mais il était complice de sa propre disgrâce, il le savait bien, et c'était cela qui lui faisait le plus de mal. Il s'était laissé étouffer, traiter en valet, en chien, sans jamais oser se rebeller. Car il était lâche. Sa docilité n'était que sa façon de consentir à sa propre lâcheté. Il s'était laissé reléguer dans l'indifférence, le mépris, l'oubli, par tous, parce qu'il était devenu indifférent à lui-même. Depuis qu'il avait été séparé de son frère il n'était plus rien. Son frère, son aîné, Ephraïm, qui, lui, avait osé dire non au père, qui avait préféré garder intacts son orgueil, sa volonté, sa vie plutôt que de les jeter aux ordures pour conserver ses droits de fils héritier.

Libera me, Domine, de morte aeterna,
in die illa tremenda :
Quando caeli movendi sunt et terra :
Dum veneris judicare
saeculum per ignem.

Qui gisait là? Marceau le lâche, Marceau l'oublié, Marceau le non-aimé fixait le grand drap noir d'un air douloureux. Il cherchait à comprendre. Ce cercueil lui apparaissait aussi énigmatique que tous ces sarcophages béants de vide qui depuis des siècles montaient leur garde muette autour de la petite église de Quarré-les-Tombes. Quels corps avaient-ils enfermés, et pourquoi si nombreux? Quel corps gisait aujourd'hui sous ce drap noir? Y avait-il d'ailleurs dessous vraiment un corps? Il se sentait si seul, seul à crier, à en pleurer. Ce grand drap noir, comme une bâche jetée sur sa propre vie, sur son cœur désert, sur son corps de valet qui n'avait jamais connu la joie, le plaisir, la tendresse. Il repensait à sa mère, morte alors qu'il était encore enfant. La seule qui aurait pu l'aimer, peut-être. Il pensait à Ephraïm, ce frère aîné qu'il avait toujours tant admiré. Son frère exilé à l'autre bout du hameau, à l'autre bout du monde, et la parole entre eux devenue impossible, et l'affection entre eux détruite. Son frère déchu de ses droits, volé de ses biens, réduit à la misère, mais investi d'un plus grand bien, — d'un amour franc de toute ombre, de toute angoisse. Alors que lui-même n'était que ruines intérieures. Solitude.

L'espace tournait autour de Marceau, tout chavirait. Et il n'avait personne sur qui s'appuyer. Qu'il vienne à tomber, qu'il s'effondre, personne ne viendrait le relever. Nul ne se souciait de lui. Lorsque l'heure arriverait pour lui de disparaître à son tour personne ne s'en apercevrait. Personne ne s'en désolerait, ne le regretterait. Il lui semblait voir la lumière se rancir dans l'église et le cercueil ballotter comme un tronc mort emporté par un courant d'eau jaune, boueuse. Il avait soif, soif à crier, à en pleurer. Il aurait tant voulu s'asseoir à une table aux côtés de son frère, et boire avec lui.

Tremens factus sum ego, et timeo,
Dum discussio venerit
Atque ventura ira.

129

Qui gisait là ? Et soudain, enivré par la clameur du chœur, par l'odeur écœurante s'exhalant des cierges, de l'encens, de la foule, il s'était exclamé en lui-même : « Mais pourquoi n'est-ce moi ? » Ce fut à cet instant que l'idée d'en finir avec sa vie, — sa vie pour rien, pour personne, sa vie de lâche et de raté, lui avait traversé l'esprit en un éblouissement noir. Et cette idée l'avait réconcilié avec lui-même. Il n'avait jamais été qu'un gisant debout, une ombre en mal de son corps perdu. En mal de son frère. Le nom d'Ephraïm l'avait alors enveloppé comme un grand drap de velours noir. Oui, bientôt il serait un vrai gisant, un gisant délesté du poids de la honte, du remords, de toute détresse. Un gisant devenu si léger de pouvoir enfin se coucher qu'il s'en irait au gré du vent, au gré de l'eau, flottant. C'était peut-être ainsi que les sarcophages de Quarré-les-Tombes s'étaient ouverts, laissant s'évader leurs gisants à travers les bois, au fil de la Cure et du Trinquelin, comme autant d'oiseaux et de poissons invisibles. C'étaient peut-être tous ces morts invisibles qui faisaient osciller certains jours l'énorme dalle de la Pierre-qui-Vire. Peut-être y dansaient-ils ?

Qui gisait là ? Lui, bientôt. L'esprit des morts s'était emparé de Marceau. Il voyait, dans la lueur toujours plus trouble des cierges, s'ouvrir pour lui tous les sarcophages de Quarré-les-Tombes comme autant de lits profonds et doux où il rêvait de se coucher. Il se rêvait gisant léger glissant dans les eaux claires du torrent, volant à travers les forêts, dansant sur la lourde pierre en équilibre sur sa roche. Gisant dormant dans la pierre, l'eau, la forêt et le vent. Gisant dansant sur le beau nom d'Ephraïm. L'esprit des morts venait de s'enlacer à son cœur, — consolation, promesse, espoir. Délivrance.

Dies illa, dies irae,
calamitatis et miseriae,
dies magna et amara valde.
Dum veneris judicare
saeculum per ignem.

Jour de colère aujourd'hui. Jour de colère chaque jour de sa vie. Jour de colère pour toujours. Le vieux Mauperthuis sentait son cœur battre de colère, battre à tout rompre. A rompre ce cercueil, à briser les os de l'homme couché dedans. Et par avance il rejetait la promesse que cet homme avait osé prétendre lui extorquer. Car Vincent Corvol lui avait écrit, juste avant de mourir. Une lettre scellée que lui avait remise le notaire la veille au soir, ainsi que deux coffrets. Deux coffrets renfermant ce que la foule au regard braqué sur le cercueil cherchait à connaître avec tant d'avide curiosité.

LE TESTAMENT

Monsieur,

L'homme qui a tué Catherine va mourir à son tour. Grâce à vous cet homme a subi un châtiment que la justice humaine, si elle avait pris connaissance de son crime, ne lui aurait pas imposé avec autant de cruauté. A l'instant de ce crime vous vous êtes dressé, non comme un juge, mais comme un accusateur, comme le bourreau de ma conscience. Vous m'avez dépouillé de mes biens, vous avez pris mes enfants et les avez détournés de moi. Vous m'avez assigné à la plus noire solitude, à la plus acide des pauvretés, — celle du cœur. Il est vrai que lorsque ma femme a voulu me quitter j'ai perdu mon cœur d'homme. Quand j'ai découvert sa trahison, sa fuite, c'est avec un cœur de chien que j'ai couru vers elle, pour l'arrêter, la ramener auprès de moi. Un cœur de chien fou de douleur, de jalousie, de colère. Mais ce cœur-là s'est arraché à moi lorsque j'ai tué Catherine. C'est ce cœur perdu, ensauvagé par la peur, la détresse, qui l'a tuée, et il est mort au même instant que sa victime. Il ne pouvait pas lui survivre. Lorsque après mon départ vous avez porté Catherine en terre, vous avez enfoui en même temps mon double cœur, — d'homme et de chien. Ce double cœur a pourri depuis longtemps sous la terre. Et aucun autre cœur ne m'a été donné. Vous m'avez laissé seul, si douloureusement seul, avec ce trou aride à la place du cœur. J'ai demandé qu'après ma mort mon cœur soit prélevé de mon cadavre afin que mon corps descende dans la terre avec la marque visible, tangible, de sa terrible pauvreté. J'ai demandé également qu'après ma mort ma main droite me soit tranchée, afin que mon corps soit déposé dans le caveau de mes ancêtres sans sa main d'assassin. Je veux que mon corps, à jamais séparé de celui de Catherine, à jamais privé d'elle, soit mis en terre, mutilé, — puisque c'est d'elle que je me suis amputé en la tuant. Au jour du Jugement Dernier, lorsque l'Appel sonnera par toute la terre pour sommer les morts à comparaître devant Dieu, c'est avec ce corps mutilé, deux fois marqué par l'infinie détresse de son crime, que je me lèverai et marcherai vers mon Juge. Dieu jugera. Mais seul le pardon que voudra bien m'octroyer Catherine dans l'au-delà pourra rendre à mon corps l'intégrité qui lui est à présent refusée.

Sachez, Monsieur, que vous aussi aurez à comparaître devant Dieu, et qu'il sera exigé de vous des comptes comme à moi-même. Pensez avec gravité à cela en lisant la prière que je vous adresse et que je vous supplie d'accomplir :

J'ai demandé que mon cœur et ma main vous soient remis afin que vous déposiez cette écorce évidée qu'est mon cœur à l'endroit où autrefois vous avez enterré ma femme Catherine, car ce cœur n'a jamais appartenu qu'à elle, — et davantage encore dans la douleur et le remords, que je n'ai cessé d'endurer depuis mon crime, que dans l'amour que je lui ai porté de son vivant. Déposez auprès d'elle ce cœur perdu, dévasté, ce cœur en creux, — déposez-le comme une supplication muette. Je mendie le pardon de Catherine jusqu'après ma mort, jusque dessous la terre, après l'avoir mendié pendant plus de trente ans dans un continuel pleurement de larmes de sang acide et glacé.

Quant à cette main que vous n'avez pas su, ou pu arrêter avant le crime, cette même main qui aujourd'hui vous écrit, je vous la confie pour que vous lui trouviez la place qui lui revient en ce monde. Moi-même je l'ignore, et peu m'importe cela ; il me suffit juste qu'elle ne vienne pas troubler le repos de mes ancêtres que je m'en vais rejoindre. Mais vous avez si bien excellé à trouver le châtiment qui incombait à mon crime, — vous saurez certainement à nouveau trouver ce qu'il convient de faire de cette main que je renie.

Vous vous êtes de vous-même impliqué dans le crime que j'ai commis. Vous avez détourné la justice de laquelle je relevais pour l'exercer à votre seul profit. Vous m'avez dépouillé, humilié, tourmenté plus que n'aurait su le faire la justice des autres hommes. Finalement vous avez à votre façon pris part à ce crime en vous instaurant le maître de ma honte, de ma souffrance et de mon absolu remords. Dorénavant vous voilà seul à porter le secret de ce meurtre. Puisque vous avez choisi librement, spontanément, de vous charger du châtiment qu'appelait mon crime, je vous charge à mon tour de la mémoire de ce crime. Non pour l'obscurcir davantage, mais pour enfin la délier. Exaucez ma prière, — déposez mon cœur repenti et mendiant, mon cœur qui a tant expié, auprès de celle que je n'ai jamais cessé d'aimer.

N'oubliez pas, Monsieur, que votre propre comparution face à l'Eternel notre Juge ne tardera guère. Et alors, de la façon dont vous aurez agi, il vous sera réclamé des comptes d'une rigueur que vous ne soupçonnez pas.

Exaucez ma prière, sans délai ni détour. Ceci n'est pas un ordre. Je ne suis pas un homme habilité à donner des ordres, mon crime m'a dessaisi depuis longtemps de tout pouvoir, radicalement. Ceci est bien davantage et surtout bien plus terrible qu'un ordre. Ceci est une supplique, — qui met en jeu nos âmes.

Entendez cela, Monsieur, comprenez-le, et faites ce qu'il vous revient à présent d'accomplir.

Que Dieu nous prenne tous en pitié, les vivants et les morts.

Vincent Corvol.

Telle était la lettre que Vincent Corvol avait adressée à Ambroise Mauperthuis. Elle était datée de la veille de sa mort. Il l'avait remise le jour même à son notaire avec son testament par lequel il léguait sa maison à sa fille Claude ainsi que les quelques biens qui lui restaient, et dans lequel il demandait sa double mutilation et la remise de son cœur et de sa main à Ambroise Mauperthuis, beau-père de sa fille et ancien légataire de ses forêts, — don qu'il ne contestait pas. Il avait rédigé cette lettre et ce testament en toute conscience, la maladie n'ayant pas affecté sa raison et jusqu'aux dernières heures il avait conservé toute sa lucidité, ce que le notaire avait bien dû reconnaître malgré l'effroi que lui avait causé la lecture de ce testament par le mourant lui-même. Effroi que Vincent Corvol avait d'emblée assigné au silence en demandant au notaire, homme pieux dont il connaissait la droiture et la foi rigide et scrupuleuse, de jurer sur le crucifix pendu à la tête de son lit qu'il ne divulguerait à personne les termes de ce testament et qu'il veillerait à ce que ses dernières volontés soient strictement accomplies, dans le secret. Et Corvol lui avait dit : « Ne cherchez pas à pénétrer les raisons de cette demande qui, je le comprends, vous choque et même vous révulse. Ne cherchez pas à élucider des motifs qui, au fond, m'échappent à moi-même en partie. Oui, même à moi. Mais dont je ressens la nécessité. Sachez seulement que je ne suis pas fou, — si je souffre ce

135

n'est nullement de démence mais au contraire d'un excès de lucidité, ce qui est pire. C'est pourquoi je vous prie de satisfaire en tout point ma requête, elle est celle d'un homme qui a péché au-delà de ce que vous pourriez concevoir. Elle est celle d'un homme qui va incessamment rendre son âme à Dieu, dans l'affliction et le remords les plus extrêmes. Je vous fais confiance, et je vous remercie. A présent, laissez-moi, je vous prie. L'heure est si proche où je vais comparaître... tout doit être consommé. Et tout sera consommé. Et jugé. »

Là avaient été les dernières paroles de Vincent Corvol. Le notaire s'était retiré, le laissant seul. Et il était resté seul jusqu'à la fin. Il était mort au matin du lendemain. Il avait regardé tomber le crépuscule, puis s'installer et s'épaissir la nuit, puis poindre l'aube, rosir le ciel, réaffluer le jour et les chants des oiseaux. Et à mesure son souffle s'était voilé, s'était fait rauque, râpeux, et sa mémoire avait ouvert en grand ses portes, lui révélant d'un coup un espace formidable, — celui de soixante-dix années de vie. Et sa conscience, portée au plus aigu de l'attention, avait survolé ce prodigieux espace comme un oiseau de très haut vol surplombe l'immensité des champs, des villes, des forêts. Il avait revu son enfance, sa jeunesse, et tous ceux, lieux et êtres, qui avaient bâti son horizon, mis sa vie en mouvement, l'avaient semée d'événements. Il avait revu Catherine, la jeune fille blonde aux yeux verts fendus en amande, la jeune femme dont les seins avaient la lumineuse rondeur du jour, la tiédeur du jour, de la terre, au creux de ses mains, et dont la bouche avait la rougeur des roses sombres, l'éclat du jour, et dont le corps avait la profondeur et la chaleur du jour. Terre, roses, terre, jour. Roses, feux de la terre, fraîcheur du jour. Roses, beauté surgie de l'union de la terre et du jour. Roses, le plein, le vif, le soyeux du jour. Le jour, le jour! Il n'avait jamais connu d'autre jour que celui de Catherine, que celui du corps de Catherine, du regard de Catherine. Il n'y avait de jour que par Catherine, qu'en elle. Elle était le jour de la terre, la beauté de la terre. Elle était le corps du jour. La peau du jour, la lumière du jour. Le jour, le jour, Catherine !

Immobile et râlant dans son lit aux draps rêches il revoyait Catherine à chacun des instants de sa vie. Il la revoyait jusqu'à la douleur, la folie, en proie à un désir culminant tantôt en extase tantôt en rage. Bien sûr il avait su, il avait toujours su qu'elle le trompait. Mais il n'avait jamais rien dit. Il avait toujours eu bien trop peur de la perdre. De la savoir livrée au plaisir d'autres hommes, de ne rien oser dire, il l'avait haïe. Mais son amour pour elle avait happé sa haine, à chaque fois, et sa haine s'était mêlée à sa passion comme l'eau d'un torrent se jette dans un fleuve pour en gonfler le cours et intensifier son courant. Son amour pour elle avait tout accepté, — qu'elle lui mentît, qu'elle le trompât, qu'elle se moquât de lui et même l'injuriât. Tout, pourvu qu'elle ne le quittât pas.

Lorsqu'elle marchait, avec ce très doux balancement des hanches, tout l'espace alentour semblait basculer, toutes les choses s'écarter sur son passage. Lorsqu'elle parlait, de sa voix un peu rauque, tous les sons alentour refluaient vers un silence étrange, vers un murmure fiévreux comme celui qui précède la fulgurante percée des cuivres dans la rumeur des instruments à cordes et des bois. Lorsqu'elle souriait, plissant légèrement les yeux et entrouvrant ses lèvres admirables, c'était le souffle même qui soudain vous manquait.

Etait-elle donc en train de sourire, là, dans la chambre, en transparence du mur, se demandait Vincent Corvol entrant en agonie et dont le souffle s'affolait de plus en plus. L'image de Catherine ne cessait de prendre toujours plus de volume, de couleur, de mouvement, de vie. Quand l'aube commença à poindre, l'image de Catherine accrut encore sa densité, sa présence. Il la vit qui courait sur la route. La brume se levait d'entre les berges du fleuve où grondait le troupeau des bûches en transhumance. Il entendit la sourde clameur du bois. Et son pas, son pas à elle, si léger et rapide sur la route. Son petit pas, sautillant presque, si joli, si joyeux, dans la fraîcheur de l'aube. Son petit pas atroce qui l'emportait loin de lui, hors de sa vue, hors de ses bras, qui l'arrachait à son corps. Son petit pas allègre de fugitive.

Elle s'était faufilée hors de la chambre, puis hors de la maison sans faire de bruit, s'était sauvée sans rien emporter. Elle était partie les mains vides. Le détestait-elle donc tant qu'elle n'ait voulu s'encombrer d'aucun objet ou même linge ou bijou provenant de leur maison des bords de l'Yonne et pouvant lui rappeler leur vie commune? Le haïssait-elle donc à ce point qu'elle n'ait même pas embrassé ses enfants une dernière fois avant de les abandonner, — ces enfants dont il était le père? Elle n'avait pas fait de bruit. Mais il s'était malgré tout réveillé. En rêve il venait de voir Catherine courir le long d'une route, courir à en perdre le souffle, sans se retourner vers lui qui l'appelait, lui qui s'enlisait dans un marais grouillant d'insectes et de poissons gluants. Dans son cauchemar il avait crié à haute voix : « Catherine ! » et son cri l'avait réveillé en sursaut. Il s'était alors tourné vers elle dans le lit, encore sous l'emprise de son angoisse. Mais elle n'était plus là. Du coup, au lieu de se dissiper, son rêve avait fait corps avec la réalité. Il s'était habillé en toute hâte, avait saisi sur sa table de chevet le mince poignard à manche d'ivoire qui lui servait de coupe-papier. Il l'avait saisi sans réfléchir, l'avait enfoui dans sa poche. Il n'avait même pas cherché Catherine dans la maison tant il se débattait encore dans son rêve qui la lui montrait en train de courir sur la route. Il s'était élancé à sa poursuite.

Il l'avait vue, là-bas. Elle courait, tête nue. Ses jambes avaient un éclat si étrange. Ses jambes de femme adultère, ses jambes de mère prodigue. Ses belles jambes de fugitive, d'impitoyable amoureuse. Comme elles luisaient dans la clarté de l'aube ! Ses jambes dont il connaissait le grain de la peau, le galbe, la douceur, — et leur merveilleux repliement autour de son corps et la pression de ses talons au creux de ses reins à l'instant de la jouissance. Ses jambes qu'elle s'en allait prostituer auprès de quelque amant. Alors, pour la première fois, tandis qu'il se précipitait pour la rattraper, la haine avait happé son amour, l'avait submergé, étouffé.

Suffoquant dans son lit il regardait les premières lueurs du jour se lever à travers la fenêtre. Un mince et pâle rayon se glissa dans la chambre. Catherine s'en revenait donc enfin, enjambant la fenêtre ? Comme sa jambe était longue, fine, et quelle souplesse dans ses mouvements ! Il voyait les jambes de Catherine danser contre le mur. Et il l'appelait, la suppliait de venir le rejoindre dans leur lit, de venir encercler une fois encore ses reins, son torse, ses épaules avec ses jambes. Mais déjà les sons s'engluaient dans sa bouche pâteuse.

Alors Catherine continua à courir, à s'enfuir. Mais la colère était si aiguë en lui qu'il l'avait tout de même rattrapée. Il l'avait saisie par l'épaule, lui avait demandé de rentrer avec lui. Elle s'était détournée sans répondre et s'était remise en marche. A nouveau il l'avait rejointe, lui avait dit de revenir, que les enfants allaient se réveiller et qu'ils la chercheraient. Elle lui avait jeté un regard plein de fureur, et de douleur aussi, puis s'était éloignée du même pas décidé. Une troisième fois il avait tenté de lui parler, — exaspérée elle lui avait craché au visage en sifflant entre ses dents : « Laisse-moi, je m'en vais. Je m'en vais, je m'en vais ! Rien, personne, ne pourra me retenir ! Et surtout pas toi,

puisque c'est toi que je fuis ! Je ne t'aime pas, entends-tu ?
Laisse-moi, je ne reviendrai pas, jamais. » Alors il l'avait
attrapée par le bras, l'avait poussée hors de la route. Ils
avaient dégringolé le talus vers la berge. Et là, ils s'étaient
battus. Ils n'avaient plus parlé. Qu'aurait-elle pu ajouter
après l'aveu cinglant qu'elle venait de lui assener : « Je ne
t'aime pas ! » ? Qu'aurait-il pu lui dire, elle ne l'entendait
plus, ne voulait plus l'entendre. « C'est toi que je fuis », lui
avait-elle lancé.

Ils s'étaient battus. Elle voulant se dégager, s'enfuir, lui
voulant la retenir. Ils ne s'étaient battus que parce que leurs
gestes n'étaient plus accordés, ils s'élançaient en sens inverse.
Ils se heurtaient. Et au cours de cette lutte muette qu'avivait
la stridence de leurs souffles, l'amour à nouveau avait repris
en lui le dessus sur la haine. Son amour pour elle l'avait
soudain empoigné à la gorge comme un sanglot, son désir
d'elle lui avait fait perdre la raison. Ne trouvant plus de mots
pour lui dire la splendeur de son amour d'elle, la démesure
de son amour, la magie de son désir d'elle, ne trouvant plus
de voix pour se faire entendre d'elle, il avait trouvé le
poignard dans sa poche. Il n'avait pas voulu la tuer, il avait
seulement voulu l'atteindre, se faire entendre d'elle. Elle, si
sourde à lui. Il n'avait pas voulu la tuer, — seulement percer
sa surdité.

Et soudain ce cri, — son nom lancé à travers la rivière. Et
tout ce sang si chaud, écœurant, lui giclant sur les mains.
D'où jaillissait-il donc, ce sang ? Du cri qui traversait la
rivière ? Du bois que charriait la rivière ? Et pourquoi le
corps de Catherine s'affaissait-il ainsi entre ses bras ? S'était-
elle donc enfin soumise ? Mais non, le jour venait de basculer
dans la boue. Et la réalité avait arraché, brutale, son masque :
ceci n'est pas un rêve, ceci est arrivé. Irrémédiable. Catherine n'est plus. Elle ne rentrera pas à la maison. Et la réalité

avait exhibé son visage, — sa face mauvaise, grossière, perfide, sa trogne âpre. Mauperthuis.

Pourquoi tant de lumière dans la chambre? Puisque depuis cet instant où la réalité avait affiché l'horreur de son visage plus aucune autre image n'avait pris corps, plus rien n'avait fait événement. Pourquoi tant de lumière sur le mur, — il ne restait depuis longtemps plus rien à voir. Vincent Corvol s'étonnait de ce gâchis de lumière. De ce mensonge de lumière. Car, il le savait, depuis la mort de Catherine il n'y avait plus de jour. Les battements de son cœur ne cessaient de se ralentir, son souffle de traîner en un chuintement syncopé. Il avait finalement fermé les yeux, indifférent à ce jour levant qui n'était qu'un simulacre de lumière. Il avait fermé les yeux dans un dernier râle d'étouffement, — avec, encore, ce dernier et bref éclair de pensée: Catherine s'amusait à lui encercler le cou avec ses jambes, elle serrait ses genoux autour de sa gorge.

Il était mort avec cette sensation, tout à fait oublieux en son dernier instant de la pensée du Juge au nom duquel il avait écrit à Mauperthuis, et dans la terreur duquel il n'avait cessé de vivre depuis son crime.

COLÈRE ET SOLITUDES

LE BLEU DES LOINTAINS

Ce Juge, — *Judex et Rex tremendae majestatis*, qui donc en avait vraiment souci? Ce Juge dont on avait chanté la très sainte et juste colère autour du cercueil de Vincent Corvol, qui en gardait encore la crainte? Sitôt le *Requiem* achevé la pensée du Juge et la terreur du Jugement s'étaient dissipées dans les brumes ambrées et grises des cierges et de l'encens, — seul le goût de la colère avait continué à brûler dans les poitrines, les bouches, les salives. Saveur amère, puissante, et tellement vivifiante. Le goût de la colère humaine.

Vincent Corvol avait été porté en terre. Son corps était descendu dans le tombeau de ses ancêtres, allégé de son cœur pénitent et mendiant et de sa main d'assassin. Ambroise Mauperthuis avait, la nuit même de son retour à la Ferme-du-Pas, jeté ces deux déchets dans l'auge des cochons. Sans la moindre frayeur à l'égard de ce Juge que Corvol avait invoqué tout au long de sa lettre. D'ailleurs il n'avait guère compris le langage solennel de cette lettre qu'il avait déchiffrée à grand-peine en trébuchant sur chaque mot, suivant maladroitement du doigt la fine écriture resserrée et penchée. Il n'avait appris à lire que lorsqu'il était devenu propriétaire des forêts, pour pouvoir tenir ses livres de comptes et comprendre les avis de ventes de bois, non pour se casser la tête avec des lettres d'une dérisoire grandiloquence. Il lui avait suffi de comprendre que Corvol avait eu l'audace de lui parler de Catherine, avait osé prétendre l'aimer, et, pis encore, s'était aventuré à lui demander de déposer son cœur là où Catherine était enterrée. Une telle prétention était aux yeux de Mauperthuis un défi insensé. Il n'avait pas poursuivi davantage l'effort de compréhension de cette lettre outrageuse. Une seule lecture, aussi poussive que furieuse, lui avait suffi. Il avait déchiré la lettre. Non seulement il ne se sentait aucun devoir envers Corvol mais bien au contraire il se reconnaissait d'infinis droits de vengeance et de malédiction à son encontre.

Claude dut ajourner la décision qu'elle avait si fermement prise le matin des funérailles de quitter au plus vite le Leu-aux-Chênes pour retourner vivre dans la maison de son père. Avant même qu'elle n'ait trouvé le temps de rassembler ses affaires et de préparer ses malles, un nouveau deuil vint la frapper. Un deuil qui la contraria bien plus qu'il ne l'affligea. Marceau était allé en toute hâte répondre au sombre appel que lui avait lancé l'esprit des morts dans l'église Saint-Martin. A son retour il avait passé la nuit debout à la fenêtre de sa chambre. La nuit était claire. Dehors, le magnolia déployait son ample ramure au centre de la cour. Un vent encore tiède berçait très doucement ses longues branches hérissées de larges feuilles laquées, vert et brun, qui brillaient dans la clarté froide des étoiles. Et tout autour de l'arbre sur le sol luisait sa floraison passée comme une ombre laiteuse portée par son branchage. Il n'y avait pas de lune au ciel, rien que des étoiles. La lune gisait sur la terre, là, immobile dans la cour, halo blanchoyant et délicieusement odorant. C'était la saison des chutes ; fleurs, fruits, et bientôt feuilles tombaient des arbres en silence.

Tombaient, tombaient sans bruit puis se laissaient emporter par le vent, disperser, oublier. Fleurs et fruits, et déjà feuilles, s'égrenaient comme des minutes végétales ; et la lune par terre gisait comme un mouchoir froissé, blanchi de larmes, comme un visage arraché à son corps, privé d'yeux et de bouche, lavé de tous ses traits, écossé de ses sens, de ses rêves et de tout désir, tout espoir. Le goût de vivre s'était fané, n'exhalant plus déjà que la douceâtre odeur de fleurs entrant en décomposition.

Vers le début de la nuit Marceau avait entr'aperçu la silhouette de son père qui se faufilait le long de la façade pour disparaître du côté de la porcherie et en ressortir presque aussitôt. Puis le vieux était rentré à la maison. Dernière image de son père. Déjà plus qu'une vague silhouette marchant à pas feutrés. Silhouette noire s'enfonçant à pas sourds dans son cœur. Le calme s'était épaissi, tous dormaient dans la ferme. Et le sommeil avait gagné Marceau. Il s'était endormi debout face à la fenêtre ouverte.

Dernier rêve. Il s'avançait vers la Ferme-du-Pas ; mais il n'y avait plus ni mur d'enceinte, ni cour, ni bâtiments annexes, rien qu'une terre rocailleuse et des friches alentour. D'ailleurs cette ferme ressemblait autant à celle du Pas qu'à celle du Bout. Elle était bâtie légèrement de guingois, comme si le sol s'était soulevé. La lumière n'était ni de jour, ni de nuit, ni de crépuscule. Une lumière crayeuse, bleuâtre. Tout était bleu ; les murs de la maison, les volets, la porte, le toit, étaient peints en bleus de diverses tonalités tirant vers le violet, vers le vert, le turquoise ou l'azuré. Devant la maison, assis sur un vieux banc de bois, son frère Ephraïm le regardait approcher. Son visage et ses mains étaient d'un bleu roi vif, très beau. Il taillait un morceau de bois. Son regard était grave, un peu triste peut-être, qu'il levait de dessus son ouvrage pour le porter sur Marceau. Il façonnait une paire de sabots de hêtre.

147

Dans l'embrasure de la porte se tenait leur père. Silhouette trapue, noueuse, d'un bleu si sombre qu'il virait au noir. Marceau ne parvenait pas à distinguer les traits de son visage, et pas même son regard. Il le devinait seulement ; buté, mauvais, plein de soupçons. Là-haut sur le toit, installé à califourchon sur la cheminée, Léger regardait le ciel. Il jouait au bilboquet. Mais au lieu d'une boule de bois c'était le soleil qui se trouvait relié par une cordelette de laine au manche du jouet. Un grand soleil bleu outremer qui ne rayonnait pas, qui pesait lourdement dans le ciel, et qui par instants venait d'un saut se ficher sur la pointe du bâton pour en rebondir aussitôt. Un cercle de fer rouillé avait soudain dévalé la pente devant la ferme avec un bruit strident mais nul n'avait paru s'en soucier. Ephraïm continuait à tailler la paire de sabots, Léger à jouer au bilboquet avec le soleil bleu, le vieux à scruter le dehors du fond de sa pénombre. Et Marceau continuait à les contempler tous, et à suivre du regard le cercle de fer qui s'en allait en zigzaguant et chancelant.

Sur le torse du père qui se tenait toujours immobile dans l'obscurité du seuil, une main appuyée au chambranle de la porte, un orvet avait surgi, mince zébrure or vif filant comme un éclair. Puis avait disparu entre les pierres violâtres du mur.

Serpent de verre ; c'était ainsi qu'on appelait les orvets dont la queue, comme celle des lézards, se cassait si facilement entre les doigts qui les attrapaient. Et l'orvet dans sa fuite avait brisé sa fine queue ; elle restait accrochée là où le reptile venait de disparaître. Petite larme couleur d'or qui déjà ternissait sur le mur, — et lui brûlait les joues, à lui.

Il s'était réveillé avec les joues en feu. Le sang battait à ses tempes, il avait de la fièvre. Le vent s'était refroidi, il soufflait avec force à présent, balançant par brusques saccades les branches du magnolia et dispersant les fleurs nacrées à travers la cour en traînées floconneuses. Il n'y avait plus de lune, ni au ciel ni sur la terre. Il y avait, au ciel et sur la terre, les mêmes traces blanches. La Voie lactée où les étoiles s'engendraient dans la violence la plus pure au sein de bras d'une lumineuse douceur ; les fleurs chues, éparpillées, dont l'éclat se plombait et le parfum se fanait. Marceau aurait voulu pleurer ; il éprouvait un chagrin si entier, si nu, comme celui qui parfois saisit les tout petits enfants quand la tendresse se retire d'autour d'eux et qu'ils se croient abandonnés. Mais lui se savait abandonné, par tous ; et voilà qu'à présent il s'abandonnait lui-même. Il se sentait recru de fatigue, fourbu de solitude. Il aurait voulu pleurer, prendre un instant en pitié cet homme qu'il s'apprêtait à quitter, à livrer à la mort, cet homme dont nul n'avait souci et que personne ne pleurerait. Mais même cela il ne pouvait le faire, il ne parvenait même pas à trouver quelques larmes à verser sur lui-même. Il était vide, la proie d'une détresse aride. Il regardait les fleurs flétries, couleur de plâtre, qui filaient à ras du sol dans le vent.

Non, ce ne serait pas aux branches de ce grand arbre défleuri qu'il se pendrait. Ce magnolia, qu'il avait convoyé au retour de ses noces comme on escorte un prisonnier de haut lignage que l'on conduit en exil avec solennité, n'avait pas une seule branche à la mesure de sa détresse. Trop d'orgueil, — celui de son épouse, la frigide et hautaine Corvol. Et soudain il s'était demandé : quel était donc le nom de ce grand bœuf de race morvandelle, à robe rousse, qui tirait le tombereau transportant l'arbre exilé, ce lointain matin d'avril ? Il avait un regard si placide.

Ce serait dans la forêt qu'il s'en irait porter son chagrin, sa douleur. Là-bas, parmi les arbres sans splendeur, sans faste de fleurs de nacre et de parfums embaumants, sans nostalgie amère et méprisante d'un riche jardin de la vallée. Parmi les chênes, les hêtres et les charmes, parmi tous ces arbres familiers auprès desquels son frère et lui étaient parvenus à l'âge d'homme, et avaient travaillé.

Un jour Léger lui avait demandé pourquoi les forêts paraissaient toujours si bleues lorsqu'on les contemplait de loin, et changeaient de couleur dès qu'on les approchait. Léger passait des heures à regarder les lointains ; seul ce qui ne pouvait s'atteindre demeurait bleu, — le ciel, l'horizon. Et ce bleu intouchable, inapprochable même, l'enchantait. Marceau aimait bien ce vieil enfant un peu fou, que le bleu illusoire des lointains suffisait à ravir.

Mais non, les forêts étaient bleues, même de près. Plus Marceau s'enfonçait dans la forêt et plus les arbres bleuissaient. Peut-être ce miracle n'avait-il lieu qu'à cette heure tardive de la nuit, presque déjà le point du jour. Il marchait, marchait toujours droit devant lui dans la pénombre bleue du bois, il respirait l'odeur des arbres, des fougères. Plus il marchait ainsi et plus s'allégeait le poids de son chagrin. Il n'avait plus envie de pleurer. Il marchait. Et à nouveau se ressassait en lui cette question absurde mais insistante : comment s'appelait donc ce bœuf roux qui avait charroyé le glorieux magnolia ? Lui étaient alors revenues en mémoire les lentes mélopées des laboureurs scandant le long des sillons les noms des bœufs tirant la charrue. Fragnot, Corbin, Varmoué, Fleuri, Blondeau, Courtin, Chambrun, Teuchon, Chavot, Charmentin... Il entendait les voix traînantes, sonores, aux inflexions presque d'orants, des laboureurs dans les champs.

N'entendait-il qu'en mémoire ? Quel était donc ce chant confus qui sourdait du cœur de la forêt ? Etait-ce une plainte, une berceuse, un sanglot ou un appel ? C'était un peu tout cela à la fois. Il marchait en direction de ce chant. Là-bas il faisait bleu, vraiment. Là-bas où le chant mugissait en douceur. Là, tout près maintenant. Ici, dans la clairière. Il était parvenu à la croisée des chemins forestiers, au lieu dit Notre-Dame-des-Hêtres. La ronde des anges chantonnait sous le vol humide du vent. Et la question toujours qui tintinnabulait dans son esprit : mais comment s'appelait ce placide bœuf roux ? Les hêtres aux corps d'anges roulaient leur fredon monotone. Chacun avait ses inflexions propres, mais leurs voix se mêlaient en un chant vague et doux. Il s'était mis à fredonner à l'unisson, — arbre parmi les arbres, frère de retour au sein de la fratrie. Il s'était approché de chacun, caressant leurs visages d'anges frustes. Il s'était arrêté face à l'ange-au-cœur, — qui offrait son cœur à qui ? Quel était ce cœur mis à nu ? Ce triste cœur de bois gris, humide de rosée. Il avait grimpé à mi-hauteur du tronc de l'ange-au-cœur. Et la question, encore, qui grimpait à mesure avec lui : ce bœuf roux avec lequel il avait marché l'amble au retour de ses noces, quel pouvait bien être son nom ? Il avait sorti de sa poche la corde qu'il y avait glissée avant de quitter la ferme, l'avait lentement déroulée puis nouée à une branche. Une trouée de bleu perçait le ciel encore noir au-dessus des arbres. Un bleu si dense et tendre. Ainsi perché dans le hêtre, il lui semblait tout à fait possible d'atteindre ce petit pan de bleu, de le toucher du bout des doigts. Il avait glissé le nœud coulant autour de son cou. Il continuait à fredonner. Dans un frou-frou de feuillages mouillés les oiseaux s'éveillaient, ils modulaient leurs premières vocalises. Il avait sauté dans le vide. A cet instant le nom du bœuf roux lui était revenu : Joli, tout simplement ! Ses sabots étaient tombés dans l'herbe. Ses talons arrivaient juste à la hauteur du cœur que l'ange tenait entre ses mains. Son corps, en oscillant au bout de la corde, venait marteler des talons contre le cœur de l'ange par très légers à-coups.

LE DON

Il n'y eut aucun chant à son enterrement, aucune prière, rien. Il n'y eut pas de messe. Il fut porté en terre comme un païen. Son père, Claude et Camille marchaient en tête du convoi. Derrière suivaient la Fine et quelques hommes, mais rares étaient ceux qui avaient consenti à accompagner le cercueil d'un homme qui s'était donné la mort. Parmi ces quelques hommes se tenaient Ephraïm et ses fils. Ils n'échangèrent aucune parole avec le vieux. Pas un instant Camille ne leva les yeux vers les visages des assistants ; il y avait parmi eux un visage qu'elle n'aurait pu voir sans pâlir, — sans le regarder droit dans les yeux et lui crier : Emmène-moi ! Elle devait taire son désir, mater la fougue de son cœur, terrer au plus profond l'aveu de son amour, — sinon c'était le perdre.

Léger n'assista pas à l'enterrement de Marceau ; Claude n'avait pas voulu qu'il vienne car il n'était pas encore remis de l'émotion provoquée par les funérailles de leur père. Non qu'il ait été affecté par la disparition de ce père qu'il avait si peu connu, mais la cérémonie, la foule en noir, les chants funèbres, puis la procession jusqu'au caveau familial avaient jeté son esprit trop fragile dans un terrible désarroi. Claude lui avait même caché la mort de Marceau et avait ordonné aux autres le silence. Elle lui avait raconté que Marceau était

152

parti pour quelques jours, envoyé par le vieux à Vermenton pour affaires. Puis elle lui avait annoncé comme une grande et merveilleuse nouvelle sa décision de retourner vivre dans leur maison de Clamecy. « Et Marceau ? avait demandé Léger avec inquiétude. — Il viendra bientôt nous rejoindre. » Claude savait bien que Léger s'était au cours du temps attaché à cet homme qui, pour sa part, l'avait toujours laissée dans une froide indifférence, plus ou moins teintée de dégoût ou d'hostilité selon les jours. Elle devinait que son vieil enfant de frère avait fini par considérer comme un père celui qui n'était en vérité qu'un très formel beau-frère. Mais les haines, les rancœurs, le mépris étaient étrangers au cœur si simple de Léger, et c'est pourquoi Claude lui mentait. « Et Camille aussi, elle viendra ? — Egalement. — Et notre mère ? avait-il finalement ajouté d'une voix plus anxieuse encore. — Nous continuerons à l'attendre », s'était efforcée de répondre Claude que ce troisième mensonge ulcérait. Mais Léger ne survivait que cloîtré dans cette illusion, depuis plus de trente ans, et il était trop tard pour rompre le charme gris d'un tel mensonge ; Léger ne lui laissait pas d'autre choix que de perpétuer ce leurre.

Claude hâta les préparatifs de leur départ auquel Ambroise Mauperthuis, loin de s'opposer, donnait avec contentement son accord. La Corvol pouvait bien s'en aller, flanquée de son avorton de frère,— seule comptait Camille. Catherine-Camille, « ma Vive », comme il aimait l'appeler. Dorénavant il serait seul avec elle, il l'aurait plus que jamais toute à lui. Et sûrement parviendrait-il ainsi à reconquérir plus vite son affection et sa confiance qu'elle semblait lui avoir retirées depuis cette maudite fête du 15 août. Il accepta même d'accompagner sa bru, la veuve, jusqu'en son terrier au fond de la vallée. A nouveau il attela deux bœufs à une charrette à bord de laquelle il fit charger le piano et les malles de la Corvol qui y prit place avec Léger.

Et Claude quitta le Leu-aux-Chênes comme elle y était venue un quart de siècle plus tôt. Mais la charrette n'avait cette fois-ci pas été repeinte, elle était maculée de boue, sentait la bouse et le moisi. Les bœufs tendaient leurs cornes nues sous une grisâtre pluie d'automne. Une bâche de toile recouvrait les malles et le piano à queue qui autrefois avait tant ébahi les paysans des hameaux. Claude n'irradiait plus de blancheur sous un long voile de dentelles ; elle se tenait, un peu voûtée déjà, plus maigre encore, enveloppée dans une grande cape de velours noir. Le drap qui avait recouvert le cercueil de son père. Car elle n'était nullement la veuve de Marceau Mauperthuis quittant la ferme de son défunt mari, mais l'orpheline de Vincent Corvol s'en retournant à la maison de ses ancêtres. Derrière ne suivait aucun autre charroi. Le magnolia était resté dans la cour de la Ferme-du-Pas. Il y avait trop pris racine, et ampleur, pour pouvoir être à nouveau transplanté. Le bœuf Joli qui l'avait charroyé et son guide Marceau avaient perdu, eux, toutes racines en ce monde. Léger, engoncé dans un épais paletot de laine brune, serrait entre ses genoux une grosse toupie de bois peinte en bleu vif. C'était Marceau qui la lui avait taillée. Le seul qui demeurât tout à fait inchangé, c'était Ambroise Mauperthuis. La même allure robuste, le même pas pesant, le même éclat sourd dans le regard. Le même air têtu, et dur.

Camille avait accompagné jusqu'à la sortie du hameau le sinistre attelage qui emportait sa mère et Léger. Convoi aussi lugubre, aussi muet, que celui qui avait suivi le corps de son père quelques jours auparavant. Après le père, la mère. Mais l'un et l'autre avaient si peu rempli ce rôle auprès d'elle, leur fille unique, avaient toujours vécu si loin d'elle, — loin de son enfance, loin de ses jeux, loin de ses joies et de ses peines, loin de ses soucis, de ses désirs, de ses espoirs et de ses émotions, qu'ils s'en allaient sans laisser de traces véritables, sans causer de douleur. Aucun manque ne s'ouvrait dans leur sillage ; ils avaient toujours manqué. Derrière eux, simplement, affleurait un mince sillon d'amertume. La solitude se resserrait autour d'elle,— et dans le même mouvement s'évasait, se faisait espace nu, où tout pouvait arriver. Mais tout, déjà, lui était en fait arrivé. Tout,— le goût vivace, ardent, du bonheur fou. Oui, elle pouvait bien s'en aller cette femme revêche, dépourvue de tendresse, qui ne s'était donné le mal que de la mettre au monde. S'en aller sans même l'embrasser, s'en aller sans se retourner une seule fois vers elle, sans lui dire le moindre mot ; s'en aller pour ne plus revenir. Cela au fond ne changerait rien. Et puis la Fine demeurait, qui lui avait toujours tenu lieu de mère, et cela suffisait. Mais Léger lui manquerait. Elle l'appelait petit oncle, bien qu'elle le considérât en fait davantage comme un très jeune frère que comme un oncle. Un tout petit frère qui n'avait guère partagé ses jeux lorsqu'elle était enfant, car sa mère s'était dès l'origine appliquée à les tenir à distance l'un de l'autre et avait toujours gardé Léger auprès d'elle comme un oiseau en cage. Un colibri tenu en invisible claustration par la beauté languide des mélodies qu'elle jouait au piano, dans le salon aux volets mi-clos. Un frêle oiseau chagrin tenu reclus dans une mémoire secrète, légendaire, à laquelle Camille n'avait jamais eu droit d'accès. Il était cependant arrivé certains jours qu'ils passassent tous deux quelques moments ensemble, et ces heures dérobées à la double vigilance de Claude et du vieux Mauperthuis qui s'ingéniaient, chacun à sa façon, à les faire vivre en étrangers au sein de la même maison, avaient toujours été des heures paisibles, heureuses. A défaut de partager des jeux, ils avaient partagé des rêves. Léger ne semblait pas avoir d'autre occupation, d'autre vocation en ce monde, que rêver. Les rêves qui traversaient ses nuits se poursuivaient en songes tout au long de ses journées. Sa vie s'écoulait en un songe continuel, plus ou moins douloureux, plus ou moins consolant. Ses rêves se nourrissaient des simples images que lui offrait son quotidien, — le bleu intouchable du ciel, le bleu profond, inapprochable, de l'horizon, les arbres, les ruisseaux, les herbes et les fleurs, les bœufs et les oiseaux, et le grand piano noir. Ces simples choses étaient pour lui magie, objets d'étonnement et de métamorphose, — tantôt inquiétude, tantôt enchantement.

Ses propres rêves étaient aussi magiques ; du moins Camille le pensait. Au début de l'été, Léger lui avait raconté un rêve qu'il avait fait la nuit d'avant. Ils étaient assis côte à côte sur le vieux mur à moitié éboulé qui séparait le jardin du verger derrière la ferme. Des touffes de saxifrage à fleurs jaune vif jaillissaient d'entre les pierres. « L'autre nuit, j'ai eu un rêve, c'était étrange... — c'était toujours ainsi qu'il commençait ses récits. — Des draps séchaient dans le pré, mais le vent se levait et les draps s'envolaient. Il y en avait tant, on ne voyait plus le ciel, plus le soleil. Ils claquaient dans le vent. J'entendais le bruit sec qu'ils faisaient en claquant, et ce bruit n'en finissait pas de résonner. Il y avait un écho à l'infini. C'étaient ces draps qui faisaient la lumière. Ils étaient à la fois le ciel, la lumière, les oiseaux et les nuages. Et la lumière qui tombait des draps était blanche, était tendre. Une clarté de matin, un beau matin de toile blanche. La terre avait une odeur de lessive. Les gens glissaient comme des poissons le long de tous ces draps. Ils nageaient dans l'air avec des gestes lents ; ils dormaient en plein ciel. Ils nageaient et dormaient dans les draps, en silence, ils avaient l'air heureux. Les cheveux des femmes flottaient, elles souriaient dans leur sommeil. Les hommes les prenaient dans leurs bras, ils se mettaient à danser, et tous roulaient dans le ciel. Mais c'était toujours la même femme et toujours le même homme, un seul couple, innombrable. Je n'ai pas vu leurs visages, mais je devinais qu'ils souriaient. Et puis les draps se sont déchirés, en milliers et milliers de petits bouts de tissu, comme des papillons blancs ; ils voletaient dans la lumière. Ces papillons de tissu sont devenus des fleurs. Des fleurs par milliers et milliers, blanches, et qui sentaient si bon ! Tous les arbres du verger étaient en fleurs. Une floraison magnifique. Les cerisiers, les pruniers, les pommiers, les poiriers et les sorbiers. Ce verger était bien plus grand que celui de la ferme. C'était un verger vraiment immense. Et il y avait d'autres arbres encore. Des marronniers, des lilas, tous en fleurs. Et toutes ces fleurs tournoyaient doucement dans l'air, elles recouvraient le ciel et la terre, les gens nageaient parmi les fleurs. Dans mon rêve je sentais leurs parfums et en même temps j'avais dans la bouche le goût des fruits qui mûriraient plus tard. Et ce goût faisait monter une salive sucrée dans ma bouche, et alors les fleurs sont devenues comme de l'écume, comme l'eau d'un torrent. Une eau qui coulait vite, de plus en plus vite. Je sentais cette vitesse, j'avais peur et en même temps c'était... je ne sais pas comment dire... Tu sais, c'était un peu comme lorsqu'on a beaucoup de fièvre, on a en même temps froid et chaud, on est immobile dans son lit et pourtant on a l'impression de glisser à toute vitesse, de voltiger dans le vide... enfin, c'était bizarre. Et, tout de même, j'avais très peur. Cette eau était glacée, tout à fait glacée. Et moi j'étais au fond de l'eau, comme un petit caillou. Et en transparence de l'eau je voyais le ciel, si bleu, si vif. J'avais l'impression d'entendre carillonner la lumière. » Il s'était tu. « Et après ? avait demandé Camille. — Après ? Ben rien. C'est tout. J'ai oublié, ou alors je me suis réveillé. — Il ne se passe pas grand-chose dans ton rêve, mais c'est un très joli rêve, il me plaît bien. — Si tu veux, je te le donne », avait proposé Léger qui était

157

toujours prêt à offrir n'importe quoi, un brin d'herbe, une coquille d'escargot, un petit bouton de nacre, une fève de galette des rois ou une fleur séchée, comme s'il s'agissait là à chaque fois de choses rares et précieuses. Camille avait ri. « Voyons, on ne peut pas donner un rêve ! — Et pourquoi ? — Mais parce que ça n'existe pas, ce sont juste des images qui nous passent par la tête en dormant, et puis ça disparaît. C'est comme les nuages. On ne peut pas donner un nuage. » Léger avait réfléchi, puis avait répondu de son air de vieil enfant toujours un peu soucieux et grave : « Mais non, les rêves sont de vraies images. Quand j'allais à l'école le maître m'en donnait parfois, et quand j'ai fait ma communion j'en ai reçu pour marquer les pages de mon missel. Je me souviens encore de toutes ces images, j'en ai même gardé beaucoup. Quand je regarde un champ, une forêt, la fumée d'un feu, un écureuil ou un oiseau, je vois une image, et si elle me plaît je la conserve. Je garde tout ce que je vois. Je crois que nous avons beaucoup d'yeux, plein, plein d'yeux. Et tous ces yeux se rouvrent la nuit. Les rêves, ce sont nos yeux de la nuit. — Alors, si je prends ton rêve, qu'est-ce que je ferai avec ? — Je ne sais pas, tu peux faire d'autres rêves avec. — Ou le mettre entre les pages d'un livre, comme tes images d'écolier et de communiant ? » A nouveau, Léger s'était mis à réfléchir ; aussi farfelue soit une question, aussi loufoque soit une remarque, il l'entendait toujours avec sérieux. Sa naïveté était si grande qu'il était incapable de déceler la moindre plaisanterie. Mais il n'avait pas eu le temps de trouver une réponse à la dernière question de Camille. La voix de Claude l'appelant avait retenti dans le jardin et aussitôt il avait sauté au bas du mur pour courir la rejoindre. Camille était restée seule un moment ; l'heure de midi approchait, le soleil étincelait au plus haut du ciel, des petits lézards gris filaient à toute allure au ras des pierres, des guêpes tournoyaient autour des saxifrages. Elle avait regardé ces touffes de fleurs jaunes avec une attention aiguë, et elle avait pensé : « C'est comme ça que Léger regarde toutes choses, même les brins d'herbe et les petits cailloux ; c'est comme ça qu'il garde tant d'images. » puis elle était rentrée à la ferme. Mais le temps de traverser le jardin elle avait oublié le rêve que Léger venait de lui offrir.

Elle n'avait retrouvé ce rêve qu'à la fin de l'été, comme une image oubliée au fond d'une poche. Lorsque le vieux Mauperthuis escorté de Marceau, de Claude et de Léger était descendu à Clamecy pour se rendre aux obsèques de Vincent Corvol, Camille était restée seule à la ferme avec la Fine. C'était la première fois qu'elle se retrouvait ainsi seule, aussi libre dans la Ferme-du-Pas. Elle s'était amusée à fouiller la maison, à entrer dans toutes les pièces, surtout celles qui lui avaient toujours été interdites. Elle avait pénétré dans la chambre de sa mère, dans celle de son père et celle de son grand-père. Autant de chambres austères, muettes. Elle s'était faufilée dans le salon, s'était assise au piano mais n'avait pas osé y toucher. Elle avait juste effleuré les touches, froides et douces, du bout des doigts. C'était une tout autre musique que celle du piano aux mélodies languides, seulement capables d'incanter les morts, qu'elle désirait entendre. C'était celle des neuf frères qu'elle avait découverte à la Croix-aux-Hêtres ; rythme et élan.

JOURS DE LESSIVE

Ce fut durant ces quelques jours de vacances qu'avait eu lieu le cérémonial de la grande lessive annuelle. Camille avait aidé la Fine. Après avoir mis longuement à tremper dans de l'eau claire tout le linge de la maison, elles l'avaient entassé dans l'énorme cuve à lessive installée sur un trépied dans la cour arrière, près du pas de la porte de la cuisine. Elles avaient glissé des lamelles de savon et des chapelets de racines odoriférantes entre chaque pli du linge disposé par strates,— draps, torchons, linge de corps et linge de table, puis enveloppé l'ensemble dans le vieux drap posé au fond de la cuve dont elles avaient rabattu les pans, et ensuite elles avaient étendu sur le tout une grosse toile de chanvre dans laquelle elles avaient étalé une épaisse couche de cendres de chêne. Premier jour de lessive: jour de tissu et de cendres.

Toute la journée du lendemain avait été consacrée au lent versement dans le cuvier de l'eau mise à chauffer dans l'âtre, et à l'écoulement continu de l'eau à travers le linge. Les cendres de chêne lavaient le linge des souillures des corps, des sueurs et des taches. L'odeur des racines d'iris s'exhalait des tissus mouillés en vapeurs bleutées. Toutes les peaux s'entrepénétraient,— celles des arbres morts, celles des hommes, celles des plantes, celle de l'eau. Et cette alchimie des peaux, se sublimant pour confluer en brume légère et odorante, s'opérait dans chaque cour du hameau. Toutes les femmes s'affairaient autour des cuves, le visage et les bras embués de sueur et de brouillard bleuâtre. Toutes les femmes luisaient d'aqueuse et chaude bleuité. Deuxième jour de lessive : jour de buée, de peau et de senteurs.

Le jour suivant elles avaient vidé le cuvier dans la cour et empilé le linge dans une brouette, l'avaient recouvert d'un drap et s'étaient acheminées vers le lavoir. Toutes les femmes s'y étaient retrouvées avec leurs brouettes emplies de linge encore fumant. Chacune s'était agenouillée dans un petit caisson de bois recouvert de paille ou d'un vieux chiffon plié, puis, penchée sur le bassin, avait lancé dans l'eau, qui un drap, qui une nappe. Un formidable brouhaha retentissait dans le lavoir ; les femmes s'interpellaient en criant et riant, de part et d'autre du bassin, à travers le bruit des brosses frottant le linge et le claquement des battoirs. Edmée et Reinette-la-Grasse étaient là, accompagnées de Louison-la-Cloche qui participait au travail de rinçage. Les femmes l'aimaient bien, il était drôle, les faisait rire, et s'empressait toujours auprès d'elles avec agilité, prêt à aider chacune. L'eau giclait jusqu'aux poutres, les gouttes voltigeaient dans la lumière en essaims scintillants, une mousse brunâtre s'écoulait des draps. Toute la crasse de l'année s'en allait en frous-frous gris dans les remous de l'eau glacée. Puis, sitôt l'eau enfin redevenue claire, les lavandières passaient leur linge au bleu. De grandes traînées azurées s'éployaient à travers le bassin, des grappes de bulles irisées dansaient autour des mains des lavandières. Certaines plongeaient leurs bras rougis au fond de l'eau pour rattraper la brosse ou le battoir qui venait d'y glisser. Puis elles tordaient le linge pour l'essorer, toujours agenouillées dans leurs caissons mouillés, et leurs bras semblaient également se

161

tordre. Troisième jour de lessive : jour de grand bruit, d'éclaboussures, de bleu.

En sortant du lavoir, tandis qu'elles rechargeaient leur linge sur les brouettes, elles avaient ri en apercevant Huguet Cordebugle qui les épiait de derrière sa fenêtre en roulant des yeux mauvais. Il ne pouvait souffrir ces jours de grande lessive, quand toutes les femelles du hameau se rassemblaient dans le lavoir près de sa ferme. Il entendait leurs cris, leurs rires aigus, et cela le rendait fou. Il ne décolérait pas de la journée. Mais pour rien au monde il n'aurait quitté sa maison ces jours-là. Il se postait derrière ses rideaux empesés de crasse et de poussière et se tenait aux aguets avec avidité, jouissant de la colère que lui causait la vue de toutes ces garces affreusement piaillardes tandis qu'Alphonse, troisième successeur de Tatave après Baron et Framboisie, perché sur ses genoux, agitait fiévreusement sa crête rouge sang. Ce coq-là, plus hargneux encore que ses trois prédécesseurs réunis, paraissait increvable. Il allait sur ses treize ans. Il braillait toujours autant, mais d'une voix de plus en plus éraillée, et claironnait matines à contretemps. Pour se donner du cœur au ventre lors de ses guets sournois derrière ses carreaux sales, Huguet buvait du vin, verre sur verre, à grands traits. Cela lui donnait surtout du cœur à la colère, et du brouillard à l'âme. Rituellement il s'endormait fin saoul sur sa chaise chaque soir de lessive au lavoir, le vieil Alphonse avachi sur ses genoux. Mais il se réveillait toujours au milieu de la nuit et s'en allait alors aussitôt en maraude du côté des jardins, laissant Alphonse hagard sur la chaise.

Sa fureur se faisait jubilation quand les femmes, en rechargeant leur linge sur les brouettes avant de repartir, se moquaient de lui à voix haute et le menaçaient du poing en riant. C'est qu'elles savaient bien que ce vieux grognon qui pour un oui pour un non crachait sur leur passage, se glissait

162

la nuit dans leurs jardins pour venir leur voler du linge de corps mis à sécher. Il volait des chemises de nuit, des caracos, des culottes et des jupons. Et non seulement au Leu-aux-Chênes mais, dans tous les hameaux et villages où il passait, il dérobait de la lingerie dans les jardins. On ne savait pas trop ce qu'il faisait de tout ce linge de femme ; on soupçonnait qu'il devait le souiller. Nul n'était rentré chez lui depuis la mort de ses parents, il n'ouvrait sa porte à personne. On se doutait malgré tout que son antre d'ours mal léché devait être une bauge.

On ne se trompait guère, mais on ignorait cependant un détail. Il vivait en effet dans la plus sombre crasse ; il avait réduit son espace à une unique pièce qui lui tenait lieu tout à la fois de cuisine, de chambre, de salle de séjour, de débarras et de remise. Il y entassait aussi bien ses outils, ses fagots et ses bûches, que ses réserves de nourriture. A des fils tendus à travers la pièce pendouillaient des bouts de viande, des champignons et des plantes qu'il faisait sécher. Ses quelques vêtements pendaient également aux murs, accrochés à des clous. Tout était imprégné, saturé même, d'une fétide odeur mêlant celle de la fumée de l'âtre à celles de la poussière, de la moisissure, du lard, de la paille de son matelas qu'il ne renouvelait jamais. Mais il y avait une autre pièce au fond de sa maison ; elle était plus petite, et presque toujours fermée à clef. Cette chambre était d'une impeccable propreté. A sa fenêtre, dont il gardait toujours les volets clos, tombaient des rideaux de coton blanc frangés de dentelles qu'il avait taillés dans les chemises de nuit. De même il avait confectionné des napperons, des draps, des taies, un couvre-lit, en taillant et cousant tous ces linges de femme chapardés de-ci de-là. Loin de souiller ce linge volé comme le pensaient les gens, il en prenait grand soin. Il passait ses soirées à tailler et à coudre avec application, utilisant le matériel de couture hérité de sa mère. Avec les années sa chambre secrète était devenue un vrai boudoir de jeune fille, toute tendue de blanc, fleurant les plantes aromatiques.

De tout le mois il ne se lavait pas et ne changeait pas ses vêtements ; il dormait tout habillé sur son grabat de paille moisie recouvert de vieux draps encrassés, le coq Alphonse perché sur un dossier de chaise à ses côtés. Mais à chaque nouvelle lune il faisait peau neuve. Il retirait ses vêtements du mois, se lavait à grande eau, puis enfilait une chemise aussi farfelue que somptueuse et allait se coucher dans le lit immaculé de la petite chambre dont il avait chauffé les draps avec une bassinoire emplie de braises. Il dormait toute une nuit, toute une longue et délicieuse nuit, dans la douceur et la blancheur de draps fins,— vastes peaux de tissu et de dentelle, tendres mues tombées des corps des femmes aux-quelles il réinsufflait chaleur et vie. Dès le lendemain il renfilait ses vieux vêtements et ne procédait plus à la moindre toilette jusqu'à la prochaine lune.

La Fine et Camille étaient rentrées à la Ferme-du-Pas. Elles étaient allées pendre le linge dans le jardin et avaient étendu les draps sur l'herbe du pré. Fatiguée par les heures de rinçage au lavoir, tout éblouie par la réverbération des immenses draps blancs, Camille s'était allongée dans l'herbe, entre les draps humides, et s'était assoupie. Elle avait dormi jusqu'au soir. C'était la Fine qui l'avait réveillée lorsqu'elle l'avait appelée pour le dîner. Elle s'était levée, le corps doucement engourdi par sa longue sieste au soleil dans l'odeur de l'herbe et des fleurs et la senteur des draps, dans la chaleur de la terre. Elle avait dormi dans la tiédeur et la rondeur du jour comme au creux d'une épaule. En longeant les bâtiments de la ferme elle avait croisé Simon-l'Emporté qui sortait de l'étable. Elle, chancelante presque dans la lumière du jour tombant, comme une somnambule rose et dorée, lui, dressé dans l'ombre fraîche de la porte de l'étable. Elle s'était arrêtée, incertaine, les yeux soyeux encore de sommeil ; elle l'avait regardé avec étonnement et lui avait souri. Il n'avait fait qu'un pas, l'avait prise par la taille et l'avait embrassée. Elle était rentrée à la ferme retrouver la Fine. Elle n'avait pas échangé un seul mot avec Simon. Ils s'étaient embrassés à la tombée du jour, entre ombre et lumière, entre fraîcheur et chaleur, entre sommeil et veille. Mais après le dîner, à l'heure de monter dans sa chambre, Camille était ressortie en secret et s'était glissée jusqu'au pré. Simon était là. Ils étaient restés un moment face à face, immobiles ; ils se regardaient en silence. Puis soudain, comme s'ils avaient perçu un fulgurant signal, ils s'étaient dévêtus, toujours en silence debout l'un en face de l'autre, avec des gestes sûrs, rapides. Ils s'étaient saisis l'un de l'autre, et leurs gestes déjà étaient devenus confus, trop pressés, presque brusques. Ils s'étaient écroulés sur le sol, le corps ployant sous le poids du désir, rompu d'émerveillement : leur nudité était faim et splendeur. Enlacés l'un à l'autre ils avaient roulé dans l'herbe trempée de rosée, entre les draps. Ils avaient rampé contre la terre, avaient nagé l'un contre l'autre, peau contre peau, dans l'herbe et dans les draps, s'étaient lovés l'un en l'autre, s'étaient enfouis au plus profond l'un de l'autre, dans l'humide tiédeur de la chair. Tiédeur ardente, liquoreuse. Ils avaient goûté la saveur de leur peau, avaient goûté à toutes les humeurs qui sourdent de la peau, à toutes les odeurs, s'étaient embrassés jusqu'à l'emportement, la faim, et, la bouche brûlée de salive et de soif, s'étaient léchés, s'étaient mordus, s'étaient étreints, en proie aux tourments de la plus impétueuse tendresse. Epuisés de farouche tendresse ils avaient sombré dans un sommeil lourd, enclavés l'un à l'autre. Les draps tout autour d'eux étalaient leur blancheur crayeuse dans la nuit comme une calme et pure nudité : la terre cette nuit-là était folie de nudité, était louange de peau, éloge du désir. Ils avaient dormi jusqu'au lever du jour ; ils s'étaient alors revêtus en hâte, mais leurs gestes étaient maladroits, ils s'habillaient tout de travers, ils s'empêtraient dans leurs vêtements, comme s'ils n'avaient pas encore repris pleine maîtrise de leurs corps. Mais ils n'avaient en cet instant ni maîtrise ni possession d'eux-mêmes, chacun ne savait plus lequel des deux était son propre corps. Tout ce que chacun savait, c'était que seul le corps de l'autre était désormais son vrai corps.

Ils étaient rentrés furtivement, elle dans sa chambre de la Ferme-du-Pas, lui à la Ferme-du-Bout. Mais leurs précautions de discrétion étaient vaines, quelqu'un déjà les avait vus. C'était Huguet Cordebugle lorsqu'il s'était faufilé durant la nuit dans le jardin des Mauperthuis pour venir marauder du côté des cordes à linge. Tandis qu'il enfouissait dans sa besace un jupon de Camille, il avait entr'aperçu, là-bas, de l'autre côté du verger, dans le pré en damier, une forme étrange qui se mouvait plus étrangement encore. Il s'était approché, sans faire de bruit, du muret au fond du jardin et avait regardé avec attention. La nuit était sombre mais les draps étendus trouaient l'obscurité d'une sourde lueur. Et c'est à cette trouble clarté des draps qu'il avait reconnu le couple en train de s'enlacer dans l'herbe. Camille et Simon, deux Mauperthuis des fermes ennemies. Camille, la Vouivre, la fille à la Corvol, la petite-fille à la fugueuse de la vallée ; Camille, cette insolente qui le matin même avait ri avec les femmes au lavoir, ri à lui en casser la tête. La Mauperthuis, ah ! une belle graine de garce ! Elle profitait de l'absence du vieux et de ses parents partis mettre en terre l'autre aïeul, ce vieux maboul de la vallée, pour se rouler comme une chienne avec le bouvier de la ferme ! La belle putain ! Il avait vu son corps, et combien était beau, était souple son corps. Il avait vu comment ce corps savait s'abandonner, et balancer ses hanches, arquer ses reins, s'ouvrir. Comment ce corps savait étreindre, se refermer, brutal, et retenir sa proie entre ses membres avec une avide et terrible douceur. Il avait vu aussi, il avait vu surtout, le corps de Simon,— les mouvements de son corps, comme il empoignait l'autre, et la tenait, et la heurtait à coups de reins de plus en plus précipités. Il avait regardé le couple, jusqu'à la fascination, la douleur. Il était reparti sans bruit, serrant son larcin de coton dans sa besace, et son secret de chair dans sa folie.

Le lendemain en fin de journée Ambroise Mauperthuis, son fils et sa bru avec Léger, étaient rentrés. Et Camille avait dû faire taire sa joie et son désir, contenir les élans de ce bonheur nouveau qui jaillissait en elle comme un cri, comme un rire, dans son cœur et sa chair. Elle n'avait cependant pu retenir un sourire éclatant de gaieté à l'adresse de Léger lorsqu'elle l'avait vu. Mais le vieil enfant rentrait bien trop bouleversé de la ténébreuse cérémonie à laquelle il venait d'assister pour pouvoir saisir ce sourire rayonnant de félicité et en comprendre le sens. D'autres rêves lui étaient venus depuis celui dont il avait fait don à Camille. Ce rêve n'appartenait plus qu'à elle, et elle le partageait déjà avec un autre. Ce rêve avait pris corps, et ce corps était double. Et ce corps était fou.

Dans la nuit de ce lendemain Marceau avait quitté la ferme pour s'en aller chercher l'oubli, la délivrance, la paix, dans la clairière de Notre-Dame-des-Hêtres, à une branche de l'ange-au-cœur. Puis, les jours suivants, la mère et Léger étaient partis à leur tour. La ferme se vidait. Comme si le nouveau corps de Camille repoussait tous les autres,— tous ceux qui n'étaient pas Simon. Comme si le bonheur qui avait pris d'assaut son cœur tourbillonnait dans la maison avec l'intempérance d'un grand vent, chassant tous ceux dont le cœur trop meurtri ne pouvait supporter la vigueur de la joie, les clameurs du désir. Le temps qui durant toutes ces longues années avait semblé stagner, se dévider goutte à goutte dans l'insouciance et la monotonie, soudain éclatait, se tordait, trépignait. Le temps filait, à toute allure, à vive allure. Comme l'eau des ruisseaux et des rivières à l'époque des flots de bûches lorsqu'on ouvrait les vannes des étangs et des lacs pour en accélérer le cours.

Ils s'en allaient les corps frileux, les corps chagrins, les corps peureux. Ils s'en allaient comme du bois mort emporté par l'eau vive. Ils s'en allaient pour sombrer dans la terre, pour se terrer au fond de la vallée. Ils s'en allaient, les pauvres corps craquants de solitude, recrus d'ennui. Ils s'enfuyaient vers des chambres plus nues, plus glaciales encore que celles où ils avaient dormi nuit après nuit depuis des dizaines d'années. Ces chambres austères de la Ferme-du-Pas avec leurs lits comme des coffres à bois. Ils s'enfuyaient, tous ces corps de misère, dispersés par le vent comme de la poussière. Ils s'enfuyaient, — qu'ils s'enfuient donc! La nuit même du départ de sa mère, Camille avait rejoint Simon pour une nouvelle fête des corps, une nouvelle louange de la peau et de la nudité.

« Le Temple qui est dans le ciel s'ouvrit. » C'était la terre, c'était le temps, c'était le monde qui venaient de s'ouvrir. Et la beauté avait surgi à fleur de peau, au profond de la chair, à même la terre. « Un signe grandiose apparut dans le ciel. » Un signe grandiose avait frappé la terre, marqué les corps. Un signe vif comme l'eau, comme le vent, aigu comme la faim, violent comme le soleil à midi en été, âpre et doux, soif et ivresse à la fois, danse et sommeil. Le désir. « Une Femme, ayant le soleil pour manteau, la lune sous les pieds, et sur la tête une couronne de douze étoiles. » Camille était cette femme. Femme nue ayant le poids du corps d'un homme contre son corps pour désir, l'odeur du corps d'un homme sur sa peau pour bonheur, l'humide jouissance du corps d'un homme pour royaume. Femme si amoureuse qu'elle était nue, même habillée. Femme si désirante qu'elle était nue, à la folie. Et son cœur était nu, son regard était fou. Radieux de folie.

Camille était devenue la femme qu'elle avait vue en songe après la cérémonie de Notre-Dame-des-Hêtres. Camille traversait le réel,— songe et rêve prenaient pleinement chair, vie, élan. Elle confondait le récit de Blaise-le-Laid, le rêve de Léger, et les jours de son amour. Elle confondait son corps à celui de Simon. Elle confondait les mots, les images, la chair. Tout était sensation, elle voyait les mots, les touchait ; elle sentait les images, elle empoignait les songes, elle étreignait les rêves, elle marchait dans les récits comme on marche pieds nus dans l'herbe fraîche, elle y courait, elle y dansait. Tout lui était volupté, tendresse infinie, force,— la lumière du jour, la nuit, le silence et le bruit, le goût de la nourriture, l'odeur de la terre, la moindre chose qu'elle effleurait. Tout lui était Simon.

Simon avait conduit Camille parmi ses frères. Un soir ils s'étaient tous retrouvés dans la forêt de Jalles, près de la cabane des frères du Matin. Ils avaient mangé et bu, ils avaient ri, avaient chanté, Blaise-le-Laid avait raconté des histoires. La nuit était claire, étincelante d'étoiles. Martin-l'Avare, qui n'aimait pas parler, avait tendu le bras vers le ciel, désignant aux autres la Voie lactée, d'une lumineuse blancheur par cette nuit sans lune. Son geste avait coupé la parole à ses frères ; son geste lent, précis, qui pointait la beauté en silence là où elle paraissait. Les gestes lui tenaient lieu de parole. Tous avaient levé la tête et bientôt Adrien-le-Bleu avait rompu le silence de son rire formidable. « Là-haut, toutes ces étoiles qui brillent, ce sont des éclats de rire. C'est Dieu qui rit. Le dernier jour de sa Création, Il a ri quand Il a vu le monde si beau. Quand Il a vu se lever les forêts sur sa terre, peut-être ? — Regardez donc, avait dit Fernand-le-Fort, c'est comme une énorme poutre qui tient le ciel. C'est un chêne géant qu'on a abattu en travers du ciel, et ses milliers et milliers de glands brillent. Dieu tient la hache. — Est-ce que les étoiles font du bruit ? Peut-être là-haut il y a de la musique ? avait demandé Germain-le-Sourd. — Certainement, mais personne ne l'entend, avait répondu Blaise-le-Laid. C'est une musique trop violente pour nous. Une musique si violente qu'elle devient visible. Et elle est belle à regarder. Cela ressemble à un essaim d'abeilles blanches, elles volent au-dessus de la terre, elles tracent un chemin. C'est le chemin des âmes regagnant l'au-delà. Nous avons besoin que le chemin nous soit montré. — Ça ressemble aussi à un grand vol d'oiseaux blancs, avait dit Léon-le-Seul. C'est le chemin des oiseaux morts. Là-haut, c'est le pays de solitude. Là-haut, on n'a plus de nom, plus de corps, plus de maison, rien. Là-haut on est léger et trans-parent, on vole dans le vide, le silence. On devient des oiseaux d'éternité. — Moi je vois des poissons, des poissons comme ceux qui nagent, là-bas, dans ce lac... ce lac trans-parent... ce sont les traces de pas de ceux qui marchent sur les eaux de ce lac... un jour, un jour, nous aussi nous marcherons là-haut... », avait ajouté Eloi-l'Ailleurs. Et aussi-tôt Louison-la-Cloche avait enchaîné : « Marcher ? Mais bien sûr ce sont des pas ! Des pas dans le ciel. Ce sont les pas de la Vierge ! Elle court là-haut au-dessus de nos têtes. — C'est un grand fleuve, avait déclaré Simon-l'Emporté. Là-haut aussi,

170

peut-être, il y a des bœufs et ils vont s'abreuver la nuit dans ce fleuve. Ce sont les bœufs qui pendant le jour tirent le soleil à travers le ciel, les bœufs de la lumière. La nuit ils se reposent, ils vont se baigner dans ce fleuve.» «C'est un torrent, avait songé Camille, un torrent comme celui du rêve de Léger. Ses eaux glacées coulent dans le vide. Et moi je regarde dessous cette eau. Comme un caillou. Et je roule dans les eaux du torrent. Je vois le ciel, je vois la terre, je vois Simon. Mon regard voyage dans les eaux du torrent. Le monde luit. C'est le corps de Simon.»

Camille était parmi les frères. Assise contre Simon elle regardait au ciel briller la Voie lactée. Elle voyait partout ses songes et ses rêves prendre forme, lumière et mouvement. Il lui semblait tenir l'éternité entre ses mains comme un beau fruit encore pendu à l'arbre et tout tiédi par le soleil, que l'on enserre entre ses paumes avant de le cueillir. Sa joie avait la plénitude, la douceur, l'odeur et le goût d'un fruit mûr. Sa joie avait la rondeur de la terre, la rondeur du jour cerclé par le cours du soleil, la rondeur du corps caressé dans l'amour. Sa joie voulait l'éternité. Et chaque instant passé près de Simon avivait d'autant plus ce désir qu'il le comblait.

L'ODEUR DE LA BRUME

La joie de Camille voulait l'éternité, et cette éternité resplendissait dans le corps, le sourire et le nom de Simon. Mais le temps aussi portait un nom. Celui d'Ambroise Mauperthuis.

Sitôt sa bru, la veuve, réinstallée dans la vallée, le vieux Mauperthuis rentra au Leu-aux-Chênes. Il se hâta de revenir. Car désormais Camille, sa Vive, serait vraiment à lui, rien qu'à lui. Bien que Marceau, Claude et Léger n'aient jamais occupé auprès de Camille qu'une place fort lointaine et discrète, leur disparition provoquait cependant en son cœur fou de jalousie un soulagement et un élan joyeux. Jusqu'à ses derniers jours il vivrait dans sa Ferme-du-Pas aux côtés de la Vive. Il ne pouvait rien imaginer d'autre que cela : jour après jour, lui et la Vive, saison après saison, année après année. Car il ne prenait pas plus en considération son âge que celui de Camille. Il était déjà vieux, — mais puisque la vieillesse n'avait aucune prise sur lui, puisqu'il demeurait aussi robuste, aussi vaillant que du temps de sa jeunesse, puisque son âge s'était figé un matin de printemps sur les berges de l'Yonne, qu'est-ce que cela faisait ? Il se sentait de force à vivre encore des années par dizaines. Camille était devenue une femme et sa beauté attirait les regards et le

172

désir des hommes, — mais quel homme oserait se prétendre digne d'une telle beauté? Il n'en connaissait aucun, refusait d'en reconnaître un. Lui seul jouirait de la beauté de Camille, de sa présence. Il ne désirait rien de plus ; la garder auprès de lui ; la contempler vivre. N'avait-il pas ce droit? C'était lui qui avait créé Camille. C'était lui qui avait arraché à la mort la beauté de Catherine et lui avait rendu la vie, la lumière. C'était lui qui avait aboli le crime commis par Vincent Corvol, — mort sans retour celui-là, mort sans pardon, à jamais, et que son âme soit lacérée par les griffes des diables noirs de la vengeance, comme son cœur et sa main avaient été dévorés par les porcs. C'était lui, Mauperthuis, qui avait porté en terre le corps de Catherine et qui, à force de volonté, de ténacité, avait fait se relever ce corps. C'était lui qui avait extirpé des entrailles desséchées de la grise Claude Corvol ce corps tant désiré. Ce corps glorieux, Catherine-Camille, sa Vive.

Dans sa joie du retour le vieux Mauperthuis oubliait combien Camille avait changé d'humeur et de comportement à son égard depuis quelques semaines, combien elle se montrait distante et renfermée. Il ignorait, en rentrant dans la cour de la Ferme-du-Pas, que Camille l'avait même oublié comme déjà elle avait oublié et son père et sa mère. Il ignorait plus encore qu'elle était prête à le renier s'il essayait de rompre trop brusquement le charme dans lequel la tenait cet oubli.

Il la trouva en compagnie de la Fine, occupées toutes deux à ranger le linge dans les armoires. Lorsqu'il entra dans la pièce en lançant son salut enjoué depuis le seuil, Camille ne se retourna pas, elle eut juste un léger sursaut. Cette voix trop forte, aux accents rugueux, et qui toujours parlait en maître jusque dans la joie, vint la frapper comme une pierre qu'on lui aurait lancée entre les épaules. « Eh bien ma fille, tu n'viens donc pas m'embrasser?» demanda le vieux. Comme elle ne bougeait toujours pas il s'approcha d'elle, la saisit par les épaules et, la forçant à se retourner enfin vers lui, il ajouta d'un ton triomphant : «Nous v'là seuls tous les deux maintenant. Faudra bien qu'on soit amis tous les deux, comme avant, et même plus qu'avant.» Camille tenait ses yeux baissés, le visage dur. Le vieux mit cette froideur sur le compte de la tristesse que devait éprouver Camille d'avoir perdu son père, et peut-être aussi, après tout, d'avoir été abandonnée par sa mère. «Allons, ma jolie, fais donc pas cette tête-là! Ta mère, elle a jamais aimé notre pays, notre ferme, c'est pour ça qu'elle est partie. La v'là dans sa vallée maintenant ; hé! qu'elle y reste donc puisque c'est ça qu'elle veut! Ton père, y'r'pose en paix, à c't' heure. C'est pas ta faute, c'est pas la mienne, s'il a jamais été heureux, s'il aimait pas la vie, ton père. Mais toi, t'es chez toi ici, et la ferme, les forêts, les prés, les terres, c'est à toi tout comme à moi. Toi, t'es la reine ici, et t'es ma reine à moi! Alors, faut pas être triste comme ça. On a bien des beaux jours par-devant nous!» Elle le laissa dire, tout à la fois soulagée par ce malentendu et honteuse de se voir prêter un chagrin qu'elle aurait dû ressentir mais qu'elle n'éprouvait pas. Il tendit son front vers elle pour qu'elle l'embrasse comme elle le faisait toujours autrefois. Mais le baiser qu'elle posa sur le front de son grand-père lui donna envie de pleurer, de crier. Elle n'était plus l'enfant l'adorant, elle n'était plus la jeune fille si tendrement filiale qu'il se plaisait à croire qu'elle demeurait. Elle était devenue autre, — amoureuse, et jalouse de son amour, et craignant pour son amour, et prête à toute violence pour sauvegarder cet amour. Et c'était celui-là même qu'elle baisait sur le front qu'elle redoutait pour son amour.

Les premiers temps du retour d'Ambroise, Camille sut rester prudente. Elle ne s'échappait de sa chambre qu'avec d'infinies précautions pour aller rejoindre Simon. Elle attendait le milieu de la nuit, lorsqu'elle était assurée que la Fine et le vieux dormaient profondément, pour se faufiler hors de la ferme. Elle retrouvait Simon au fond du pré ou à la lisière de la forêt. Mais l'automne déclinait ; les pluies et le froid les chassaient de la terre. Ils se glissaient dans les granges, dans les étables. Leur nudité s'accommodait aussi bien de la paille et du foin que de l'herbe et des feuilles. Ils s'aimaient en silence, comme si le moindre gémissement monté de leur plaisir eût pu risquer de réveiller le vieux dormant là-bas, à l'autre bout des bâtiments. Et ce silence auquel ils soumettaient leurs bouches les enveloppait d'une jouissance plus vaste encore, plus trouble, plus profonde. Ce silence était comme la peau même de leur jouissance ; une seconde peau invisible, presque impalpable, qui s'enfantait à chaque fois de leurs deux corps entremêlés et qui les liait d'un lien si doux, si violent, qu'il leur était émerveillement autant qu'effarement. Les nuits de lune une faible clarté leur parvenait par les lucarnes et leurs corps prenaient une teinte laiteuse, légèrement bleutée. Leurs corps devenaient lueurs, reflets mouvants, et leurs mains et leurs bouches s'affolaient à poursuivre ces lueurs, à saisir ces reflets. Là étaient leurs vrais corps, et lorsque venait pour eux l'heure de se séparer et de s'enfuir, rhabillés en toute hâte, chacun de son côté, il leur semblait qu'alors ils étaient nus, et le froid s'immisçait dans leur chair, douleur lancinante qui les faisait trembler.

Camille savait déjouer la vigilance du vieux, jamais encore il ne l'avait surprise en train de s'enfuir ou de rentrer, ombre furtive dans la nuit. Elle parvenait à ne rien trahir de son amour, de son désir. Elle avait réussi à dresser son regard à l'impassibilité, son visage à une froide candeur, pour que le

175

vieux n'y décèle pas le plus infime signe. Elle jouait à être comme autrefois et le vieux s'y trompait. Mais un soir, comme il rentrait après quelques jours d'absence de Château-Chinon où il s'était rendu pour assister à la foire du bois, sans Camille qui avait prétexté avoir de la fièvre pour rester à la ferme, et qu'il se penchait vers elle pour l'embrasser, il sentit sur sa peau, mêlée à l'odeur du froid et de la brume, une autre odeur. Il se redressa. « Où étais-tu donc ? Si t'es malade, pourquoi donc t'es sortie ? — J'ai pas quitté la maison, demande à la Fine ! répondit aussitôt Camille qui savait que la Fine n'aurait jamais le cœur de la contredire devant le vieux. — Alors pourquoi tu sens la brume comme si tu rentrais du dehors ? insista-t-il. — Je suis juste sortie dans le jardin un instant. Je n'aime pas rester enfermée tout le jour. Et puis déjà je me sens mieux, je n'ai plus de fièvre », répliqua Camille d'un ton calme. Mais le vieux poursuivit : « Dans le jardin, hein ? C'est-y que la brume elle a une odeur d'homme dans le jardin ? Où qu't'as traîné ta peau de garce, contre qui donc tu l'as frottée, dis ? » Camille cette fois ne répondit rien. Elle pâlit d'un coup et lui lança un regard si effrayé et si défiant à la fois que le vague doute qui s'était insinué en lui se pétrifia brutalement en certitude. Il n'y avait plus rien à dire ; ils venaient de basculer hors des mots. Sans plus réfléchir il la gifla. Elle lui tint tête, comme en été dans la clairière de Notre-Dame-des-Hêtres. Elle ne baissa pas le regard, et son regard était celui d'une amante soudain menacée dans sa passion et tout armée pour contre-attaquer. Alors le cœur d'Ambroise Mauperthuis se glaça. Il venait de voir le regard que Catherine Corvol avait lancé à son mari sur la route de la gare le long de l'Yonne, ce regard de vivante, ce regard d'amoureuse, ce regard de splendeur, de douleur, de colère. Ce regard qu'il n'avait vu que figé par la mort et dont il s'était saisi comme s'il avait été l'amant vers

176

lequel courait Catherine ce matin-là. Et l'effroi s'empara de lui. « Mais, mais... balbutia-t-il face à Camille, qu'est-ce que tu as, dis? Qu'est-ce que tu fais?... C'est moi, tu ne me reconnais pas? C'est moi... moi... » Il s'effondra à genoux sur le sol.

« ...C'est moi l'homme vers lequel tu courais. L'homme vers lequel tu cours depuis tant et tant d'années. Depuis toujours. Celui pour lequel tu as quitté ta maison, ta famille, ta richesse et ton nom. C'est moi, l'homme que tu aimes. C'est vers moi que tu cours. Tu ne me reconnais donc pas? Qui t'a frappée, ma Vive, mon amour? Qui cherche à te retenir, à te détourner de moi? Qui t'a souillée d'une odeur étrangère? C'est moi, moi, celui que tu aimes et recherches, tu cours vers moi et tu ne me reconnais pas?... »

Affaissé aux pieds de Camille qui le regardait avec terreur et pitié à présent, il se mit à sangloter. Pour la première fois de sa vie Ambroise Mauperthuis pleurait. Il tenait Camille par les chevilles, la tête posée contre ses pieds. Ses larmes ruisselaient sur les pieds de Camille. « Relève-toi, voyons, relève-toi! » lui répétait-elle en se penchant vers lui et en tâchant de le forcer à se redresser. Toute sa colère était tombée, mais une peur étrange la serrait à la gorge. Elle ne comprenait plus, elle ne comprenait rien. Elle voulait aider son grand-père, le calmer, le consoler, et en même temps elle voulait fuir. Ces mains qui lui enserraient les chevilles l'étranglaient comme si elles lui étreignaient le cou, ces larmes qui coulaient sur ses pieds lui brûlaient la peau du visage. La pitié, la peur et le dégoût tournoyaient dans son cœur jusqu'au vertige. Le vieux se recroquevillait toujours plus sur le sol, blottissait son visage avec un désespoir insensé contre ses jambes, — et il pleurait, pleurait en gémissant.

Il desserra enfin son étreinte, se releva, la tête basse, le dos voûté, puis s'éloigna sans plus parler, et toujours sanglotant.

Il monta dans sa chambre, se coucha. La nuit même, la fièvre le prit. Lui qui jamais, de toute sa vie, n'avait été malade, dut garder le lit pendant plus de dix jours. La fièvre le tint jour et nuit tout ce temps et le médecin que Camille envoya chercher au village par Toinou Follin ne put faire tomber cette fièvre qu'il ne s'expliquait pas. Camille passa des heures au chevet de son grand-père, à le veiller, à le soigner. La honte, le remords, la pitié pour ce vieil homme la tenaient à présent en alarme à ses côtés. Toute l'affection qu'elle avait eue pour lui jusqu'à ces derniers mois réaffluait en son cœur, et la mémoire lui revenait. Mémoire de son enfance, mémoire de son adolescence, si proches encore dans le temps mais devenues soudain si lointaines depuis le surgissement de Simon dans sa vie. Des souvenirs d'elle avec son grand-père la traversaient, pêle-mêle, comme un livre d'images feuilleté en tous sens. Il avait toujours été là, auprès d'elle. La terre, c'était lui ; les saisons, c'était lui ; les forêts, c'était lui. Il lui avait tout appris de la terre, du temps, des bêtes et des forêts. Il avait étendu pour elle sa richesse, il n'avait tant œuvré que pour elle. Il n'avait jamais aimé qu'elle. Elle comprenait maintenant tout cela, et elle mesurait l'ampleur de la présence de cet homme dans sa vie. Et elle ressentait, à le voir si malade, mourant peut-être, une angoisse terrible.

Cette angoisse était d'autant plus terrible qu'elle n'était pas pure. Le chagrin qu'elle avait de le voir si souffrant, le remords qu'elle éprouvait de lui avoir causé un tel désespoir et d'avoir provoqué cette fièvre, la peur d'enfant qui la tenait au ventre à la pensée qu'il pouvait mourir, aussi sincères et profonds fussent-ils, n'en étaient pas moins hantés par un tout autre sentiment. Un sentiment bizarre, qu'elle ne parvenait pas à définir, qu'elle n'osait pas s'avouer, tant il ressemblait à de l'espoir. Un espoir aussi ignominieux qu'intrépide et coriace. Celui qu'il meure, qu'il la libère du poids et des menaces de son amour trop possessif d'aïeul régnant en maître tout-puissant.

Il semblait à Camille s'être dédoublée du dedans. Il y avait l'enfant toute pleine d'affection, de gratitude et de souci, assise au chevet du malade qu'elle veillait et soignait avec dévouement, et il y avait l'autre. L'autre, l'amoureuse aux abois qui ne désirait que s'élancer hors de cette chambre, fuir loin de ce vieil homme gisant et délirant de fièvre, pour retrouver Simon. Et l'enfant tendre et diligente devait lutter pied à pied, en sourdine, sans relâche, avec cette amante têtue pour la forcer à se taire, à se tenir tranquille. Mais dès que la Fine venait prendre sa relève auprès d'Ambroise Mauperthuis, l'amante se redressait d'un coup et bousculait l'enfant inquiète, elle la bâillonnait à son tour, elle troquait son cœur filial pour se réemparer de son cœur amoureux.

Lorsqu'elle retrouvait Simon, Camille ne parlait pas de son grand-père. Les heures passées au chevet du malade étaient des heures de mémoire, de douleur et d'angoisse. Les heures vécues avec Simon étaient des heures d'oubli, de bonheur et de paix. Ils ne parlaient pas davantage du passé que du futur, et surtout pas du présent. Le temps s'était comme englué pour eux en une informe ombre opaque, que trouait un lumineux archipel d'instants, — éclats d'éternité. Le passé eût été trop pénible à évoquer, car, en amont d'eux, se dressait le même homme, le même aïeul taciturne et coléreux, celui qui avait renié son fils aîné et tenu toute la famille de celui-ci dans le mépris et la misère, et celui qui avait éclipsé son fils cadet et sa bru pour s'accaparer leur unique enfant, à laquelle il vouait un amour devenu étouffant. Le futur ne pouvait se laisser imaginer et raconter car en aval se tenait l'ombre du même homme, ce même aïeul qui aurait enfin disparu. Quant au présent, il pesait de tout

179

le poids de cet homme secoué de fièvre au fond de son lit. Un poids d'autant plus lourd que cet homme, ce même homme toujours, épaississait sans fin le mystère qui depuis tant d'années l'entourait. Dans le délire de la fièvre Ambroise Mauperthuis ressassait continuellement les mêmes paroles décousues, les mêmes mots et mêmes noms sans cohérence, et Camille ne parvenait pas à débrouiller le sens exact de ce galimatias. Un nom, sans cesse, revenait comme une incantation fervente et douloureuse ; un nom de femme dont elle n'avait jamais entendu parler : Catherine. Et Camille ne comprenait pas pourquoi son grand-père entremêlait ainsi ce prénom au sien qu'il répétait presque autant. Elle avait demandé à la Fine qui pouvait bien être cette Catherine qu'interpellait de la sorte son grand-père, mais la Fine l'ignorait autant qu'elle. « Sa femme, lui dit la Fine, elle s'appelait Juliette. Elle est morte quand ton père était encore gamin. Mais je l'ai pas connue, ta grand-mère, elle était pas d'ici, c'était une fille de Clamecy. En tout cas, sûr qu'elle s'appelait pas Catherine. Des Catherine, au hameau et alentour, j'en ai pas connu. Et sa mère, au patron, c'était Jeanne qu'elle s'appelait. Et on lui a jamais connu d'histoires avec des femmes, à ton grand-père. Jamais rien entendu là-dessus. » Camille ne chercha pas à en savoir davantage. Elle avait bien assez à faire avec ses propres tourments pour s'efforcer en plus de démêler ceux de son grand-père.

Avec Simon elle oubliait tout. Tout, pour retrouver la plénitude et la saveur de sa joie. Et Simon partageait ce même désir d'oubli, ce même élan à jouir de l'instant en marge du temps trop encombré de bout en bout par le vieux Mauperthuis. Ils se glissaient la nuit tombée dans cette peau de silence qu'ils s'étaient faite au fond des granges, ils s'enroulaient l'un à l'autre dans la splendeur de cette peau où s'exaltait leur nudité.

La maladie d'Ambroise Mauperthuis dura dix jours. Il guérit aussi soudainement qu'il s'était effondré, transi de fièvre. Un matin il ouvrit les yeux comme si rien n'avait eu lieu. Il s'étonna de voir à son chevet la Fine occupée à broder, tout en somnolant à moitié sur sa chaise. Il la chassa aussitôt de sa chambre et se leva. La Fine trottina en hâte jusqu'à la chambre de Camille pour la prévenir du brusque rétablissement de son grand-père, mais elle ne put la réveiller. Camille était rentrée depuis peu de la grange où elle avait retrouvé Simon, et venait de sombrer dans un profond sommeil. Ambroise Mauperthuis descendit dans la cuisine et réclama son déjeuner. Il éprouvait une faim de loup; il se sentait doué d'une énergie et d'une force encore accrues comme si cette maladie ne l'avait tant secoué de fièvre et de suées que pour raviver son corps et attiser son sang. Il s'attabla et dévora avec un appétit qui effara la Fine. Il ne posa à celle-ci aucune question, pas plus à propos de sa maladie qu'au sujet de Camille. Ce silence inquiéta la Fine bien davantage que sa crise de gloutonnerie. Elle finit par dire : « Camille dort encore, c'est qu'elle vous a veillé toute la nuit durant, la pauvre ; j'venais juste de la remplacer quand vous voilà soudain réveillé... Elle s'est fait bien du souci, vrai ! Ah, toutes les deux, pour sûr, on a été inquiètes. C'est que vous avez été bien malade. Même que Camille elle a fait chercher le docteur. C'est mon gars qu'est allé le chercher au village. Mais le docteur il a pas su trouver c'que c'était votre mal, il est reparti bredouille. Alors on a... » Mais Ambroise Mauperthuis coupa net son débit de paroles et demanda juste d'un ton sec : « Quel jour c'est donc, aujourd'hui ? » La Fine lui répondit et en profita pour reprendre aussitôt ses palabres dans l'espoir de l'amadouer car elle le sentait plein de mauvaiseté, comme elle disait. Mais à nouveau il l'interrompit avec humeur : « Cesse donc de cacarder ! » Puis, aussitôt son déjeuner englouti, il quitta la ferme pour monter à la forêt.

Novembre était déjà bien avancé. Il gelait. La terre craquait sous les sabots, l'air glacé semblait vibrer, les oiseaux se taisaient. Lorsqu'il passa devant la Ferme-du-Milieu il aperçut derrière la fenêtre la silhouette d'Alphonse. Le vieux coq brandillait sa crête molle qui lui masquait un œil, et tentait en vain de s'égosiller. Huguet Cordebugle, comme tous les autres bûcherons du hameau, était déjà dans la forêt. Ambroise Mauperthuis marchait d'un pas égal. L'air glacé du matin le ragaillardissait encore davantage. Il se sentait calme, — armé d'un calme aussi glacé que ce blanc matin de novembre. Il dépassa la Ferme-Follin où criaillaient des voix d'enfants, puis la Ferme-du-Bout dont Louison-la-Folle, tout emmitouflé de gros lainages, balayait le seuil en chantonnant. Il pénétra dans la forêt de Jalles.

Sa forêt, son hameau. Tout cela était à lui. Ces arbres, cette terre, et ces hommes dont il était le patron, — il possédait tout cela. Il était le maître du lieu. Il se sentait le maître de ce beau matin glacé tout résonnant de pas, de craquements de branches. Le maître de tout, et de tous. Les larmes qu'il avait versées aux pieds de Camille, les premières larmes de sa vie, et les dernières, les suées que lui avait données la fièvre pendant dix jours, lui avaient lavé la mémoire et le cœur. Sa mémoire était plus claire que jamais, limpide, teintée du vert admirable des yeux de Catherine-Camille. Sa mémoire tintait ; des troupeaux de bûches défilaient, rondes, d'un gris lumineux, tandis que carillonnait une cloche au cœur d'un soleil. C comme Catherine, C comme Camille. La lettre carillonnait au cœur du matin ; le soleil et son propre cœur ne faisaient qu'un. Ils tournaient comme une meule où affiler le C de Catherine, le C de

182

Camille ; les deux ne faisaient qu'une. La Vive, la Vouivre, sa vivace passion dressée entre tendresse et violence tel un splendide geste d'arbre, de lumière et de vent. La Vive, la Vouivre, sa vierge folle au regard vert, — une putain sentant la brume et la peau d'homme. Cet homme, il le démasquerait. Il ne pouvait qu'être d'ici, qu'être un de ceux dont il était le maître, du Leu-aux-Chênes ou de l'un des hameaux d'alentour. Ce chien, ce voleur de beauté, cette crapule qui avait osé tenter de faire main basse, de faire main vile, sur la Vive, — il saurait bien le débusquer pour le déchoir aussitôt de ces droits monstrueux qu'il lui avait usurpés, en traître, sur la Vive. Il le débouterait de son cœur, de son âme. Il le chasserait loin d'ici, — d'ici dont il était le maître. Il le chasserait pour toujours.

Ambroise Mauperthuis marchait dans la forêt, il s'enfonçait entre les arbres brillants de givre. Son cœur étincelait de calme et de patience. D'une âpre et féroce patience.

SOUS LE COMBLE

Tandis qu'Ambroise Mauperthuis entrait dans la forêt de Jalles, le cœur caparaçonné de glaciale patience, Camille dormait dans sa chambre de la Ferme-du-Pas. Elle dormait d'un sommeil heureux, privé de rêves. Elle ne rêvait plus en dormant. Il n'y avait dorénavant plus de place pour les rêves dans son sommeil. Le rêve avait un vrai corps, un nom, une odeur, et il vivait. Il n'y avait pas d'autre rêve que Simon, pas d'autre réalité que Simon. En lui coïncidaient le rêve et la réalité, en lui vivait et se rêvait la vie. Hors de lui il ne restait plus rien, que l'ennui, la fadeur. Sans lui la vie ne vivait plus, ne bougeait plus, mais se traînait, rampait. Quand elle revenait de la grange, portant le goût des lèvres et du corps de Simon dans sa bouche, portant les marques de ses étreintes et l'odeur de sa peau sur la sienne, portant les râles en écho et les traces humides de sa jouissance en elle, elle se hâtait de regagner sa chambre, de se glisser dans son lit pour s'y blottir en boule sous les draps et sombrer aussitôt dans un sommeil profond. Les élans et les feux du désir, les houles du plaisir, l'impétuosité des sens mis à vif, toute cette exaltation du corps lançant des gestes, des caresses, des baisers, sans répit ni mesure à l'assaut du corps de l'autre comme un immense rets d'avide tendresse, déclinaient lentement au fil de ce sommeil, se détendaient, pour s'irradier plus en douceur à l'intérieur du corps, pour s'enfoncer au plus profond de la chair et du cœur. Le sommeil opérait une invisible et muette alchimie dans les corps séparés de Camille et de Simon ; dans son creuset s'accomplissait une transmutation de leurs sens, de leurs souffles, de leurs regards. Chacun devenait la doublure du corps de l'autre, la sensibilité du corps de l'autre. La volupté du corps de l'autre. Et, au réveil, le désir s'emparait de leur être en un élancement et un enlacement chaque fois plus vivaces et heureux.

Lorsque Camille revit son grand-père, elle s'étonna du calme qu'il affichait. Non seulement il refusa d'évoquer la crise qui avait éclaté entre eux, mais il éluda toutes les allusions qui pouvaient survenir au sujet de cette brusque fièvre qui l'avait cloué au lit pendant dix jours. Il se comportait comme par le passé à son égard ; il paraissait juste un peu distrait, comme s'il avait décidé de fermer les yeux sur toute cette histoire et de laisser Camille vivre dans les coulisses une amourette que finalement il négligeait. Le premier étonnement passé, Camille s'empressa d'abandonner les craintes qu'elle avait eues, et elle entra avec une gaie insouciance dans le jeu que lui jouait son grand-père. Mais ce jeu devint en fait à double face, car d'être ainsi rassurée par le calme apparent de son grand-père, Camille cessa d'être distante avec lui et lui rendit toute son affection d'autrefois, ce qui remit le vieux Mauperthuis en légère confiance. Après tout, se prenait-il à penser parfois, il ne s'était peut-être rien passé, tout pouvait encore être sauvé. Il n'en gardait pas moins, tapie au fond de lui, sa froide vigilance. Un rien suffisait à remettre sa jalousie en alarme.

Le jour ne tarda pas à arriver où sa jalousie fut mise à cru, passant de la sourde alarme à l'attaque. Cela eut lieu dans les premiers temps de décembre, dans la forêt de Jalles, en pleine époque de la coupe des bois. C'était à l'heure de la pause. Les bûcherons, assis autour d'un feu sur lequel ils faisaient chauffer leur soupe, mangeaient en silence. La présence parmi eux du vieux Mauperthuis les rendait taciturnes. L'arrivée de trois femmes, Rose Gravelle, sa fille Louise et Marie Follin, accompagnées de Louison-la-Cloche, vint rompre ce silence maussade. Elles apportaient aux hommes des galettes au lard qu'elles avaient cuites le matin même. Elles sortirent de leurs paniers les galettes emballées dans des linges. La présence des femmes et de Louison-la-Cloche, l'odeur des galettes encore toutes chaudes, remirent les hommes de bonne humeur, et en verve. Ils plaisantèrent avec les femmes. Le grand rire d'Adrien-le-Bleu ne cessait de provoquer d'autres rires en écho. Il n'y avait que deux hommes qui ne partageaient pas cette gaieté. C'étaient Ambroise Mauperthuis, qui gardait sa mine renfrognée et soupçonneuse, et Huguet Cordebugle. Ce dernier s'était retiré à l'écart dès l'arrivée des femmes, l'air mauvais. Comme à chaque fois les autres hommes se moquèrent de lui. « Eh bien, Huguet, lui lançaient-ils, où donc elle est, ta femme ? C'est-y qu't'attends qu'Alphonse il vienne t'apporter ta part de galette ? Mais ton Alphonse il a pas plus d'poule que toi t'as d'femme, alors qui c'est donc qui tient le fourneau chez toi ? — C'est bien pourquoi vous êtes tous deux aussi grognons et sales à pas toucher ! renchérissaient les femmes. — Allez, Huguet, r'viens donc avec nous ! On dira pas à Alphonse que t'as mangé de la galette sans lui, et avec des femmes encore ! — Bah, après tout, p't'être bien que les puceaux ils aiment pas la galette au lard, puisqu'ils aiment rien de c'qu'est bon ! — L'Huguet il aime pas les femmes, ni habillées ni nues, ni d'près ni d'loin, il préfère leurs jupons et leurs culottes vides. Pas vrai, Huguet ? — C'est-y qu'tu tailles des caleçons pour Alphonse dans tous ces

186

chiffons de femmes, dis? — Ou bien c'est peut-être que tu caches une femme dans ton château? Où qu'tu la caches, dis, dans l'coffre à pain, dans les cendres de ta cheminée, sous la poussière ou dans les toiles d'araignées? — Elle doit être rudement bien attifée, comme une reine, ton araignée de femme, avec tout le linge que tu lui cueilles dans les jardins! — Elle a pas trop froid aux fesses en hiver, ta reine araignée? C'est la saison morte pour la cueillette des culottes!... » La pudibonderie hargneuse et louche d'Huguet Cordebugle incitait toujours les autres hommes à se moquer de lui d'un ton paillard, et ce jour-là ils s'en donnaient à cœur joie. Ambroise Mauperthuis, qui les écoutait sans se joindre à leurs railleries, finit par dire d'une voix bourrue: « Moi, j'te préviens, Cordebugle. Si jamais j'te trouve une nuit à fouiner dans mon jardin pour y chaparder du linge, j'te recevrai avec ma fourche et j'te lâcherai mon chien aux fesses! » Non seulement ces plaisanteries au sujet des maraudes d'Huguet Cordebugle n'amusaient pas Ambroise Mauperthuis, mais elles l'exaspéraient, car il ne pouvait souffrir l'idée que ce vieux souillon puisse s'emparer du linge de corps de Camille.

Jusque-là Huguet Cordebugle avait subi en silence le flot de moqueries dont le submergeaient ses compagnons, mais lorsque Mauperthuis lui lança cette menace il entra en fureur. « Ben vrai, patron, vot'fourche et vot' chien c'est plutôt un autre gars qu'ils auraient à lui percer les fesses, un gars qui s'les fout nues ses fesses, et dans vot'pré encore, et c'est pas pour les montrer à la lune, ça non! Et qu'il fait pas ça tout seul encore! Vrai, patron, quand vous tournez le dos, y'en a chez vous qui font des belles saloperies, hé! » Huguet sortit sa tirade d'une traite, accroupi dans son coin avec sa gamelle de soupe serrée entre les genoux. Tous les rires et les quolibets se figèrent. Fier de son effet, Huguet ricana et vida bruyamment sa gamelle. Ambroise Mauperthuis se leva, blême. « Qu'est-ce que tu racontes ? J'vais t'les faire avaler, moi, tes saletés de menteries, vieux fumier qu't'es ! » Mais l'autre s'emporta de plus belle. « J'raconte pas des menteries ! C'que j'raconte c'est la vérité vraie, j'l'ai vu ! j'les ai vus, ta p'tite-fille et son cochon de gars, même qu'ils s'roulaient dans l'herbe, et nus comme des vers avec ça ! — Tu vas pas la fermer, ta gueule, ou j'te la casse ! » cria Fernand-le-Fort hors de lui. Ambroise Mauperthuis bondit d'instinct sur lui, mais l'autre le repoussa d'une brusque bourrade. Imperturbable, Huguet grommela dans son coin : « C'est pas lui, c'est l'Si... » Il n'eut pas le temps d'achever. Martin-l'Avare lui lança son bol en pleine figure. Fou de rage Huguet se leva et hurla : « Voilà ! Voilà c'que c'est, et tout ça encore à cause d'une femelle ! Des putains qu'elles sont, toutes des putains et des garces ! La Camille comme les autres ! Ah ! elle est bien du sang de sa grand-mère de la vallée, celle-là ! Du sang de traînée ! » Sur ce, il cracha, ramassa sa gamelle, sa besace, et s'éloigna en jurant pour retourner au travail. Tous les autres ramassèrent à leur tour leurs affaires en silence tandis que les femmes se hâtaient de reprendre leurs paniers vides pour rentrer au hameau. Ambroise Mauperthuis restait planté près du feu, comme cloué sur place et privé de paroles par les révélations qu'Huguet Cordebugle venait de lui assener, et par les injures qu'il avait proférées devant tout le monde, tant à l'égard de Catherine que de Camille. L'âpre patience, la jalouse vigilance qu'il avait mises en œuvre ces derniers temps pour surprendre à l'insu de tous le secret de Camille venaient d'être déjouées, tournées en ridicule. Ce secret auquel il s'était malgré tous ses doutes efforcé de ne pas croire, ce secret qu'il voulait percer seul afin de pouvoir le réduire à néant dans les coulisses les plus obscures de sa passion jalouse, n'avait été un secret que pour lui. Tous les autres savaient déjà. Tous les autres en étaient complices. Il se retrouvait brutalement trahi, trompé, humilié, par tous et devant tous. Il découvrait toute l'ampleur du ressentiment dont il était l'objet, et mesurait celle de l'affront qu'il venait de subir. On l'avait insulté, lui et cet être double qui était son amour, sa lumière, son orgueil, son unique joie en ce monde.

Simon. Qu'importait que Cordebugle n'ait pu achever sa phrase, — il avait compris. Et il s'étonnait de n'avoir pas compris d'emblée, de n'avoir pas compris que le voleur de la beauté de Camille était celui-là même qui vivait presque sous son toit. Celui-là qui ressemblait le plus à Camille. Le cinquième fils d'Ephraïm, le bouvier, l'Emporté. Celui-là dont le souffle avait sonné dans la clairière de Notre-Dame-des-Hêtres, — éclat de cuivre et de soleil au vif de ce lointain midi d'août, éclat de cuivre et d'insolence qui avait séduit Camille comme un esprit sorcier enchante les égarés au profond des forêts. C'était un vol, c'était un rapt, c'était un charme noir lancé à l'assaut de Camille pour l'envoûter, la détourner de lui. Lui, lui qui depuis toujours et à jamais revendiquait le droit exclusif d'amour autour de Camille, — lui qui se considérait comme le destin de Camille. C'était un crime, un crime de sorcellerie, un crime contre le destin. Un crime contre lui, Ambroise Mauperthuis.

Il demeurait figé devant le feu, le regard vide, rivé aux flammes qui déjà déclinaient. La double image de Catherine et de Camille qu'il n'avait jamais cessé de confondre se resserrait cette fois-ci en une unique image d'une parfaite netteté. Tandis que se mourait le feu où les hommes avaient chauffé leur soupe, l'image-une s'aiguisait en vision dans son regard halluciné. Tout en lui, sa mémoire, ses pensées, sa passion, venait de se consumer. Braises et cendres, grise ardeur où s'épurait l'ancienne image du flou qui l'avait jusqu'alors encore entachée. Braises et cendres, incandescence où se forgeait une nouvelle image. Déjà il oubliait l'insulte publique qui venait de lui être faite, il se ressaisissait de son orgueil, de sa force de maître des lieux qu'il avait éprouvée en pénétrant dans la forêt le matin de sa guérison. Déjà il oubliait l'offense, les mensonges tissés par tous autour de lui, les menaces lancées par les frères du Matin prêts à défendre Simon. Il ne craignait personne. Même, déjà il oubliait la trahison de Camille. Il ne pardonnait rien, — il oubliait. Il oubliait l'ancienne image qui à force de flou avait fini par s'obscurcir, se déformer, se laisser souiller. Tout ce qu'il comprenait, c'était qu'il fallait arracher de toute urgence la Vive au noir envoûtement dont elle était victime. Désormais Camille ne comptait plus, — seule comptait la Vive, seule importait l'image qui l'habitait, la traversait, s'exhaussait d'elle. Il fallait sauver cette image dont la splendeur n'appartenait qu'à lui, car lui seul savait la voir. Il fallait désentraver cette image pour qu'elle continue sa course, poursuive son élan, qu'elle s'accomplisse vision, — transfiguration pure. Il fallait sauver la Vive de Camille déchue, sauver la Vive de l'opacité provoquée par Camille et Simon, et pour cela il fallait désenlacer leurs corps. Sauvegarder l'image et l'âme de la Vive, envers et contre tous, fût-ce Camille. Surtout Camille.

Il redescendit vers le hameau. Lorsqu'il rentra dans la cour de la Ferme-du-Pas, il trouva Camille dressée sous le magnolia, elle l'attendait. Les femmes s'étaient empressées de venir la prévenir dès leur retour de la forêt ; elles lui avaient tout raconté, et l'avaient mise en garde contre le vieux. Mais Camille avait répondu d'un ton résolu : « Très bien, à présent il sait tout, et cela est peut-être mieux. Je vais l'attendre et je lui parlerai. » Elle ne savait pas ce qu'elle lui dirait, tout ce qu'elle savait c'était qu'elle devait lui parler, en finir avec la peur, la méfiance, les mensonges.

Dès qu'elle aperçut son grand-père elle s'avança vers lui. Elle tenait ses bras repliés contre sa poitrine, serrant le grand châle de laine qui lui enveloppait la tête et les épaules. « Je veux te parler ! lui cria-t-elle avec vivacité. — Et pourquoi donc ? répondit le vieux d'un ton calme, presque détaché. Qu'est-ce t'as à m'dire ? J'sais tout, ça suffit. Rentre donc, il fait un froid à pas sortir les bêtes, reste pas dehors comme ça, tu vas prendre mal. » Ils rentrèrent dans la ferme. « Va donc me chercher dans ma chambre ma pipe et ma blague à tabac qui sont sur la table. Je suis tout engourdi avec ce froid », demanda le vieux. Camille s'étonnait de plus en plus ; non seulement il n'était pas revenu en colère mais il lui demanda de monter dans sa chambre pour y chercher une pipe qu'il ne fumait que rarement. « Dans ta chambre ? fit Camille incertaine, mais tu n'aimes pas qu'on y entre, ni moi ni la Fine. — Et alors ? Quand j'ai été malade vous y êtes bien venues, non ? J'ai rien à cacher. Et puis j'ai envie de fumer, mais j'ai les membres tout gourds, tu trouveras ces choses plus vite que moi. Monte donc me les chercher. » Et Camille monta.

Pendant qu'elle cherchait dans la chambre de son grand-père des objets qui ne s'y trouvaient pas, Ambroise Mauperthuis gravit l'escalier en silence et se glissa en douce jusqu'à la porte de sa chambre. Il marchait en chaussettes, sur la pointe des pieds, et retenait son souffle. Dès qu'il fut tout près de la chambre il se précipita sur la porte et, la claquant, il la ferma à clef. Camille n'eut pas le temps de réagir. Elle avança vers la porte d'un pas indécis, chancelant presque, n'osant pas comprendre ce qui se passait. Mais, quand elle tenta d'ouvrir la porte fermée à double tour, elle comprit en un éclair. « Ouvre ! hurla-t-elle en frappant à coups de poing

191

contre le bois de la porte. — Hé! ma fille, t'es bien impatiente! répondit Ambroise Mauperthuis. J'vais la rouvrir, c'te porte, mais pas sur l'heure, attends donc un peu. J'ai des choses à faire, mais puisque tu ne fais que des bêtises et des saletés sitôt que j'tourne le dos, faut bien que je t'enferme un moment. » Et il redescendit l'escalier sans prêter attention aux cris de Camille.

Au bas de l'escalier il buta contre la Fine qui accourait, alertée par le vacarme que faisait Camille à l'étage. Le vieux la repoussa avec brutalité. « C'est fini, la Fine ; vos menteries, vos saletés, vos traîtrises, tout ça c'est fini, t'entends? Et toi aussi t'as fini ton temps ici. J'ai plus besoin de toi, t'es pas bonne à grand-chose, t'as pas surveillé Camille comme je t'l'avais demandé, tu l'as laissée courir comme une chienne. J'vais lui apprendre à vivre, moi, j'vais la remettre au pas, la garce! Et toi, fais tes paquets et rentre chez ta fille, ou ton fils, où qu'tu voudras, j'm'en fous, mais j'veux plus te voir. Ni toi ni personne. » La Fine eut beau pleurer, supplier, discuter, Ambroise Mauperthuis demeura inflexible. Il la força même à se hâter de rassembler ses affaires, à vider le recoin qu'elle occupait dans la cuisine, et il la conduisit tambour battant jusqu'à la route. « Et ne r'viens jamais plus! lui cria-t-il en la poussant d'une bourrade. Jamais plus, t'entends? Et que personne ne s'amuse à r'mettre les pieds chez moi, pas même à venir rôder dans l'coin! » Puis il rentra dans la ferme, monta au grenier dont il débarrassa un angle, y installa une paillasse, déposa du linge, une cuvette, un broc d'eau, un seau. Il consolida la porte du grenier, y aménagea un judas, calfeutra les fentes du plafond avec de la bourre, apporta une vieille chaufferette et une lanterne qu'il alluma. La nouvelle chambre de Camille était prête. Il descendit.

Camille ne criait plus, ne frappait plus contre la porte. Mais il savait bien que cela ne signifiait pas qu'elle s'était déjà

192

résignée, au contraire. Il ouvrit la porte de sa chambre où il l'avait enfermée et s'encastra aussitôt dans l'embrasure pour en barrer l'issue. Camille se rua sur lui comme un animal acculé à l'attaque ; elle le frappait en silence, les mâchoires serrées, avec une force décuplée par la colère. Ses coups ne portaient pas, le vieux ne sentait rien. Sa force à lui était forgée depuis si longtemps ; une force solide, têtue. Il se tenait en travers du seuil, inébranlable. Il saisit Camille par les cheveux, la forçant à renverser la tête en arrière. Elle se remit à hurler, de douleur, d'impuissance. Ce fut en la tirant de la sorte par les cheveux qu'il la traîna jusqu'au grenier. A nouveau il referma la porte sur elle. Là-haut, elle était désormais en lieu sûr. Sitôt la porte verrouillée il entrebâilla le judas. Il vit Camille debout près de la paillasse, immobile, les bras ballants le long du corps. Le jour commençait déjà à décliner. Une faible et froide clarté glissait par la lucarne noircie de poussière. Au chevet de la paillasse tremblotait la lueur de la lanterne, halo rougeâtre et sourd, et la chauffe-rette se moirait de reflets orangés. Ces deux vagues lu-mières, étouffées, sans éclat, posées au ras du sol, étaient les seules taches de couleur dans ce lieu gris. Gris de poussière, gris de froid et d'ennui, gris de silence, gris de solitude et d'oubli. Ces deux trouées de couleur, la rougeâtre et l'oran-gée, semblaient deux fleurs malades, rose et pivoine au sang rouillé, poussées dans la crasse du plancher. Deux chancres de couleur dans ce cachot suspendu sous le toit. Deux plaies de beauté ouvertes aux pieds de Camille immobile. Son visage était blême, sa bouche bleue de froid ; d'un froid qui lui montait du cœur. Ses yeux hagards fixaient le vide, le vide gris de sa geôle. Ses épaules tremblaient. Et lui la regardait, l'œil rivé au judas, le cœur frappant contre la porte. Il contemplait la silhouette mince, si fragile, si splen-didement désemparée, perdue. La Vive enfin retrouvée, sauvée de Camille, désenlacée du corps de Simon. Sa Vive enfin livrée à son seul regard.

S'arrachant soudain à la torpeur de sa détresse, Camille s'était avancée jusqu'au centre de la pièce. « Je me laisserai mourir si tu ne m'ouvres pas », lui dit-elle. Il ne répondit pas. « Mourir... », répéta-t-elle d'une voix blanche. Elle murmurait plus qu'elle ne parlait... « Mourir... », — un chuchotement très doux qui semblait sourdre davantage des fleurs malades, la rouge et l'orangée, que de la bouche de Camille. Un chuchotement qui remontait de loin, de si loin. Alors il s'écria de l'autre côté de la porte, d'une voix devenue folle, tout à la fois suppliante et haineuse : « Mourir ! Mourir ! Mais tu l'es, morte, depuis bientôt trente ans ! Tu ne peux plus mourir. Tu vas reprendre vie, c'est maintenant que tu vis. Tu vas vivre. Vivre à nouveau ! Te voilà revenue ! Ah, depuis le temps que je t'attends ! Et enfin te voilà, je te tiens, je te tiens ! Ma morte est revenue, aussi belle qu'au jour de sa mort ! Eh bien si tu le veux, meurs ! C'est ça, meurs donc encore et encore, autant qu'il te plaira, — tu es si belle quand tu meurs ! » Il avait claqué le judas et était redescendu en continuant à parler tout seul. Là-haut le silence s'était abattu sur Camille ; un silence nouveau, terrifiant : celui de la raison. Elle venait de comprendre que son grand-père agissait moins par colère et vengeance, que par démence. Il était fou, d'une folie sans âge ni limites, d'une folie qu'elle n'avait jamais soupçonnée. Et dont, d'un coup, elle mesurait l'ampleur, la virulence et la ténacité. Elle frissonna. Un frisson tel que le souffle un instant lui manqua, que tout son corps se glaça. La folie du vieux faisait son entrée dans sa propre conscience, la lui aveuglait d'évidence, la lui transperçait de violence. La folie du vieux prenait d'assaut sa raison. Elle regarda autour d'elle ; elle était moins verrouillée en un lieu que clouée au cœur de cette folie qui venait de

194

lui être révélée. Ce grenier gris de poussière, ces poutres sombres, cette lucarne encrassée, ces vieilles choses partout entassées, mises au rebut, ces chuintements du vent au ras du toit, ce froid humide des murs, ces craquements du plancher, — et ce judas dans la porte fermée à triple tour, tout cela était en fait la charpente et le décor de l'âme du vieux. Elle se sentit enfermée à l'intérieur même du crâne du vieux, comme un éclat de balle dans la tête d'un blessé, une tumeur fossile.

LE NOM DE ROUZÉ

La folie d'Ambroise Mauperthuis se doublait d'une parfaite lucidité, et efficacité. Il avait depuis son retour de la forêt réussi à enfermer Camille en lieu sûr, à chasser la Fine, à déclarer sa ferme citadelle interdite. Il lui restait à présent à chasser Simon-l'Emporté. Ce dernier n'allait pas tarder à venir à la ferme, c'était déjà l'heure de panser et de nourrir les bœufs.

Il l'attendit dans la cour, devant la porte de l'étable. Il s'était muni d'un hoyau. Il avait choisi dans la resserre aux outils le hoyau au tranchant le plus acéré, au manche le plus long. Il le tenait en travers de sa poitrine, solidement. Simon arriva. Avant qu'il ne parvienne à la ferme, Louison-la-Cloche l'avait averti de la dispute qui avait éclaté dans la forêt à l'heure du déjeuner. Simon s'avança vers le vieux d'un pas décidé. Mais, lorsqu'il fut à quelques pas de lui, l'autre brandit son arme et lui cria : « Tu n'entreras pas ! Tu n'entreras jamais plus dans ma ferme ! Des bouviers, ça manque pas dans l'pays. Dès demain j'en prendrai un nouveau. Toi tu vas partir. Pas seulement de ma ferme, mais du Leu-aux-Chênes. Tu vas quitter le pays. Va te chercher du travail ailleurs. Va te chercher ailleurs des filles à trousser ! Et si tu pars pas, et c'te nuit même encore, j'irai aux

196

gendarmes. La Camille elle est mineure, t'as pas de droit sur elle. J'dirai qu'tu lui as fait violence. J'te ferai envoyer au trou, t'entends ? — J'entends rien, répondit Simon. Camille, elle dira la vérité, j'lui ai jamais fait violence. Si j'pars, c'est seulement avec elle. — Ah ! Tu m'tiens tête, hein ? Mais qu'est-ce t'es pour croire ça, dis ? T'oublies qu't'es rien, rien qu'un pauvre, un manant. J'peux t'faire arrêter par les gendarmes si j'veux. C'est moi qui suis l'plus fort, pas toi ! Et puis, tu sais quoi ? Si tu quittes pas le pays c'te nuit même, j'embauche plus ni ton salaud d'père ni tous tes brigands d'frères. Ça j'l'f'rai, compte sur moi, et sans tarder encore ! J'vous fous tous dehors. Et alors, où qu'vous irez tous, où qu'vous trouverez du travail, de quoi qu'vous vivrez ? Vous faudra tous quitter vot'taudis du Bout. Alors tu disparais, et pour toujours, sinon j'fais c'que j'dis. Te v'là prévenu. J'l'ferai, pour sûr ! » Simon perdit contenance. Il n'avait pas peur des gendarmes, mais ça, la misère des siens, déjà si pauvres, tout juste subsistant, il ne pouvait pas accepter. Il ne pouvait pas supporter l'idée de les voir tous chassés hors de leur ferme, loin du hameau, contraints à aller mendier du travail ailleurs. Il se sentit pris au piège, vaincu avant d'avoir pu livrer combat. Le vieux n'hésiterait pas une seconde à exécuter ses menaces, il n'avait jamais hésité à faire du mal quand la colère le prenait, sans pitié ni remords. « Camille, où elle est ? demanda-t-il d'une voix altérée. — Elle est où qu'elle doit être ! Dans ma ferme. La voilà sage maint'nant. Elle a compris elle aussi. On s'moque pas d'moi, non mais ! On m'tient pas tête ! Elle obéit, elle sortira pas. Tu peux gueuler tout ton soûl, elle viendra pas. J'l'ai mise au pas, c'te nigaude qui croyait me tromper. Elle a assez menti comme ça, assez fait d'saloperies comme ça. C'est fini tout ça, et bien fini ! Allez, disparais, et n'reviens plus jamais. Sinon c'est toute ta harde de frères, avec ton père, sa grosse Verselay et

197

la vieille, que j'envoie en bloc à tous les diables chercher un aut' travail et un aut'gîte. Et vous faudra aller loin, bien au-delà d'mes forêts. T'as compris ? »

Simon qui d'ordinaire s'emportait pour un rien, restait planté à trois pas du vieux, la tête basse, les bras ballants. Ses mains tremblaient, non de colère, mais de détresse. C'était son cœur, c'était toute sa force, qui étaient emportés. La menace que le vieux venait de lancer contre sa famille le forçait à se soumettre, d'emblée et sans recours, et son impuissance l'accablait. D'une voix sourde, qui tremblait presque, il demanda encore : « Rouzé... j'voudrais juste, une dernière fois... à lui, j'peux bien dire adieu... à lui, au moins... laisse-moi donc entrer dans l'étable un instant, pour voir Rouzé. » Rouzé était l'un des bœufs dont il s'occupait, celui auquel allait sa préférence. Il se sentait si démuni, si perdu soudain, si douloureusement seul, vaincu et humilié, qu'il lui fallait trouver un appui, quel qu'il fût. Il éprouvait le besoin, avec urgence, avec passion, d'enlacer le cou de l'animal, de poser son visage contre sa tête, d'enfouir sa peine dans l'odeur si douce et tiède de la bête, et de laisser rouler le long de son poitrail les larmes qui déjà lui brûlaient les joues. Mais le vieux ricana, tenant toujours bien ferme son hoyau. « Hé ! V'là qu'tu chiales à présent ? Mais tu m'auras pas à la pitié, va ! Quand tu troussais Camille dans mon dos, tu t'souciais autant du Rouzé que d'moi, pas vrai ? Allez, ça suffit, fous l'camp, tu verras pas plus l'Rouzé qu'la Camille. J'peux bien m'occuper seul et d'l'une et d'l'autre. Pas besoin d'tes services. Garde-les, tes larmes. Avec le froid qui fait, elles vont t'ronger la gueule. Moi, elles m'font bien rigoler, c'est tout ! »

Ce n'était pas seulement la face que ses larmes lui rongeaient ; elles lui déchiraient tout le corps, elles lui mordaient la chair, jusqu'au cœur. Le vieux riait d'un air mauvais, et, plus il riait, plus son souffle se condensait en buée blanchâtre qui voilait son visage. Ambroise Mauperthuis parut soudain à Simon terriblement proche et lointain à la fois, — un être plus tout à fait humain, mais ensorcelé, maléfique. Comme si les esprits les plus noirs de la forêt l'avaient saisi à l'âme. Comme si à force de s'embuer sous le souffle de son rire malfaisant, non seulement son visage allait se voiler jusqu'à disparaître, mais tout son corps avec. Comme s'il allait se dissoudre dans l'air glacé du soir, et devenir le froid de la nuit, le froid humide qui hante les sous-bois, qui suinte le long des arbres, des pierres, des chemins ; qui suinte dans les rêves des hommes malheureux dont le sommeil n'est même pas un répit mais perdure encore, douleur, faim et souci. Ce froid qui suinte dans le tourment des pauvres, dans le cœur des déchus.

Déchu, Simon l'était. Déchu de son amour, déchu de son orgueil, de sa joie, de sa colère même. Jusqu'à ce jour il n'avait jamais souffert d'être pauvre. Il n'avait même jamais vraiment pensé qu'il l'était. Il travaillait, il aimait ce hameau et ces bois où il avait toujours vécu, il aimait ses frères. Il était né au milieu d'eux. Il était le frère de Midi, le bien-né, à l'à-pic d'un grand soleil d'août, entouré par la force des aînés, puis par les songes et la tendresse des cadets. Il était le bien-né, au plein du jour, au vif de l'été, doué d'une beauté toute d'éclat, d'élan. Et il était le bien-aimé, — sa beauté faisait la fierté de son père, et l'émerveillement de sa mère. Il était aimé de Camille. Il avait trouvé en elle son double au féminin, la réponse à son désir, le vrai lieu de sa joie. Mais voilà que d'un coup le vieux Mauperthuis renversait tout cela, foulait aux pieds tout cela, et lui lançait en pleine face sa misère, lui révélait qu'il n'avait jamais été qu'un besogneux à sa merci plus encore qu'à son service, et qu'il n'était désormais plus rien qu'un va-nu-pieds.

Emporté, Simon ne l'était plus vers le dehors, vers les autres, par l'allégresse ou la colère, par le désir ou l'engouement ; il était emporté en lui-même, au plus profond, au plus vide et obscur de lui-même. Emporté vers le dedans, vers la solitude de son cœur arraché à tout et à tous. Précipité en lui-même, sans issue. Chassé vers le nulle part, le silence, rien.

A trois pas de lui, au loin, là-bas, à l'autre bout du monde et du temps, se dressait Ambroise Mauperthuis, la face embuée de rire mauvais. Se tenait un homme qu'il ne connaissait plus à force de le connaître trop, de se heurter à lui, à sa puissance, à sa rage. S'imposait un homme ensorcelé qui brandissait un grand hoyau dont la lame luisait dans le brouillard du soir comme un étincelant éclat de haine. Eclat tranchant et souverain d'une haine toujours davantage en crue.

Il riait, Ambroise Mauperthuis, il riait comme jamais il n'avait ri, d'un rire sonore, saccadé. Il riait d'avoir soumis Camille, d'avoir chassé la Fine, d'avoir vaincu Simon. Il riait d'être le maître, le maître des lieux et des destins. Il riait d'avoir tranché en deux ce double corps, ce corps hideux, obscène, que Camille et Simon avaient osé former. Il riait de savoir Camille enfermée au grenier, prisonnière de son amour jaloux, de son amour magique. Là-haut Camille allait retrouver son vrai corps, son corps sacré. Celui de Catherine. Il riait de joie, de puissance, de vengeance accomplie, de colère comblée. Il riait à ses retrouvailles avec Catherine-Camille, il riait d'avoir sauvé la Vive.

Il riait, le vieux Mauperthuis, et son rire repoussait Simon avec la force aveugle d'un violent vent d'hiver, glacial et coupant. A croire qu'il aiguisait son rire au tranchant du hoyau. Simon partait à reculons, il trébuchait, il sentait la

200

nuit s'ouvrir en grand dans son dos comme un gouffre où il allait basculer.

Simon allait tomber, le sol se dérobait sous ses pas, le gouffre de la nuit s'élargissait derrière lui jusqu'au vertige. Il n'avait pas le courage de se retourner, de faire front à cette nuit béante au fond de laquelle l'exilait le rire du vieux. Il allait tomber ; déjà il battait l'air de ses mains, il lui fallait quelqu'un, quelque chose à qui, à quoi se raccrocher. Ce fut au nom de Rouzé qu'il se raccrocha. Il se mit à hurler le nom de Rouzé. Il le criait en modulant longuement chaque syllabe, et le nom de Rouzé s'étirait, se ployait, se creusait. Le nom de Rouzé s'incurvait, s'enfonçait dans le soir, il refoulait la nuit, — la peur de la nuit. Le nom de Rouzé résonnait, beau et grave, lourd et lent, comme l'appel du bourdon sonnant l'alarme, la douleur et le deuil. Le nom de Rouzé hurlé continûment d'un ton plaintif et suppliant prenait l'ampleur et le poids du corps de la bête. Le nom de Rouzé emplissait l'espace, roulait dans la nuit comme un sanglot, une houle de sang doux et chaud.

Et Camille là-haut, dans son grenier à l'autre bout des bâtiments, entendit ce long cri, cet appel. Ce cri l'arracha à sa torpeur. Elle cria à son tour. Elle appelait Simon. Mais nul ne l'entendait. Sa voix butait contre les murs, contre les poutres, contre la porte, comme un oiseau affolé qui ne trouve plus la fente par laquelle il est entré. Le nom de Rouzé recouvrait ses cris, étouffait sa voix. Camille frappait contre la porte, elle brisait ses ongles contre la serrure.

Le bœuf Rouzé attaché dans l'étable avait tendu le cou. Il frappait le sol de ses sabots, il tirait sur la chaîne qui le retenait. Il rassemblait ses forces. Il entendait son nom, son nom mugi avec un désarroi de bête. Et il répondit à cet appel. Il se mit à mugir avec force, et bientôt toutes les bêtes de l'étable se joignirent à sa plainte. Ambroise Mauperthuis ne riait plus. Cette clameur sourde, violente, qui montait de l'étable en réponse au cri de Simon, avait eu raison de son rire. Il menaçait à présent Simon en brandissant vers lui le hoyau. Mais l'autre continuait à marcher à reculons de son pas trébuchant, et à mugir à l'unisson des bœufs.

La porte de l'étable vola en éclats. Ambroise Mauperthuis eut juste le temps de faire un bond de côté ; il laissa tomber le hoyau. Rouzé avait rompu sa chaîne, il s'élançait dans la cour. Simon se jeta sur l'animal, et, se couchant sur son dos, il l'enlaça par le cou. Rouzé continua sa course, tête basse. Il ne tenta pas de renverser Simon qui se tenait blotti contre son dos en s'accrochant à son cou. Il sortit de la cour. Le bœuf et celui qui le bâtait de son poids d'homme, de sa détresse et de son chagrin d'homme vaincu et humilié, disparurent dans la nuit. Ambroise Mauperthuis ne chercha pas à les rattraper. Ce qui comptait, c'était que Simon disparaisse, fût-ce au prix d'un de ses bœufs. Pour garder la Vive toute à lui, rien qu'à lui, il aurait sacrifié, s'il l'avait fallu, jusqu'à ses forêts. Il ramassa le hoyau, le porta dans la resserre et revint à l'étable pour calmer les bœufs et les nourrir. Puis il rentra à la maison pour dîner. Il ferma les volets, barricada la porte. Le silence régnait dans la ferme, et partout autour, — dans la cour, dans les étables, dans tout le hameau. Les bœufs s'étaient tus, la nuit avait englouti Simon. Il prit une lampe et monta sans bruit au grenier. Il resta un moment à écouter derrière la porte. Aucun son ne lui parvint. Il entrouvrit le judas. Il aperçut Camille terrée au fond du grenier, terrée dans le silence. Elle ne leva pas les yeux vers la porte. Son regard fixait le sol. La lueur rougeâtre de la lanterne posée à ses pieds faiblissait déjà. L'obscurité qui emplissait la pièce se condensait, rampait vers la couche de Camille, se resserrait autour d'elle. Camille lentement s'effaçait dans la nuit, elle s'enfonçait dans cette même nuit qui venait d'engloutir Simon. Ambroise Mauperthuis referma le judas d'un coup sec. Ce bruit claqua dans le cœur de Camille. Elle eut un sursaut, à peine. Juste de quoi prendre mesure de l'immensité et du froid de la nuit dont elle était captive. Juste de quoi sonder la démesure de l'effroi où gisait son amour. Ses yeux s'écarquillèrent un instant sous le choc.

Simon était parti, dévoré par la nuit. Qui viendrait la libérer? Mais, pouvait-on vraiment la libérer? On libère les prisonniers, mais elle était moins que cela même. Elle n'existait pas, elle n'avait jamais existé. Elle était morte bien avant que d'être née. Le vieux le lui avait dit. Elle n'était qu'une image, juste une image. Une image punaisée dans la folie du vieux. Une image arrachée à la mort que le vieux viendrait désormais lorgner matin et soir par le trou du judas. Bien sûr, elle n'était qu'une image, puisque son corps, son vrai corps venait de lui être volé, il s'enfuyait tout au fond de la nuit, abattu sur le dos d'un bœuf. Alors elle se souvint de ce que Léger lui avait dit le jour où il lui avait fait don du rêve qu'il avait raconté, assis à ses côtés sur le muret du jardin. Il lui avait parlé de la force des images, de leur vivacité, de leur réalité. Il lui avait dit: « Nous avons beaucoup d'yeux, plein, plein d'yeux. Et tous ces yeux se rouvrent la nuit. Les rêves ce sont nos yeux de la nuit. » Chaque mot lui revenait, clair. Et plus encore lui revint, éclatant, le jaune des touffes de saxifrage qui jaillissaient d'entre les pierres du mur. Le vieux l'avait réduite à une image plate et scellée par la mort. Il ne lui restait plus qu'un recours: creuser cette image, la desceller, la faire craquer de toutes parts, la barbouiller de couleurs vives. Jaune, — jaune lumineux des saxifrages crevant les pierres, jaune soleil comme cet étincelant midi de 15 août où les frères avaient chanté, jaune cuivre comme la trompette dont jouait Simon, jaune safran comme le son du cuivre, comme le souffle de Simon, jaune paille comme les cheveux des frères du Matin, jaune acidulé comme le carillon de Louison-la-Cloche, jaune d'or comme les abeilles de Blaise-le-Laid, jaune d'ambre comme les yeux de Simon. Jaune, jaune à l'infini. Il lui fallait lutter pied à pied contre la folie du vieux, lutter image contre image. Il lui fallait protéger à grands coups de couleurs vives sa raison assaillie par la folie du vieux, son cœur cloué dans la poussière du grenier, dans les ténèbres grises du crâne de l'aïeul dont l'œil tout-puissant claquait comme un judas.

Ce fut ainsi qu'elle s'endormit, recroquevillée sur sa paillasse, près de la lueur mourante de la lanterne. « Je me laisserai mourir », avait-elle dit au vieux. Non, elle ne se laisserait pas mourir, elle ne voulait pas mourir dans la folie du vieux. Elle se laisserait glisser dans le sommeil, le rêve, les images, les couleurs. Elle dormirait tant que durerait cette nuit, tant que durerait cet effroi.

SOUS LES MÊMES AMOURS

PSAUME

La voix mélodieuse de Blaise-le-Laid glissait le long de la route, entre les herbes hautes, flottait dans le bleu du matin. Tous les vergers étaient en fleurs, l'air embaumait, les oiseaux dans les arbres et les haies babillaient d'un ton aigu leurs trilles amoureux.

Ecoute, ma fille, regarde et tends l'oreille ;
oublie ton peuple et la maison de ton père :
le roi sera séduit par ta beauté...

Blaise-le-Laid chantait, sa voix était douce à pleurer. A son bras trottinait la vieille Edmée. Elle balançait imperceptible- ment les épaules et la tête en marchant, et ses lèvres balbu- tiaient en sourdine les mots chantés par Blaise. « Ecoute, ma fille, regarde et tends l'oreille... » Tous deux marchaient en tête. Les autres suivaient en silence. Ils avançaient tous comme en rêve, — somnambules aux yeux roses conduits, dociles, par la voix claire.

Il est ton Seigneur : prosterne-toi devant Lui !
Alors les peuples les plus riches
chargés de joyaux sertis d'or quêteront ton sourire...

Ta beauté, ton sourire, répétait tout bas la vieille Edmée. Et d'évoquer cette beauté, ce sourire, elle souriait presque à son tour. Un si tendre, si douloureux sourire, tout usé par les veilles et les larmes. Et elle hochait la tête en chantonnant comme pour mieux acquiescer à chaque mot, pour saluer d'un air humble et étonné la splendeur de cette beauté célébrée par le psaume, pour rendre grâces une fois encore d'avoir été bénie par la Vierge qui lui avait fait don de Reine. Sa fille au sourire de merveille! Elle n'en finissait pas de remercier les Cieux pour le miracle de ce sourire; elle n'en finirait plus de quêter ce sourire, dans l'invisible désormais.

> Fille de roi, elle est là, dans sa gloire,
> vêtue d'étoffes d'or;
> on la conduit, toute parée, vers le roi...

Fille de la très Pure et Chaste Reine du Ciel, de la très Sainte Mère du Rédempteur, de la très Miséricordieuse Mère des hommes et Consolatrice des affligés, fille de la Reine des Anges, fille de la Reine des Vierges, de la Reine des Reines, — Reine Verselay, épouse Mauperthuis, était conduite vers le Roi de ce monde. Toute parée du bleu de ce matin de printemps, vêtue des larmes et de l'amour des siens, parfumée de l'odeur des vergers et des haies.

> Des jeunes filles, ses compagnes, lui font cortège;
> parmi joie et liesse elles entrent au palais du roi.
> A la place de tes pères te viendront des fils;
> tu en feras des princes par toute la terre...

Ils étaient là, ses fils. Les fils de Reinette-la-Grasse qui lui étaient venus comme autant de dons de la Vierge Vénérable, Mère de la divine Grâce. Ils étaient là, — tous sauf un. En tête avançait le dernier-né, celui dont la bouche portait l'empreinte du doigt de feu de l'ange. Celui dont le cœur savait que le monde est folie, que les hommes ont si peu de raison et si peu de patience et si peu de bonté, que leurs vies sont des fables traversées de violence où à tout instant peut poindre le doux miracle de la miséricorde, de la tendresse, du pardon. Celui qui portait sa laideur avec simplicité, comme le poids de la grâce. Celui dont la bouche tortue connaissait la gravité des mots, la mélodie des sons. Celui dont la bouche difforme avait des inflexions d'une absolue clarté, d'une douceur bouleversante.

Que je fasse durer ton nom d'âge en âge,
Que les peuples te louent dans les siècles des siècles.

Ils le feraient durer, le nom de leur mère, eux, les fils. Ils le feraient durer dans leur mémoire, ils lui feraient traverser leurs vies, ils le déposeraient dans le cœur de leurs enfants.

Le dernier-né ouvrait la marche, il traçait un chemin de seconde clarté dans le bleu du matin au fil de son chant. Et la petite vieille, Edmée, levait sans cesse ses yeux, dont la vue s'éteignait, vers cette clarté seconde ; elle y cherchait le sourire de sa fille, son unique, sa si tendrement aimée, — le sourire de Reine. Reine qui derrière eux venait. Elle reposait sur les épaules de ses fils du Matin, et Ephraïm marchait parmi eux, il partageait sa charge du poids du cercueil. Ce cercueil, c'était lui-même qui l'avait construit. Ses fils du Matin avaient abattu dans la clairière de Notre-Dame-des-Hêtres l'arbre de l'ange-aux-fruits, celui qu'ils avaient sculpté en l'honneur de leur mère. Et dans le bois de ce hêtre Ephraïm avait taillé le dernier lit de Reine, — où désormais il n'y avait plus de place pour lui, l'époux. Il ne dormirait plus contre le flanc de Reine, il n'enfouirait plus son visage et ses

209

bras dans la tiédeur de sa chevelure, il ne trouverait plus ce miracle de paix, de bonheur et d'oubli dans les humides profondeurs de son corps. Le corps, le fabuleux corps en excès de Reinette-la-Grasse s'en allait dormir seul, à jamais, dans un étroit lit de hêtre. Et lui, l'époux dont le cœur était demeuré d'amant, conduisait celle qui était sienne vers le Roi de ce monde qui l'avait rappelée à Lui. Sa peine était si grande qu'il ne trouvait ni larmes ni plaintes à sa mesure. Sa peine s'ouvrait en lui comme un espace illimité, un désert intérieur au cœur duquel il s'était d'emblée perdu. Un désert si vaste et nu qu'il dépassait les limites de son corps, de sa raison, de ses pensées. Et il avait, Ephraïm le veuf, en marchant avec ses fils, du même pas, sous le poids du lit de hêtre où reposait son épouse, le calme et très vide regard de ceux qui errent sans recours dans l'immensité d'un désert. Le regard de ceux qui savent qu'ils n'en reviendront pas, qu'ils sont perdus à tout jamais, dans la solitude, la faim, et qui cependant continuent à marcher, la tête haute. Le transparent regard des idiots.

Il avait, Ephraïm le veuf, le regard absent des idiots ; non pas soumis, mais résigné. Car il n'avait pas éprouvé de révolte quand Reinette-la-Grasse avait fermé les yeux, — comme seuls les ferment les agonisants, avec une lenteur soudain tangente à l'éternité. Celle même où trône le Père, le Roi de ce monde, son Seigneur. Au cours de sa vie il ne s'était révolté que contre son père ; son père terrestre, de chair et de colère. Mais contre son Père céleste, jamais il ne s'était rebellé. Sa foi était trop simple, trop nue, pour éprouver les affres du doute, les tentations du désespoir, de la révolte, du reniement. Dieu avait donné, Dieu avait repris. Et c'était là le même et unique Dieu de Clémence et de Miséricorde. Et c'est pourquoi il conduisait, lui, le serviteur inconsolable, avec tant de docilité la servante Reinette-la-Grasse vers le Seigneur, leur Créateur et Rédempteur. En attendant le jour où il serait appelé à son tour. Il était résigné à sa douleur, il acceptait sa solitude. Il murmurait, dans son cœur dévasté d'être séparé de Reine, un chant d'offrande et de renoncement. Tandis que Blaise-le-Laid déroulait la mélodie du psaume, Ephraïm reprenait le chant avec ses mots de pauvre.

« Regarde, Reine, regarde et réjouis-toi,
oublie la terre et tes tourments,
le Roi sera séduit par ta bonté et ta douceur.

« Il est ton Seigneur : prosterne-toi devant Lui ! Il est notre Seigneur, je te conduis vers Lui. Alors les peuples les plus pauvres chargés de leurs souffrances quêteront ton sourire. Et les morts de malemort, comme Marceau, mendieront ton soutien.

« Fille née de l'espérance et des prières, tu es là, toute simple, vêtue d'un drap, couchée dans un coffre de hêtre. On t'achemine, toute parée de notre amour, vers le Seigneur.

« De jeunes hommes, tes fils, te font cortège, parmi chagrin et espérance, parmi douleur et gratitude. A la place de tes fils, et de moi, des anges s'approcheront de toi. Tu veilleras sur tes fils à travers toute la terre ... Et tu m'appelleras, dis, et tu m'appelleras ?... »

La foi de ses fils était de la même trempe, de la même simplicité, austère et endurante ; celle qu'Edmée en sa passion mariale avait greffée à l'âme de tous ceux de la Ferme-du-Bout. Ils étaient tous là, ceux de la Ferme-du-Bout. La mère, l'époux, les fils. Le dernier-né ouvrant la marche, ceux du Matin portant le lit de hêtre, les autres fils du Soir allant derrière. Ils étaient tous là, sauf un.

Et c'était de l'absence de celui-là, le fils de Midi, qu'était morte Reinette-la-Grasse. Quand Simon avait disparu à la tombée de cette nuit d'hiver, chassé par le rire mauvais d'Ambroise Mauperthuis comme par un grand vent noir, emporté sur le dos de Rouzé qu'affolaient ses sanglots, une plainte s'était levée au cœur des forêts. Une plainte s'était levée dans la clairière de Notre-Dame-des-Hêtres. Là-bas aussi le vent soufflait ; il tournoyait autour des arbres aux longs troncs lisses, aux branches nues, il s'engouffrait dans les ailes des anges, entre leurs doigts tenant des fruits, portant un cœur, une trompette, une hache ou des clochettes, il sifflait dans les plis de leurs robes d'écorce grise, il feulait à leurs épaules ornées d'oiseaux, d'abeilles ou de poissons, il stridulait au ras de leurs paupières et à fleur de leurs lèvres souriantes ou sévères. Là-bas aussi le vent soufflait, non pas noir comme le rire d'Ambroise Mauperthuis, mais gris, blanchâtre ; non pas violent, mais triste. Comme si l'âme de Marceau qui s'était pendu à l'automne à une branche du hêtre de l'ange-au-cœur, venait de prendre peur et se mettait à geindre. Et cette plainte grise qui rôdait autour de la statue de Notre-Dame-des-Hêtres était descendue jusqu'au hameau du Leu-aux-Chênes, s'était glissée sous la porte de la Ferme-du-Bout, et avait pénétré dans le cœur de Reinette-la-Grasse. La nuit même, la neige qui avait tant tardé à venir cette année-là, était tombée. Toute la nuit il avait neigé. Au matin la campagne, les chemins, les forêts, s'étaient enfouis sous la neige. Comme pour recouvrir davantage encore les traces de Simon-l'Emporté, de Simon disparu. Certains prétendirent par la suite avoir entr'aperçu, ce soir-là, la silhouette d'un énorme bœuf blanc portant un homme allongé sur son dos, qui filait à travers le brouillard le long de la route qui descend vers la vallée. Mais il faisait déjà si sombre, le brouillard était si dense, que l'on ne savait trop où allait ce grand bœuf fantomal, ni au juste ce qu'il portait sur son dos. Et puis la neige était tombée juste après ce passage. Légère, et blanche et douce comme un songe d'enfant.

La neige était tombée sur les forêts, dans la clairière de Notre-Dame-des-Hêtres, sur les fronts et les ailes des anges, et le vent s'était tu. La plainte s'était tue. Mais dans le cœur de Reinette-la-Grasse la plainte avait poursuivi son murmure. Qu'était-il donc arrivé à son fils, quel chagrin l'avait chassé loin de sa terre, loin de tous les siens ? Quelle malédiction le vieux avait-il encore lancée ? Reinette-la-Grasse, dont le corps à lui seul était royaume, qui depuis toujours habitait ce corps efflorescent comme on demeure en un palais, et qui jamais ne s'était éloignée de son hameau sinon pour descendre jusqu'au plus proche village, ne pouvait imaginer d'autres lieux où vivre. Il y avait le Leu-aux-Chênes ; là se tenait, tapie à l'orée de la forêt, la ferme de ses parents devenue sienne, et dans la ferme il y avait elle, il y avait l'espace de son corps. Là s'était déroulée la longue histoire de sa faim, là elle avait subi les attaques du furet de sa faim, et les tourments et la détresse dus à cette faim sans raison ni mesure ; là elle avait débusqué et à la fin apprivoisé ce petit animal vorace, grâce à sa mère, à l'amour d'Ephraïm et à la présence de ses fils. Hors de ces quelques repères qui s'emboîtaient les uns dans les autres, le monde lui était inconnu, — et sauvage sûrement, plein de périls et de méchants. La faim, la faim mauvaise, devait courir le monde, et s'en prendre aux âmes des hommes.

Elle connaissait bien la malice de cette faim, elle savait mieux que quiconque combien cette faim pouvait jeter dans le désespoir ceux dont elle se saisissait. Il lui avait fallu tant d'années, tant d'amour, pour comprendre que cette faim

213

n'était en vérité qu'une passion de tendresse. Les innombrables prières que sa mère n'avait cessé d'adresser à la Vierge avaient creusé en elle ce gouffre de tendresse. Elle était née avec cette plaie, cette folie de tendresse grandes ouvertes au plus profond de son cœur, de sa chair. Elle était née dévorée d'une infinie tendresse pour le monde, pour les autres ; pour le corps et la peau, pour le visage et pour la voix des autres, pour leurs regards, leurs gestes, leur sommeil. Mais longtemps cela était demeuré un songe flou en elle, longtemps elle n'avait su nommer sa faim, et elle avait tenté de la tromper avec force nourriture, tenté de l'étouffer. Sa faim ne s'en était que davantage affolée. Puis Ephraïm était venu, et neuf fils lui étaient nés. Alors tous ces corps qui s'étaient mis à l'entourer, tous ces corps qui avaient cherché en elle leur propre nourriture, pour trouver la paix, la douceur de l'oubli, la jouissance, ou pour trouver la force de grandir, de devenir des hommes, l'avaient aidée à nommer cette faim. Elle n'avait tant et tant pris ampleur et volume que pour mieux pouvoir donner, se répandre en douceur, en sourires et caresses, que pour mieux glorifier la beauté de la chair.

Elle connaissait la vulnérabilité de la chair, la fragilité de l'âme ; elle connaissait cela jusqu'à la douleur, l'effroi. Elle savait qu'un rien suffisait pour blesser, pour détruire, faire souffrir ou damner. L'épine d'une ronce, la morsure d'une vipère, une colchique ou une gousse de cytise, un bris de verre pouvaient suffire à faire pourrir et se tarir le sang d'un homme, à le priver de la vie. Un mot cruel, un regard méchant, un sourire de mépris, une trahison, un mensonge, pouvaient suffire à rancir le cœur d'un homme, à noircir ses pensées, à lui saccager l'âme. Elle savait cela comme un animal sait d'instinct quel est son lieu, — son gîte, son nid, sa tanière, quel est son mouvement, — courir, nager, grimper, voler, quelle est sa nourriture, et quel est son ennemi. Elle avait l'instinct de la vulnérabilité humaine, corps et âme. Et à la mesure de cet instinct elle était douée du sens de la tendresse. Elle avait nourri ses fils de cette tendresse, elle avait veillé à la droiture, à la clarté de leurs cœurs. Même ses fils du Matin et celui de Midi, si prompts à la colère, portaient intacte au cœur cette tendresse. Même ses fils du Soir, parfois enclins à la mélancolie, portaient intacte au cœur cette clarté.

Mais voilà que Simon venait d'être emporté, dans la nuit, dans le froid, chassé par le vent le plus noir, celui de la haine et du désespoir. Voici qu'un de ses fils venait d'être arraché à sa tendresse. Où était-il allé, qui prendrait soin de lui, où trouverait-il le gîte et le manger ? Et dans son cœur ravi par la détresse, le mal ne risquait-il pas de pousser ? Alors, à force de ressasser ces questions, le doute s'était insinué en elle. Son souci pour Simon s'était mis à la ronger comme autrefois le furet de sa faim, — en silence, à l'insu des autres. Toute sa tendresse était entrée en alarme. Il lui fallait continuer à veiller sur son fils, sans même savoir où il était, ce qu'il faisait. Jour et nuit ses pensées se tendaient vers Simon ; ses pensées se tressaient en prières comme en un invisible feuillage pour atteindre son fils disparu, l'abriter à distance.

Reinette-la-Grasse avait passé tout l'hiver tendue dans ce souci, cette veille, dans l'attente du retour de Simon. Mais aucun retour ne survint, aucune nouvelle n'arriva. L'hiver déclina, la neige s'amollit, l'eau recommença à courir dans les ruisseaux ; les oiseaux s'en revinrent. Le temps des coupes était achevé dans les forêts, le martelage fut effectué. Vint le temps de commencer à charroyer le bois jusqu'aux rivières. Reinette-la-Grasse regardait sur la route passer les lourds chariots à claires-voies emplis de bûches, que traînaient, par couples, des bœufs. Mais Rouzé n'était pas parmi eux. Simon ne marchait auprès d'aucun de ces charrois. Elle écoutait le pas des bœufs, le pas des hommes, le grincement des essieux des chariots sous leurs charges de rondins. Elle écoutait les galvachers encourager les bœufs de trait à la tâche en cadençant de longues et rauques onomatopées qu'ils scandaient du nom des bêtes. Et elle ne cessait de psalmodier le nom de Rouzé, ce nom que nul ne modulait. Mais Rouzé ne vint pas, ni son bouvier. Alors elle se coucha. Ce n'était pas la molle indolence qui autrefois la faisait sommeiller tout le jour, qui la reprenait. Elle se coucha dans son attente, dans son tourment. Elle cessa de manger. La faim, la si terrible faim qui avait hanté sa jeunesse se retournait à présent, évidée. Reinette-la-Grasse gisait dans son lit, son bleu regard de poupée papillonnait dans le vide, embué de larmes. Il semblait voleter comme un frêle insecte aux ailes transparentes, affolé par un excès de lumière, ou de ténèbres. Un insecte qui aurait cherché à s'évader du globe d'une lampe devenue trop brûlante où il se serait fourvoyé. Le regard de Reinette-la-Grasse tentait de s'évader, de s'arracher à son corps pour prendre élan, vitesse, pour s'envoler à la recherche de Simon, le fils emporté par une houle de vent d'hiver. Edmée la veillait tout le jour, relayée par Louison-la-Cloche et Blaise-le-Laid. Edmée, courbée au-dessus de sa fille qu'elle avait tant nourrie de plats énormes, s'effrayait de devoir maintenant lui glisser un peu d'eau avec une cuiller entre ses lèvres closes. Blaise-le-Laid s'étonnait du regard de sa mère. « Que cherche ton regard, lui demandait-il de sa voix douce, où veulent aller tes yeux ? » Ce regard qui ne cessait de voltiger en tous sens l'inquiétait ; il lui rappelait le vol fou des abeilles à l'instant de mourir. « Qu'ont vu tes yeux pour s'affoler ainsi ? » Mais c'était de n'avoir rien vu que ses yeux se troublaient de la sorte. C'était de n'avoir pas vu Simon parmi les galvachers, de n'avoir pas revu son visage. C'était d'être en proie aux affres d'une tendresse qui ne parvenait pas à atteindre celui qu'elle voulait consoler. La nuit, Ephraïm l'enserrait plus fortement encore dans ses bras, comme si sa force d'homme pouvait la retenir. Il posait ses mains sur ses yeux pour calmer son regard. « Dors, Reinette, dors enfin, je suis là. » Mais il sentait les paupières de sa femme ciller contre ses paumes ; ses cils étaient humides. Il s'endormait la main étendue sur ses yeux. Un matin, à son réveil, il n'avait pas senti l'humide cillement contre sa paume. Très lentement il avait retiré sa main. Les yeux de Reine étaient à nouveau calmes. Elle reposait, enfin paisible, les yeux entrouverts. Il s'était penché contre son visage, elle lui avait souri. Mais son sourire affleurait de si loin déjà. Puis, tout doucement, ses paupières s'étaient fermées. Ephraïm avait senti une légère caresse lui effleurer la paume. Il avait regardé sa main ; une lueur bleue vacillait au creux de sa paume. Le bleu des yeux de Reine glissait une dernière fois à fleur de sa peau, — larme et éblouissement.

LE CORPS DE ROUZÉ

Il reparut, le fils si longtemps disparu. Il s'était enfui loin du Leu-aux-Chênes, à dos de bœuf. Il avait erré de village en village, il s'était loué avec Rouzé dans les fermes où l'on voulait de lui et de sa bête. Et chaque nuit il s'était couché avec ce sombre espoir au cœur : qu'au matin il apprendrait la grande nouvelle, la magique nouvelle, — que le vieux Mauperthuis était mort. Mais la nouvelle ne vint pas. Une autre nouvelle lui parvint ; pas même vraiment une nouvelle, un signe plutôt. Un matin il sentit un souffle lui parcourir les mains, le visage ; un souffle très léger, qui n'était ni de vent, ni de brise. Un souffle si ténu, comme une haleine au goût de fruit. Celle de sa mère. Et soudain il avait retrouvé toutes les sensations oubliées de son enfance. Sa tête reposant contre la gorge de sa mère, lui s'endormant dans les bras de sa mère, dans l'odeur délicieuse de la peau de sa mère ; lui s'enchantant de la voix de sa mère, de ses doux rires en grelots, et du bleu limpide de ses yeux. Il se sentit soudain, à son réveil, caressé par la main si menue de sa mère, et il lui sembla voir son sourire, son regard paisible, toujours un peu songeur. Il se sentit regardé par elle, regardé jusqu'au fond de l'âme, et il lui sembla percevoir un murmure tout contre son oreille : « Je suis là, mon petit, je t'ai enfin retrouvé, je t'ai rejoint... » La voix de sa mère chuchotait en lui, tout contre son cœur, elle le berçait.

Le regard et la voix de sa mère s'étaient faits si présents, si enveloppants, que le désir de la revoir, de retrouver ses frères, sa maison, les forêts du Haut, et Camille, l'avaient décidé à rentrer. Il s'était mis en chemin vers son hameau. A chaque pas grandissait son désir, — revoir sa mère et tous les siens. A chaque pas s'affolait son espoir, — revoir Camille. Il en oubliait le vieux dans sa passion de retour, dans sa faim de retrouvailles. Il arriva à son hameau après une longue marche de plusieurs jours ; des jours si lents qu'ils lui avaient paru plus interminables encore que tous ces mois passés loin des siens. Il revenait aux côtés de Rouzé.

Il ne rencontra personne lorsqu'il traversa le Leu-aux-Chênes. Et personne non plus dans la Ferme-du-Bout lorsque enfin il y pénétra. Il appela sa mère, puis Edmée, puis Louison-la-Cloche et Blaise-le-Laid, mais aucun de ceux-là, qui d'ordinaire ne quittaient pas la maison ou ne s'en éloignaient que peu, ne répondit à ses appels. Un autre silence cependant frappa son attention ; un silence plus aride encore que celui des êtres absents. Un silence qui résumait tous les autres silences, les condensait, leur donnait un accent de violence. La grande horloge se taisait, son balancier demeurait immobile. Le temps s'était-il donc arrêté depuis son départ ? Il n'osait regarder davantage autour de lui, de peur de déceler d'autres signes. Car il savait bien que l'on n'arrêtait les horloges que dans les maisons où la mort s'était glissée. Le silence de l'horloge lui serrait la gorge, il étouffait de ce silence. Il finit tout de même par se diriger vers la chambre de ses parents. Il entrouvrit très lentement la porte. Il lui suffit de l'avoir à peine entrebâillée pour comprendre. Le silence de l'horloge s'engouffra dans son cœur, déferla dans son sang, lui glaça les sens et la raison. Le lit de ses parents était vide, on avait retiré la paillasse, — pour en brûler la paille, bien sûr, comme il est de coutume de brûler la paillasse des défunts. La glace de l'armoire était voilée d'un drap, — pour que l'âme du mort ne s'attarde pas à y chercher le reflet d'un corps qui vient de cesser de l'abriter, pour que l'âme sans corps ne s'affole pas d'être vouée dorénavant à l'invisible.

La chambre était vide, et ce vide le faucha aux genoux. Il s'affaissa sur le seuil de la chambre. Il avait compris. Seule sa mère avait pu désoler de la sorte la chambre. Il éprouvait devant le lit béant, devant l'armoire voilée, la solitude et la douleur qui venaient d'échoir à son père. Cette solitude était à la mesure du corps disparu de sa mère, — d'une ampleur fabuleuse, mais froide, rude, et non plus tiède et douce. Une ampleur qui n'enveloppait plus, mais qui brisait les genoux et les reins. Cette douleur était à la mesure du bonheur que sa mère n'avait cessé de dispenser. Tout se retournait, tout s'évidait d'un coup. La lumière qui baignait la chambre parut à Simon laide, crayeuse, et l'air se fit râpeux, les odeurs rances, et le silence odieux. Même la salive dans sa bouche prit un goût aigre. Sa mère, sa mère pour laquelle il était revenu, sa mère dont le corps prodigieux était offrande, bonté, consolation, — il ne la verrait plus.

Alors il se souvint du vieux. C'était lui, Ambroise Mauperthuis, qui l'avait chassé hors de sa famille, séparé de tous ces corps loin desquels son propre corps perdait vigueur, éclat et joie. C'était lui, le vieux Mauperthuis, qui avait fait s'arrêter l'horloge, mis le feu à la paille du lit ; c'était lui qui avait fait entrer la mort à la Ferme-du-Bout.

S'il éprouvait la douleur de son père, c'était sur un tout autre mode. Nulle résignation en Simon, pas même de soumission, mais un élan de colère folle. Il se releva, traversa la maison, saisit une hache. Dans la cour la lumière l'aveugla.

Et dans cette lumière de matin de fin de mai, il vit Rouzé. L'animal attendait, placide, au milieu de la cour. Mais Simon ne reconnut pas Rouzé, le compagnon de son exil. Il vit un colosse d'une terrifiante blancheur. Un colosse aux allures de fantôme, planté là devant lui, en plein jour. Un colosse terrible, — la monture de la mort.

Où donc était la mort qui avait chevauché ce colosse? Peut-être avait-elle enfoui le corps de sa mère dans les entrailles blanches de cette énorme bête? Ou peut-être se cachait-elle dans le cœur de la bête? Simon s'élança droit vers la bête. La hache s'abattit sur le front de Rouzé. D'un bloc il s'effondra, sans avoir eu le temps de faire le moindre mouvement, sans même un beuglement. Simon se jeta sur le corps affalé; il lui trancha la tête, puis les membres, il lui ouvrit le ventre. Il frappait, il frappait la monture de la mort, il frappait le bœuf de trait du vieux Mauperthuis. Il démembrait le corps, il déchirait la chair, il le vidait de son sang, de ses entrailles. Il arrachait l'image de Rouzé, il écorchait une bête aux allures de fantôme, il dépeçait un colosse de trait, un colosse de bât, pour qu'il ne puisse plus charroyer le rire mauvais du vieux, qu'il ne puisse plus porter la mort et la douleur. Simon écorchait la haine du vieux, il dépeçait son rire mauvais.

Et ce fut nu, recouvert du torse écorché de Rouzé qu'il portait sur ses épaules, la peau souillée du sang de l'animal, que Simon retraversa le hameau désert et pénétra dans la cour de la Ferme-du-Pas. Alors il cria le nom du vieux. Il sommait Ambroise Mauperthuis de sortir dans la cour, de venir chercher la charogne du colosse, le cadavre de la monture qui avait porté la mort à la Ferme-du-Bout. Il sommait Ambroise Mauperthuis de venir lui rendre compte de la mort de sa mère. Mais seuls deux grands chiens enchaînés au tronc du magnolia répondirent à ses cris en aboyant avec fureur. Le vieux Mauperthuis n'était pas là. Il était parti au point du jour, bien avant que la horde de la Ferme-du-Bout ne sortît, portant le cercueil de la grosse Verselay pour la conduire au cimetière du village. Il ne voulait pas les rencontrer, pas plus ce fils qu'il avait renié que ces petits-fils qu'il avait toujours tenus pour des brutes et que, surtout, il savait tous ligués contre lui. Il avait fermé les portes et les volets de sa ferme-citadelle qu'il confiait toujours à la garde de ses chiens, et était parti vers sa forêt de Failly. Il ne rentrerait que le soir, ou à la nuit tombée. Tous les hommes et les femmes du hameau avaient escorté le convoi de Reinette-la-Grasse. Tous, sauf Huguet Cordebugle que tout le monde, depuis l'esclandre qu'il avait provoqué dans la forêt lors du dernier hiver, tenait à l'écart plus farouchement encore qu'il ne s'était lui-même toujours gardé. Et Huguet Cordebugle, embusqué derrière ses vitres sales, l'antique coq Alphonse rabougri sur ses genoux, avait été le seul, cette fois encore, à apercevoir Simon. Il l'avait vu monter la route aux côtés de Rouzé, il avait entendu le choc de la hache frappant le front de la bête, le bruit sourd du corps s'effondrant, et à nouveau les sifflements de la hache taillant le bœuf en pièces. Il avait perçu tous ces bruits du fond de sa maison, sans tout à fait comprendre ce qui se passait, — pourquoi ces brefs sifflements de hache pourfendant l'air, pourquoi tous ces sons mats, précipités, et ce souffle ahanant d'homme lancé à corps perdu dans un labeur violent ? Tous ces bruits avaient un accent de folie, de fureur, qu'il ne s'expliquait pas. Et ces bruits mystérieux dans le hameau désert jetaient en lui l'effroi. Il se recroquevillait autour de son vieux coq à la tête branlante comme s'il lui fallait se tasser, se rapetisser à l'extrême, afin d'échapper à la colère de l'homme qui frappait là-bas, qui frappait il ne savait trop quoi, à corps perdu, à bout de souffle. Il lui semblait que tous ces coups de hache allaient bientôt s'en prendre à lui aussi, allaient faire éclater sa porte et venir le taillader à son tour, là, sur sa chaise, lui et Alphonse. Il en gémissait de frayeur. Mais le silence était retombé, puis il avait revu passer Simon.

Simon, ou l'esprit de Simon ? Il l'avait vu descendre la route, nu. Nu comme en cette nuit de septembre au fond du pré de la Ferme-du-Pas. Cette nuit éclairée par la blancheur des draps étendus sur l'herbe. Nu, — mais aucune blancheur ne l'éclairait à présent. La peau de Simon luisait de sang, tout le corps de Simon ruisselait, sueur et sang. Sueur de son propre corps, et sang du bœuf Rouzé. Il portait le torse écorché de Rouzé sur ses épaules, il marchait courbé sous le poids de ce torse. Il marchait courbé sous le bât de sa colère, de sa douleur, de ses amours perdues, — et de son désir mis à vif. Simon allait à la Ferme-du-Pas.

Huguet Cordebugle était resté assis derrière sa fenêtre, les yeux rivés aux carreaux encrassés, longtemps après que Simon eut disparu. Il continuait à voir sur la route vide le corps nu de Simon. La splendeur de Simon dont le corps rougeoyait d'un sang qui n'était pas le sien, mais qui se faisait sien en se mêlant à sa sueur. La splendeur de Simon ensorcelé par le sang de la bête. La splendeur de son corps dont la nudité était nouvelle ; non plus seulement de peau, mais de chair. Simon tout ruisselant du sang de Rouzé semblait lui-même un écorché. Nudité de la chair et du cœur, nudité de la colère et du désir ; le corps de Simon était davantage que mis à nu, il était à cru. Le sang de Rouzé luisait sur lui avec un éclat de flamme. Huguet Cordebugle fixait sur la route déserte l'image hallucinante de Simon-l'Ecorché, Simon devenu homme-bête, dieu de chair et de sang, torche en marche. Il n'en finissait pas de contempler avec un regard éperdu d'admiration et de stupeur ce corps étincelant de sueur et de sang qui avait fulguré sur la route dans la clarté du matin. Simon-l'Emporté, Simon-l'Ecorché, qui s'en allait le corps en flammes. Et cette image-là, cette nudité de chair et de cœur, cette nudité de sang et de feu, Huguet Cordebugle ne les trahirait pas. Il n'avouerait à personne ce qu'il venait de voir. Cette image que lui seul avait vue, il la garderait jalousement dans son cœur, il irait la rêver dans la chambre blanche, au fond du lit paré de draps taillés dans le linge des femmes.

Le vieux n'était pas là. Il était à ses affaires ; il était devenu plus âpre encore au travail, il surveillait ses biens comme une chienne ses petits, il discutait sou à sou la vente du bois de ses forêts, il veillait avec méfiance à ce que nul ne le volât, que ce soit ses employés, bûcherons, flotteurs et bouviers, ou les marchands de bois. Il voulait être riche, toujours plus riche, d'une richesse de légende. Il bâtissait sa richesse comme un immense et invisible mausolée consacré au double corps de Catherine et de Camille, au corps perdu de l'une, au corps reclus de l'autre ; au double corps devenu un, à ce corps sans cesse grandissant. Celui de sa Vive, l'admirable. Il ne se lassait pas de lire et de relire ses grands livres de comptes, il s'enivrait de chiffres. Chaque nouvelle somme acquise embellissait son mausolée imaginaire. Son bonheur était grand, et solide ; il l'avait conquis de haute lutte, il l'avait arraché à une horde d'ennemis fourbes et obstinés. Mais il avait su être plus têtu et plus dur qu'eux tous, il avait soumis tous ses ennemis. Corvol pourrissait dans la terre, sa bru et son nain de frère croupissaient dans leur maison de la vallée, Marceau avait couché son ombre fade à tout jamais dans le silence, Simon avait disparu, et il tenait Camille prisonnière. Il la tenait avec force, de main de maître, et jamais, jamais ne

224

la relâcherait. Elle était son bien, sa créature à part entière. C'était à lui qu'elle devait d'être venue au monde, et elle ne vivrait que par lui. Il lui portait sa nourriture, son eau, son linge, les braises de sa chaufferette, le feu de sa lampe. Il la soignait comme un oiseau dans sa volière. Un oiseau bien trop beau, bien trop rare, pour s'en aller voler à travers ciel. Un oiseau secret qui n'avait droit de déployer son vol que dans l'espace de son regard à lui. Il passait des heures à la contempler par le trou du judas, il lui parlait sans fin, la bouche collée contre le bois de la porte.

LA CHAMBRE BLANCHE

Camille ne s'était pas laissée mourir. Elle s'était laissée flotter à fleur de sommeil, à fleur de songe ; elle avait nagé dans les couleurs, dérivé dans les images, les yeux grands ouverts. Et elle avait écouté. Elle écoutait tous les bruits, elle connaissait le moindre bruissement du grenier, les craquements des poutres, du plancher, le grincement de la porte quand le vieux l'entrouvrait pour lui glisser sa nourriture, son broc d'eau fraîche. Elle connaissait toutes les inflexions du vent, tous les sons et les rythmes de la pluie. Elle connaissait chaque oiseau qui nichait sous le rebord du toit, et les petits pas des souris, et les ténus frous-frous des insectes. Elle ne connaissait plus rien d'autre du monde que ces quelques bruits, — de bois, de vent, de pluie, de feuillages, d'insectes, de souris et d'oiseaux. Elle ne haïssait rien plus que certains de ces bruits, ceux du bois : les marches de l'escalier craquant doucement sous les pas du vieux, le claquement du judas lorsqu'il l'ouvrait et le refermait, et surtout ces murmures qui chuintaient à travers le bois de la porte, ces murmures qui suintaient comme une eau sale, une buée grasse le long de la porte. La voix du vieux qui susurrait ses litanies d'amour à une morte. Chaque fois que le vieux venait coller son œil à la prunelle folle dans le trou du judas, et sa bouche tout engluée de mort contre le bois de la porte, elle s'enfouissait sous les couvertures et serrait ses mains contre ses oreilles. Lorsque le vieux ne montait pas la tourmenter derrière la porte, elle reprenait son écoute. Elle s'était efforcée de déceler des bruits au-delà des murs et du toit du grenier. De jour en jour, de nuit en nuit, elle avait dressé son ouïe à percevoir des sons toujours plus lointains, plus légers. Elle écoutait, le cœur battant, le pas des hommes et des bêtes qui gravissaient la route. Mais aucun n'était celui de Simon, aucun celui de Rouzé. Cependant elle attendait. Sa vie se concentrait autour de cette attente, sa vie n'était que cette tension d'écoute. Elle dormait l'ouïe aux aguets.

Elle entendit, ce matin de mai, bien après le départ du vieux, une étrange cohorte d'hommes et de femmes qui descendaient la route. Le rythme de leurs pas était lent, était lourd, d'une profonde gravité. Le pas de ceux qui accompagnent un mort. Elle avait entendu la voix de Blaise-le-Laid qui chantait sur un ton posé à fleur de larmes. Elle n'avait perçu que les premiers mots de son chant. « Ecoute, ma fille, regarde et tends l'oreille... » Qui portait-on en terre, et qui lui faisait signe, qui la mettait en garde, qui ravivait sa veille, qui lui disait « écoute! regarde! tends l'oreille! »?

Ecoute, ma fille, regarde et tends l'oreille... elle avait écouté la voix qui chantait, les pas où se scandait le deuil, le silence des hommes et des femmes du hameau qui répondait au silence de celui ou de celle que l'on portait en terre. Le chant s'était assourdi, là-bas, entre les herbes, les pas s'étaient perdus, seul était demeuré le silence. Celui du mort et celui des vivants. Ecoute, ma fille... Elle avait écouté, allongée sur sa couche, tout à fait immobile et retenant son souffle afin de ne pas troubler, fût-ce du plus léger bruissement, le silence qui enserrait la ferme, toutes les fermes du hameau. Mais le sang battait à ses tempes, elle entendait les

227

coups sourds, précipités, de son cœur. Elle écoutait du fond de son corps.

Ecoute, ma fille, regarde et tends l'oreille... Et voilà que soudain, sur la route, là-bas, un pas s'était annoncé. Un double pas, d'homme et de bête. Il gravissait la côte avec lenteur. Un double pas, — un galvacher et son bœuf. Il approchait, il allait pénétrer dans le hameau, il allait passer non loin de la ferme. Un double pas, — Simon et Rouzé. Camille écoutait du fond de son corps comme du fond d'un lac dont les eaux sont sur le point de prendre leur élan à l'instant de l'ouverture des vannes. C'était la joie qui s'ouvrait dans son cœur, mais avec tant de violence que son cœur lui faisait mal. La clameur des eaux des lacs et des étangs de retenue se précipitant dans celles des rivières pour en grossir le débit, en accélérer le cours et entraîner les troupeaux de bûches pressées entre les berges, se levait en elle, emplissait son corps. Comme si tous les barrages du pays venaient de rompre et que leurs eaux s'engouffraient en elle. Son corps qui gisait, immobile et muet sur la paillasse dans un recoin du grenier, était la proie d'une formidable clameur. Un cri d'eaux vives, violentes, déferlait dans son corps, lui écorchait la chair du dedans.

Ecoute, ma fille, regarde et tends l'oreille... Elle écoutait à la folie ; elle ne voyait plus rien, les eaux des lacs débondés noyaient ses yeux, emportaient son regard. C'était tout son corps qu'elle tendait.

Simon était passé sans s'arrêter à la Ferme-du-Pas, sans même ralentir son allure. Il avait continué son chemin. Puis, le silence à nouveau. Mais les eaux continuaient leur course folle en elle, plus rien ne pouvait les arrêter. Des coups avaient retenti, là-bas, à l'orée de la forêt. Ils montaient de la cour de la Ferme-du-Bout. Camille connaissait la résonance propre à chaque lieu du hameau. Les coups avaient cessé.

Ecoute, ma fille... Quelqu'un marchait-il sur la route? Quelqu'un s'approchait-il de la Ferme-du-Pas? Camille tendit l'oreille du fond des clameurs et des remous de son corps. Il lui semblait percevoir les pas d'un homme allant pieds nus. Quelqu'un venait, quelqu'un entrait dans la cour de la ferme, — les chiens s'étaient dressés, ils aboyaient avec fureur, leurs chaînes claquaient sur les pierres. Et soudain, Simon cria. Sa voix couvrait les hurlements des chiens. Il jeta quelque chose aux chiens, quelque chose en pâture à leur rage. Ils se turent. Ils dévoraient avec avidité. Simon criait le nom d'Ambroise Mauperthuis. Le nom du maître de la ferme, du maître des chiens ; le nom du maître de la faim, de la colère, de la mort. Le nom du maître de Rouzé.

Là-haut Camille s'était levée d'un bond. Toutes les eaux qui avaient pris son corps d'assaut venaient de refluer. Elle voulut crier le nom de Simon, l'appeler pour qu'il vienne la délivrer, mais elle ne put proférer aucun son. De s'être tue pendant des mois, d'avoir vécu recluse, emmurée sous le toit, sa voix s'était éteinte. Elle voulait crier, sa gorge restait serrée, sa bouche muette. Simon était là, dans la cour, tout près, et elle ne pouvait pas l'appeler. Et lui ne faisait que répéter le nom du vieux.

Même absent, le vieux continuait à la retenir prisonnière ; pas seulement derrière une porte verrouillée dans une ferme gardée par deux chiens que leur maître affamait afin d'aiguiser leur férocité, mais en elle-même. Il lui avait volé jusqu'à sa voix. Et Simon, en bas, qui ne savait que crier le nom du vieux. Avait-il donc oublié son nom à elle? Avait-il perdu dans sa fuite, son exil, jusqu'au nom de Camille? Le vieux leur avait-il à ce point tout volé? Elle frappait contre la porte, elle se blessait les doigts contre la serrure. Elle entendait crier Simon. Mais il ne s'agissait plus d'écouter, il était temps de parler, de crier à son tour. Elle ne le pouvait pas. Alors il lui vint une idée.

Elle prit la lampe où veillait une petite flamme qu'elle relançait à la tombée du jour. Elle brisa le verre de la lampe. Elle enflamma des chiffons, des tissus qui traînaient sur sa couche, et les posa contre la porte. Elle souffla sur les flammes, pour qu'elles mordent le bois de la porte. Le feu hésita un moment puis enfin s'élança tout le long de la porte ; il en léchait le bois, puis il le pénétrait, l'écorchait. Camille recula. Elle prit une couverture et versa dessus toute l'eau qui restait dans le broc, s'enveloppa dedans. Le bois de la porte craquait, des fissures de plus en plus larges s'y ouvraient. Camille soudain se mit à rire, elle retrouvait sa voix. Elle riait de voir brûler la porte, la porte tant haïe, la porte monstrueuse avec son œil obscène et ses murmures hideux. Le feu débordait de la porte, il courait le long des murs, il montait vers le plafond, il s'en prenait aux poutres, attaquait le plancher. La chaleur devenait étouffante, l'air irrespirable. Camille fonça contre la porte dont le bois éclatait de toutes parts. Elle se précipita dans l'escalier.

Le vieux avait, comme toujours, fermé toutes les portes donnant accès aux cours, celle du devant et celle arrière. Mais les volets qu'il avait également clos s'ouvraient de l'intérieur. Camille, après s'être heurtée aux portes verrouillées, s'empressa d'ouvrir une fenêtre. Le feu l'avait suivie. Tout le grenier était en flammes. Elle l'entendait dévorer les poutres du toit et s'attaquer aux murs dans un mugissement croissant. Le feu courait au-dessus d'elle, il rongeait le plafond, il dévalait l'escalier, des flammes déjà pénétraient dans la cuisine, s'en prenaient à la table, aux bancs, la fumée obscurcissait la pièce. Camille enjamba une fenêtre du rez-de-chaussée et sauta dans la cour.

Sous le magnolia en fleur elle vit Simon, debout, qui regardait le toit s'effondrer sous la montée des flammes. Il ne criait plus le nom du vieux. Il était nu. Mais le sang de Rouzé qui maculait sa peau, du front jusqu'à ses pieds, formait en séchant une croûte d'un rouge sombre. A ses pieds les deux chiens déchiquetaient les restes du torse du bœuf. Ils étaient couchés, indifférents au feu qui se tordait là-haut. Les os de la carcasse craquaient entre leurs mâchoires comme là-haut craquaient les poutres. Simon aperçut enfin Camille, mais il posa sur elle le même regard qu'il fixait sur le feu, — stupéfait et lointain. Il continuait à voir le corps du colosse qu'il avait abattu dans la cour de la Ferme-du-Bout. Ce colosse démembré, écorché, resurgissait plus énorme et terrifiant encore. Le feu montait de ses entrailles. Et le colosse mugissait d'un mugissement toujours plus fort, plus sonore. Ses flancs s'ouvraient, — et de son ventre écartelé par les flammes une sorte de revenante surgissait. Mais cette femme n'était pas celle dont le lit était vide, le miroir voilé. Dans quelle profondeur de son ventre le colosse avait-il donc enfoui le corps de Reine ? Simon continuait à chercher l'image de sa mère, à attendre son apparition. Mais c'était Camille qui venait d'apparaître, et il semblait ne pas la reconnaître. Etait-ce d'ailleurs Camille, cette silhouette maigre entortillée dans une couverture toute roussie, le visage sali de fumée, les mains écorchées et brûlées ?

Ce fut elle qui s'avança vers lui. « Les chiens, dit-elle, il faut les détacher ; toutes les bêtes... » Sa voix était sourde, essoufflée, presque inaudible encore. Ils détachèrent les bêtes ; ils avançaient en titubant, avaient des gestes de somnambules. « Il faut partir... », dit encore Camille. Le feu régnait dans toute la maison, il s'enfonçait dans les pièces, faisait éclater les portes, les fenêtres, il dévorait les meubles et les tissus, il consumait les lits, et il se relançait, toujours plus avant, toujours plus vorace. Les étables et les granges furent atteintes. Les branches du magnolia commencèrent à se tordre. Le blanc d'ivoire des fleurs, écloses depuis peu, se

231

vermillonna, s'empourpra ; le magnolia secouait sa floraison de flammes. Puis les fleurs se flétrirent. Elles se recroquevillaient sous l'ardeur du feu. L'air tremblait sous le souffle de la chaleur, il ondoyait, rougeâtre, et il vibrait. Cet air suffocant emplissait la cour, il chassait les bêtes. Même les chiens s'étaient enfuis, emportant leurs lambeaux de festin dans la gueule. « Il faut partir... », répéta Camille à voix basse. Simon ne pouvait détacher son regard du brasier. Et si sa mère allait surgir à son tour du ventre du colosse ? Et si sa mère allait sortir de cette fournaise d'entrailles et s'en venir à sa rencontre de son drôle de petit pas dansant ? « Partons maintenant, dit encore Camille. Il le faut. »

Ils s'en allèrent. Simon marchait à reculons. La Ferme-du-Pas brûlait. Son mugissement montait vers la forêt. Etait-ce la réponse d'Ambroise Mauperthuis à Simon venu crier son nom, venu maudire son nom ? Etait-ce là la clameur de colère du vieux Mauperthuis ? Les flammes s'élevaient à l'entrée du hameau dans un tourbillon de fumée noire. Etait-ce là le corps du vieux, — son corps de haine, de jalousie, qui flamboyait et qui allait bientôt se consumer ? Camille jeta sur les épaules de Simon la couverture roussie qui l'enveloppait. Elle lui saisit la main ; elle s'efforçait de l'entraîner, de l'arracher à la vision de ce feu qui semblait l'avoir envoûté. « Ne te retourne pas, hâte-toi, vite, vite... ne te retourne pas... », répétait-elle. Mais elle trébuchait, elle courait au ralenti. Elle n'avait plus de forces. Après ces mois de réclusion au fond du grenier, tout cet espace soudain retrouvé lui donnait le vertige. « Hâte-toi, viens... », disait-elle, mais sa voix était sourde, lasse, et ses jambes tremblaient. Déjà elle entraînait moins Simon qu'elle ne s'appuyait sur lui. « Sauvons-nous, vite !... », disait-elle, mais elle n'avançait plus. « Sauve-moi... », finit-elle par murmurer.

Quand Huguet Cordebugle aperçut leurs silhouettes sur la route, il se leva. Ce n'étaient pas là des corps de vivants, mais des silhouettes, rien que des silhouettes chassées par le vent noir et brûlant qui soufflait de la Ferme-du-Pas. Deux chimères égarées qui voulaient courir, mais dont les pas s'enlisaient dans l'immobilité. Deux chimères couleur de cendres et de roussi, couleur de sang et de poussière.

Il sortit de sa maison. « Entrez », leur cria-t-il. Simon et Camille étaient si faibles, si égarés, qu'ils obéirent. En cet instant ils auraient pu obéir à n'importe quel ordre. Ils n'avaient ni force ni défense. Leur raison semblait avoir brûlé dans l'incendie qui derrière eux faisait rage. Ils entrèrent dans la ferme de Cordebugle. Celui-ci, sans dire un mot, se dirigea vers le fond de la pièce et extirpa un large baquet de bois qu'il traîna jusqu'à eux. Puis il partit chercher de l'eau à la fontaine. Il remplit le baquet, apporta un savon, du linge. « Lavez-vous », leur dit-il. Et il s'éloigna. Il vint reprendre sa faction sur sa chaise devant la fenêtre où somnolait Alphonse. Simon et Camille obéirent au nouvel ordre qu'ils venaient de recevoir. Ils se baignèrent dans la cuve, lavèrent leur peau de la suie et du sang qui les souillaient, puis se couvrirent des vêtements qu'Huguet avait posés pour eux sur un tabouret près de la cuve. Des chemises taillées dans du linge de femme, mais des pantalons d'homme en velours rugueux. Quand ils furent habillés, Huguet se releva et traversa la pièce. Il ouvrit pour eux sa chambre secrète. « Ici », leur lança-t-il. Simon et Camille s'approchèrent. Ainsi vêtus de la même façon, accoutrés moitié en femme, moitié en homme, leur ressemblance se faisait troublante. Et ils avaient en cet instant le même regard d'enfants épuisés de fatigue, de peur, de solitude. Huguet leur désigna le lit d'un geste de la main. « Et maintenant, couchez-vous et dormez. » Puis il sortit de la chambre et referma la porte.

233

A ce dernier ordre d'Huguet Cordebugle ils obéirent une fois encore avec la même docilité. Ils se couchèrent dans le lit paré de taies et de draps ornés de dentelles et de broderies où se mêlaient les initiales de tous les prénoms des femmes du pays. Ils se couchèrent dans ces lettres blanches, douces. Dans ces chiffres d'oubli. Et ils s'endormirent aussitôt, allongés côte à côte. Ils coulèrent au fond d'un sommeil exempt de rêves, de tourment et de mouvement. Ils se tenaient par la main, ils se raccrochaient l'un à l'autre dans l'immensité de leur sommeil en ce seul geste où s'épuisait enfin tout leur désarroi, où se liait à nouveau leur amour. Dans l'après-midi Huguet Cordebugle rentra sans bruit dans la chambre. Il aperçut dans l'ombre les dormeurs, étendus épaule contre épaule, flanc à flanc, immobiles et silencieux. Il contempla longuement ce double corps gisant, il se pencha sur leurs visages aux yeux et bouches clos, et il souhaita que leur sommeil durât toujours. Ses draps, ses draps taillés dans le linge des femmes, ces parures de dentelles qu'il avait cousues soir après soir depuis tant et tant d'années, avaient enfin trouvé leur corps. Leur corps jumeau, paisible et tendre.

Pour eux Huguet Cordebugle repartit voler dans les jardins. Non plus pour dérober du linge, mais des fleurs. Il rapporta des fleurs par brassées, des pivoines, des roses et des lys, des iris et des amaryllis. Il cueillit même de fines branches de pommiers et de pruniers en fleur ainsi que de lilas. Il emplit la chambre des dormeurs de toutes ces fleurs ; l'air était saturé de leurs parfums mêlés. Il couvrit de fleurs le corps des dormeurs. Il n'en finissait plus d'enfouir leur corps jumeau sous les tissus, les dentelles, les fleurs. Sous la blancheur, la douceur.

Il n'en finissait plus d'être ébloui par les métamorphoses de ce corps double et un. Il les avait vus une nuit de fin d'été, qui s'élançaient, nus, dans l'herbe sombre. Il avait vu comme ils nageaient contre le sol, entre les draps d'une clarté crayeuse. Il avait vu comme ils s'élançaient l'un vers l'autre, et s'enlaçaient l'un à l'autre, comme ils confondaient leurs bras, leurs mains, leurs jambes. Il avait vu comme ils liaient et déliaient leurs deux corps, et comme ils semblaient mourir et renaître sans cesse au rythme brusque, et tantôt doux, battu par leurs reins, par leurs mains, scandé par leurs bouches. Il avait vu cela, le corps double et un, le corps jumeau, tout affolé de nudité, de désir, de jouissance, le corps même et autre, en proie à l'ivresse de la métamorphose. Il l'avait regardé jusqu'à la stupeur, la douleur. Mais un jour de colère il avait trahi cette vision, il avait trahi son secret. Par vengeance, par dépit, il avait jeté son secret comme une vulgaire dénonciation à celui qui entre tous ne pouvait, ne devait pas le connaître. Il avait lâché son secret comme on lâche un chien furieux, un chien blessé, pour agresser le vieux, son patron au cœur dur, arrogant, pour défier son pouvoir, sa superbe. Mais en vérité ce qu'il avait alors avoué, c'était bien moins ce qu'il avait vu que la douleur d'avoir vu une beauté qui lui était folie, terreur et amertume. Une douleur qui l'avait lanciné, jour après jour, nuit après nuit. Une douleur, aussi, qui lui était devenue richesse, plus encore que sa chambre secrète. Et fort de cette obscure richesse, il avait humilié le vieux Mauperthuis.

Mais le vieux Mauperthuis avait disloqué ce corps jumeau. L'automne, puis l'hiver avaient passé. Le printemps déjà dérivait vers l'été. Et la beauté, le fabuleux tourment de la beauté, manquait à la terre, aux jours. Mais voilà que Simon avait reparu, flanqué de son bœuf comme d'un fantôme. Non pas un fantôme, — un esprit sorcier. Un corps sorcier. Et Simon l'avait abattu, démembré, dépecé, écorché, et s'était vêtu de son torse comme d'une armure ; il s'était emparé de son sortilège. Huguet l'avait vu, il avait vu Simon devenir homme-bête, flamboiement de chair, de sueur et de sang ; devenir à son tour corps-sorcier. Et ce corps s'était à nouveau transformé ; il s'était fait flammes, hautes et mugissantes. Huguet avait vu le ciel rougeoyer en plein matin, les arbres s'empourprer au cœur du printemps. Puis le corps s'était fait silhouette, comme s'il s'était évidé de sa chair et de son sang pour en nourrir le feu. Silhouette dédoublée, silhouette qui tenait son ombre par la main. Ombre et silhouette exténuées.

Double silhouette qui à présent dormait, et lui, Cordebugle, veillait sur ce sommeil ; sur les limbes de ce sommeil. Il avait couvert de fleurs ce sommeil, ce songe de corps, et à présent il attendait. Il ne savait pas au juste ce qu'il attendait ; il attendait le réveil des dormeurs tout en souhaitant que perdurât indéfiniment leur sommeil. Il attendait une nouvelle métamorphose du beau corps magicien.

LA PIERRE-QUI-VIRE

Après l'inhumation de Reinette-la-Grasse, les hommes et les femmes étaient allés à l'auberge du village. Seule Edmée était retournée à l'église prier à l'ombre du bleu manteau de la Madone qui venait de rappeler l'enfant miraculeuse qu'elle lui avait donnée un demi-siècle plus tôt. Edmée ne pleurait pas, son chagrin était trop pur pour s'enivrer du goût des larmes. Durant l'agonie de sa fille elle avait pleuré, parfois. Mais lorsqu'elle avait vu le visage de Reine le matin de sa mort, elle avait cessé de pleurer, car elle avait alors cessé de voir la souffrance et la mort. Tout était consommé, tant le bonheur humain que la détresse et le chagrin ; la Très Miséricordieuse avait repris sa fille par la main pour la conduire vers Dieu, et elle, la vieille mère terrestre, tendait à son tour les mains dans le silence, dans le vide, l'invisible. Et dans ses mains tendues elle offrait sa douleur, afin que cette douleur soit lavée, allégée de tout désespoir. Edmée savait qu'il ne faut pas troubler l'âme des morts par des cris et des sanglots, elle sentait que l'âme qui s'en va est fragile, égarée, et qu'il ne revient plus aux vivants de pouvoir la guider. Le mystère de la disparition reste fermé aux vivants ; ceux-ci doivent seulement consentir à ce que l'âme de ceux qu'ils ont aimés soit confiée aux bénis de Dieu qui déjà ont pénétré

237

dans ce mystère, et qui l'habitent, à jamais. Edmée sentait cela, et elle confiait sa fille à Celle qui entre tous et toutes avait été bénie, Celle que d'âge en âge on clamait bienheureuse.

Edmée ne pleurait pas. Elle s'efforçait d'accorder sa douleur à sa foi, d'harmoniser l'invisible et la transparence, le silence et le chant, et de mettre son cœur de survivante au diapason de l'âme de sa fille disparue. Déjà elle n'était plus que pour avoir aimé, et avoir à aimer encore davantage, dans le renoncement, le vide, la dépossession.

Et de même Ephraïm le veuf n'était plus désormais que pour avoir aimé. Assis parmi ses fils autour de la plus grande table de l'auberge, il avait commandé de l'eau-de-vie de prune. Il buvait comme en ce lointain soir où, le visage marqué à vif par la fureur de son père, il était venu demander à Jousé Verselay la main de sa fille Reine. Mais en ce jour de printemps il ne demandait rien. La main de Reine venait de lui être reprise. Il ne demandait rien, — il donnait. Tout comme Edmée se soumettait, il consentait à transformer en don l'arrachement subi. Mais pour cela il lui fallait apprendre à s'oublier, à renoncer à lui-même, à son amour d'homme vivant et désirant. Alors il buvait verre sur verre pour précipiter la montée de l'oubli, pour se glisser audessous de lui-même, — au-dessous des forces de son corps, des élans du désir encore vivaces bien que dorénavant voués au vide. Il lui fallait sombrer au plus vite tout au fond de l'oubli de lui-même, tomber très bas au-dessous de ses forces, briser d'emblée toute révolte, tout assaut du désir.

Il vidait sans un mot verre après verre d'un seul trait à chaque fois, entouré de ses fils qui le laissaient boire à sa guise. Aucun d'entre eux n'aurait osé lui dire de cesser de boire en cette heure du retour du cimetière. Seul Louison-la-Cloche s'affolait ; ce geste machinal que son père ne

238

finissait plus de répéter en portant son verre à ses lèvres et en le vidant d'un coup, le terrifiait. Il avait l'impression que son père était en train de se tuer, là, sous ses yeux, qu'il allait boire jusqu'à ce que son cœur cède. Mais Ephraïm ne cherchait à faire céder que sa souffrance, et c'était l'homme désirant qu'il s'efforçait d'abattre en lui.

Tandis qu'il buvait ainsi, les autres hommes et les femmes assis autour des tables de l'auberge, parlaient entre eux tout en mangeant et buvant. Ils parlaient de Reinette-la-Grasse, ils remontaient le temps, ils marchaient à rebours dans l'histoire de celle qui les avait quittés. En chemin ils rencontraient les traces d'autres disparus ; ils évoquaient les morts, se remémoraient les anciens enterrements. Les noms de Marceau, de Jousé, de Firmin Follin, de Pierre et de Léa Cordebugle, de Guillaume Gravelle, reprenaient force et résonance. Leurs images sortaient de l'ombre, les souvenirs se croisaient, s'appelaient les uns les autres. La mémoire du petit peuple du hameau était en verve, en crue. Le temps se mouvait en un croissant reflux. Le petit peuple du hameau s'agrandissait, il battait le rappel de tous les disparus, ceux du Leu-aux-Chênes et ceux des autres hameaux des environs ainsi que du village. Le petit peuple du hameau rassemblait ses ouailles mortes, se faisait foule, vaste peuplade. Et les vivants qui évoquaient leurs morts traversaient le présent comme un gué de rivière, ils s'en allaient se balader dans le passé, tantôt riant, tantôt pleurant. Ils soupiraient, hochaient la tête, se resservaient à boire, puis reprenaient leurs récits décousus et s'animaient à nouveau.

A la table des Mauperthuis nul ne parlait. Le deuil, là, était rigide, muet. Chacun fixait son verre, ou ses mains, lourdes, posées à plat sur la table, d'un regard creux. Ephraïm avait bu bien au-delà de ce qu'un homme peut avaler d'eau-de-vie. Vint enfin l'instant où céda sa douleur, où l'homme désirant fut vaincu, où son cœur se retourna. A pic sur le vide. Il reposa son verre, se leva en s'appuyant aux épaules de Martin-l'Avare et d'Adrien-le-Bleu assis à ses côtés, et dit d'une voix sourde, sonore : « Je ne retournerai pas là-haut. Jamais. Conduisez-moi aujourd'hui même chez les moines de la Pierre-qui-Vire. Je vous l'ordonne, aujourd'hui même. M'entendez-vous, mes fils ? » Ils avaient entendu, et ils avaient compris. Ils comprenaient l'effroi de leur père à l'idée de rentrer dans la ferme désertée par leur mère, de se coucher dans le lit vide. Ils entendaient aussi, à côté de cet effroi, le refus de leur père de retourner travailler sous les ordres du vieux. Le vieux qui, lui, était toujours en vie. Le vieux qui avait maudit son fils aîné, l'avait frappé, en avait fait un besogneux à son service, à sa merci. Le vieux qui avait si tenacement attaché le malheur aux pas de son fils cadet que celui-ci en était mort. Le vieux qui avait séparé Camille et Simon ; qui séquestrait Camille et avait chassé Simon. Le vieux qui avait si bien, si loin chassé Simon, que le cœur de Reinette-la-Grasse s'était peu à peu épuisé à force de veiller au bord de cet exil, dans le froid de l'alarme. Le vieux qui n'en finissait pas de faucher le bonheur des autres autour de lui à grands coups de colère, de haine et de vengeance.

Ils avaient entendu ce qu'avait dit leur père ; ils avaient entendu tout cela qu'il n'avait pas pu exprimer, qui lui faisait trop mal. Et les autres aussi, assis aux tables d'à côté, et qui parlaient du fond de tous les horizons de leur mémoire commune, ils avaient entendu. Tous s'étaient tus. « M'entendez-vous ? », répéta Ephraïm. Mais avant que ses fils n'aient trouvé la force de répondre il s'était écroulé, tout d'une masse, en travers de la table. Son front vint frapper contre le bois.

On étendit Ephraïm sur un banc au fond de la salle. Puis ses fils du Matin partirent chercher dans le village qui pourrait bien leur confier une carriole et un cheval pour conduire leur père jusqu'à l'abbaye de la Pierre-qui-Vire. Le père avait demandé : aujourd'hui même. Ils trouvèrent la carriole, y installèrent leur père, et se mirent en route. Fernand-le-Fort, Adrien-le-Bleu et Germain-le-Sourd prirent place dans la carriole autour de leur père. Martin-l'Avare conduisait le cheval. Les autres étaient restés au village ; ils attendaient qu'Edmée revienne de l'église et se repose un moment à l'auberge avant de rentrer au Leu-aux-Chênes.

Ephraïm ne se réveilla qu'aux portes de l'abbaye. Il dit alors à ses fils de s'en retourner au village pour reprendre ensuite le chemin du hameau. Il leur dit encore que lui ne quitterait plus ce lieu de solitude, cette clôture d'oubli ; que Fernand-le-Fort était dorénavant le chef de famille. Puis il les embrassa, et prit congé d'eux tous. Ses fils repartirent. Alors il vint frapper à la porte du monastère. On lui ouvrit, et la porte se referma derrière lui. Derrière Ephraïm le veuf venu apprendre le renoncement à soi. Les moines l'accueillirent, il demeura parmi eux. Il accomplissait ce qu'il avait à faire, comme autrefois lorsqu'il avait renoncé à ses droits d'aîné et à ses biens pour l'amour de Reinette-la-Grasse. Autrefois il s'était affranchi de son père, à présent il s'affranchissait de lui-même.

Les fils cadets ne rentrèrent que tard au Leu-aux-Chênes. Le soir tombait déjà. Mais au bas de la route ils aperçurent un rougeoiement étrange dans le ciel, qui ne venait pas du couchant. Lorsqu'ils entrèrent dans le hameau ils découvrirent la source de cette lueur. La Ferme-du-Pas finissait de brûler. Les autres habitants du hameau, rentrés plus tôt, s'efforçaient d'éteindre les derniers sursauts de l'incendie.

Le toit de la maison était entièrement écroulé, il ne restait que les murs noircis dont les portes et les fenêtres avaient éclaté. Tout l'intérieur de la maison n'était que décombres ; murs, plafonds et planchers s'étaient effondrés, pas une seule pièce ne subsistait. Les granges et les étables avaient brûlé. Le magnolia penchait vers le sol souillé de sa dernière floraison chue de ses branches écorcées et brisées. Floraison de braises et de cendres.

PLUIE DE MAI

Ambroise Mauperthuis arriva le dernier. Le feu se mourait et certains commençaient déjà à fouiller parmi les décombres malgré l'âcre fumée noire qui s'en échappait. Tous s'inquiétaient de savoir si Camille avait péri dans l'incendie. Le vieux Mauperthuis s'arrêta au milieu de la cour, saisi d'effroi. Il regardait sa ferme en ruine, son antre qu'il avait tenu si farouchement fermé depuis des mois et que les flammes avaient forcé, avaient éventré de toutes parts. Son antre qui découvrait à tous ses entrailles calcinées. Il comprit ce que cherchaient ceux qui pataugeaient parmi les entrailles fumantes de sa ferme, — le corps de Camille. Mais lui, d'emblée, sut que Camille ne pouvait se trouver sous ces décombres, qu'elle était sauve. Que c'était elle qui avait mis le feu, qu'elle avait fui. Et c'était cette fuite de Camille qui provoquait en lui l'effroi. Il comprit aussi que Simon avait dû revenir. Seul le retour de Simon avait pu donner l'idée et la force à Camille de mettre le feu au grenier. Il se jura qu'il les retrouverait. S'il le fallait il reconstruirait de ses propres mains toute sa ferme, il élèverait un château comme celui de Vauban à Bazoches, il creuserait une crypte comme celle de la basilique Sainte-Madeleine à Vézelay, — il élèverait des forteresses, il creuserait des grottes, des cavernes, pour y cacher, pour y enfouir Camille, la tenir à jamais prisonnière. S'il le fallait, il emmurerait Camille, il passerait autour de son cou le licou des bêtes, pour l'empêcher de s'échapper, de lui voler sa Vive.

Dans la nuit la pluie tomba. Les dernières braises qui couvaient encore sous les décombres furent éteintes, les cendres se transformèrent en boue. Une eau noire ruisselait à travers la cour de la Ferme-du-Pas. Ambroise Mauperthuis avait refusé de quitter son domaine sinistré. Il avait trouvé refuge dans la remise au fond du potager derrière la maison. Il l'avait débarrassée de tous les outils et ustensiles qui l'encombraient, s'y était aménagé une couche. Cette baraque lui suffisait. Il décida qu'il s'y installerait le temps de faire rebâtir la ferme. Il ne s'avouait pas vaincu, n'était nullement désespéré. Sa fortune était grande, il ferait reconstruire des bâtiments encore plus vastes. Sa patience était plus grande encore ; elle était obstinée. Et même, plus que jamais, elle se pétrifiait autour de sa colère. Il était résolu à se rendre dès le lendemain au bourg, il irait dénoncer Simon-l'Emporté, il l'accuserait de tous les méfaits, d'avoir abusé de Camille et de l'avoir enlevée, de lui avoir volé du bétail, et enfin d'avoir incendié sa ferme. Il irait dénoncer Simon le voleur, Simon l'incendiaire. Il le ferait décréter hors la loi, lancerait les gendarmes à ses trousses, le ferait arrêter, jeter en prison. Il était sûr de son pouvoir, sûr de ses droits.

Il vouait à Simon la haine qu'il avait portée à Vincent Corvol, tout comme il vouait à Camille la passion qui le liait à Catherine. Dans son esprit et dans son cœur les morts n'en finissaient pas de saisir les vivants, la beauté n'en finissait pas d'avoir le goût de la colère, et le désir de se nommer vengeance et guerre.

Couché sur sa paillasse de fortune, il écoutait la pluie crépiter sur les branches, les pierres et les tuiles tout autour de lui. C'était une violente pluie d'abat qui cinglait les feuillages, rebondissait contre le sol. Il s'endormit dans le bruit de cette pluie. Et ce bruit s'engouffra dans ses rêves. Il se vit naviguant sur un immense radeau de bûches, comme du temps de son adolescence quand il était gars de rivière. Mais les bûches ne cessaient de croître, chacune prenait la longueur et l'épaisseur d'un tronc. Il naviguait sur un radeau de troncs, sur une forêt couchée. Et le lit de la rivière se creusait et s'élargissait à mesure, les eaux se gonflaient, débordaient, tiraient toujours plus fort. La rivière se faisait fleuve en crue. Et lui, seul à bord de son radeau géant, frappait les berges de sa longue perche d'avalant. A chaque coup les berges reculaient.

Le fleuve se faisait vaste comme un lac, houleux comme la mer. Par pans entiers son radeau se disloquait. Les troncs déclinqués plongeaient dans l'eau, s'y redressaient et redevenaient arbres dont les branches reverdissaient. Les arbres debout au fond de l'eau avaient le vert des yeux de Catherine, de Camille. Une forêt couleur de Vouivre se levait tout le long du lit de la rivière.

Des cloches sonnaient à la volée au fond de l'eau. Des cloches bourdonnaient dans le tronc des arbres. Elles crevaient l'écorce des arbres. Le nom de Catherine se gravait dans l'écorce, sonore et brutal. Le nom de Catherine battait au cœur des arbres et d'étranges fruits, ronds, hérissés de piquants, couleur de soleil, mûrissaient à leurs branches. Des fruits comme des soleils, qui étincelaient au fond de l'eau.

Camille courait le long de la rive. Il l'entendait rire. Les soleils crevaient aux branches des arbres comme des fruits trop mûrs. La lumière coulait, se mêlait à l'eau. Catherine glissait, couchée sur le dos, à fleur de cette eau houleuse et dorée. Elle dérivait au flanc du radeau à présent réduit à quelques bûches disjointes.

Il avait perdu sa perche d'avalant. A sa place il tenait une haute crosse semblable à celle que portait le saint Nicolas de bois peint qui ornait la bannière de la corporation des flotteurs à laquelle il avait autrefois appartenu. Et avec cette crosse il tentait de ramer, accroupi sur son embarcation qui ne cessait de rétrécir. L'eau charriait par milliers des écorces de soleils éclatés. Camille toujours courait sur la berge. Elle ne riait plus, elle criait, ou chantait. Elle modulait un cri continu, d'une voix rauque, grave ; une voix d'homme. Celle de Simon lorsqu'il avait mugi le nom de Rouzé.

Il était étendu en travers d'un radeau composé du corps démultiplié de Catherine. Les forêts avaient disparu, la lumière de l'eau s'était éteinte, toutes les cloches s'étaient tues. Il n'entendait plus que le bruit sourd d'un cœur qui bat contre l'oreille. Celui de Catherine dont les battements se répercutaient en chacun de ses multiples corps liés les uns aux autres.

Ambroise Mauperthuis se réveilla en sursaut, le cœur battant. Les premières lueurs de l'aube commençaient à poindre. La pluie venait de cesser. L'eau s'égouttait des branches et des toits. Dans les buissons quelques oiseaux s'ébrouaient. Il sortit de la remise. Dehors il faisait frais, la terre mouillée exhalait une odeur vivifiante, amère. En passant près des framboisiers il entendit le doux babil d'une fauvette. Il traversa le potager, contourna les ruines de sa ferme et s'en fut sur la route. Le sommeil l'avait quitté. La confiance qu'il avait gardée la veille jusque devant le désastre s'était obscurcie. Ce rêve qui l'avait réveillé brutalement avait jeté en lui le désarroi. Il se sentait fatigué ; d'un coup le poids de sa vieillesse lui pesait. Il monta vers la forêt. Il éprouvait le besoin de marcher, de s'enfoncer entre les arbres. Tous les habitants du hameau dormaient encore. Et c'était bien, il ne voulait surtout pas rencontrer âme qui vive. Il n'avait jamais aimé les gens, — mais en cette heure moins que jamais. Il marchait vers les arbres, vers leur silence, leur ombre. Leur force. Il n'avait à présent plus qu'eux comme soutien.

Le bruit de la pluie, lorsqu'elle était tombée au début de la nuit, avait réveillé Simon. Il avait entrouvert les yeux et s'était étonné de reposer dans cette chambre inconnue, étrange, tout encombrée de fleurs, saturée de leur odeur entêtante. Camille dormait contre lui ; sa présence à ses côtés l'avait plus encore étonné. Il avait si longtemps désiré la revoir, la serrer dans ses bras, il avait tant souffert d'être séparé d'elle, — et voilà que soudain, un matin, il se réveillait tout près d'elle dans la fraîcheur d'une chambre blanche, emplie d'une senteur de serre. Alors pêle-mêle les souvenirs de la journée lui étaient revenus. Il avait revu le hameau désert, la ferme vide, la chambre de ses parents livrée à l'abandon du deuil, — le lit béant et le grand drap tendu. Il avait revu Rouzé, la bête consolante, le compagnon de son exil et de sa solitude. Rouzé aux yeux si doux, au mufle tiède ; il avait dormi si souvent couché contre son flanc au cours de cet hiver, couché dans sa chaleur. Il avait revu Rouzé, énorme et blanc, soudain terrible dans la clarté du matin au milieu de la cour déserte. Il avait revu une bête inconnue, frappée de démesure, de folie, par l'éclair aveuglant que la mort avait dressé sur le seuil de la porte. Il avait revu cette bête colossale tomber tout d'une masse sous le coup de la hache. Il avait revu la route où ruisselait le sang de la bête écorchée qui lui bâtait le dos. Il avait revu la façade de la Ferme-du-Pas, hostile et muette avec ses volets clos, ses deux chiens maigres qui bondissaient en hurlant dans un fracas de chaînes. Il avait revu la fumée noire sourdre du toit, puis les flammes monter vers le ciel. Il avait revu la silhouette drapée d'une couverture roussie surgir par une fenêtre. Il avait revu le grand baquet de bois que l'on remplissait d'eau, et lui s'enfonçant dans cette eau, avec Camille. Il avait revu tout cela dans un chaos d'images précipitées. Mais avant de chercher à en saisir le sens, à en renouer le fil, il s'était tourné vers Camille, lui avait pris le visage entre les mains, avait cherché ses yeux, ses lèvres. Il la retrouvait, il la reconnaissait enfin ; ils se ressaisirent l'un de l'autre avec les mêmes gestes, le même élan, la même faim que durant l'automne.

Dans la chambre, — les fleurs, leur opaque blancheur, le silence, les fouillis de dentelles ; dehors, — la pluie, son ruissellement violent, ses heurts contre le mur, les volets. Tout ravivait leurs sens, redressait leur mémoire, exaltait leur bonheur de s'être retrouvés. Vers le milieu de la nuit ils s'étaient enfuis sans bruit par la fenêtre. Huguet Corde-bugle dormait dans la pièce à côté. Ils s'étaient glissés jusqu'à la Ferme-du-Bout. Simon avait frappé doucement contre la porte ; presque aussitôt Edmée était venue ouvrir. Elle ne dormait plus guère, l'aïeule qui depuis si longtemps ne comptait plus le nombre des années qui tramaient son interminable vie. Ecoute, ma fille, regarde et tends l'oreille. Elle avait balbutié ces paroles du psaume en écho au chant de Blaise-le-Laid tout le long du chemin, le matin, tandis qu'elle trottinait devant le grand lit de hêtre où reposait sa fille. Elle écoutait, tendait l'oreille, du fond de la rumeur du monde vers le silence de Dieu.

Quand Simon vit sa grand-mère, si minuscule, si menue, dans l'entrebâillement de la porte, il oublia un instant la terreur et la peine qu'il avait ressenties le matin en décou-vrant la maison vide. Elle était là, elle était toujours là, la petite vieille qui connaissait tous les secrets des herbes et des plantes, qui toujours avait su apaiser les douleurs du corps et les tourments du cœur. Elle était là, fidèle, la petite vieille, la douce, l'effacée.

Ils entrèrent tous les deux ; Edmée les fit s'asseoir à la table, elle leur prépara à manger et leur servit à boire. Les frères présents dans la maison vinrent les rejoindre à table. Il y avait là tous les frères du Soir ; ceux du Matin n'étaient rentrés qu'à la nuit tombée de la Pierre-qui-Vire et étaient restés dormir au village. Ils parlèrent peu. Blaise-le-Laid dit simplement : « Notre mère était belle. Le père et Fernand ont abattu l'arbre que nous avions sculpté pour elle dans la clairière de Notre-Dame-des-Hêtres. Nous l'avons portée couchée au creux de l'arbre ; il y avait foule pour l'accompagner. Le père ne reviendra pas, il est allé chez les moines de la Pierre-qui-Vire. Il veut rester là-bas, dans le silence, l'oubli. Il veut rester là-bas, près des eaux du Trinquelin, près de la grande pierre qui vibre sous le vent. Bientôt nous irons le visiter, nous lui dirons que tu es revenu. Il sera heureux. Et maintenant, qu'allez-vous faire tous les deux ? — Nous partons. Cette nuit même, avant que le vieux ne nous cherche. Nous irons loin, dans un pays où il ne pourra pas nous retrouver. Du travail je saurai bien en prendre n'importe où. Plus tard nous reviendrons, quand le vieux enfin n'y sera plus. Mais nous devons partir sans retard. Nous marcherons toute la nuit, je connais la forêt, je ne perdrai pas mon chemin. Nous irons en direction d'Avallon. » Ils se sentaient tous deux de force à prendre la route à travers la forêt et à marcher toute la nuit, et tout le jour suivant. De marcher jusqu'à ce que le vieux perde leurs traces.

Ils se préparèrent pour leur voyage. Edmée leur emballa de la nourriture, un peu de linge. Louison-la-Cloche appela Camille et la conduisit jusqu'à la chambre de ses parents. Il voulait chercher dans l'armoire un châle ayant appartenu à sa mère pour le lui offrir. Il ne lui plaisait pas de voir Camille affublée d'un grossier pantalon d'homme, lui qui aimait tant s'affubler de jupes. Il désirait parer Camille d'un des châles que portait sa mère, l'envelopper dans le souvenir de sa mère. Comme il ouvrait la porte de l'armoire le drap qui en masquait le miroir glissa à terre. Camille s'aperçut dans la glace. Pour la première fois sa ressemblance avec Simon la surprit. Elle prit le châle que lui tendait Louison-la-Cloche et le plia au fond de la besace que lui avait donnée Edmée. « Quand nous serons là-bas, dit-elle, je le porterai. » Elle ne savait pas où était ce là-bas, ce qui importait c'était que le vieux en fût absent. Là-bas, c'était partout où la jalousie du vieux ne pourrait plus les atteindre, où sa folie et sa colère ne les menaceraient plus.

Camille enfila une vieille veste de Simon, remonta ses cheveux sous une casquette, chaussa de gros souliers. Pour s'en aller traverser la forêt il lui sembla préférable de se vêtir ainsi ; un garçon marche mieux dans les broussailles des sous-bois qu'une fille encombrée d'une jupe. D'ailleurs elle n'avait même plus de jupe ni de robe, elle n'avait plus rien de ses vêtements et objets d'autrefois. Tout avait brûlé dans l'incendie, et sa robe souillée par la fumée du feu était restée dans la ferme de Cordebugle. Et puis, ainsi habillée, elle semblait être un frêle jumeau de Simon, et cela lui plaisait. Cela même la rassurait, car de la sorte elle effaçait la terrible ressemblance que le vieux s'était obstiné à plaquer sur elle ; cette ressemblance avec une femme morte que le vieux avait tant invoquée à travers le bois de la porte. Mais la porte avait brûlé, toute la ferme avait brûlé, et le passé avec, et la folie du vieux.

Simon et Camille glissèrent chacun leur sac à l'épaule, firent leurs adieux à Edmée et aux frères, et se faufilèrent hors de la Ferme-du-Bout. Ils se hâtèrent vers la forêt. L'aube allait poindre.

CHANSON

Ils pénétrèrent dans la forêt de Jalles et bientôt obliquèrent du côté où bourdonnait la rivière. En cet endroit la Cure était davantage torrent que rivière. Ses eaux, gonflées par la pluie, bondissaient de rocher en rocher. Des eaux vives, glacées, qui jaillissaient des roches, entre les arbres. L'été, Simon et ses frères descendaient s'y baigner. En entendant courir cette eau, Simon pensa à son père. Son père qui se tenait dorénavant là-bas, de l'autre côté du plateau séparant les deux vallées, celle de la Cure et celle du Trinquelin. Le père s'en allait en lui-même, s'en allait cheminer dans l'immobilité, le silence. Le père s'en allait sur les traces invisibles que venait d'égrener la mère en sa disparition. Il s'en allait dans l'oubli de lui-même, il ne se posait plus désormais que sur l'extrême rebord de l'attente, du vide, comme la lourde pierre posée en équilibre sur son rocher au bord de l'eau, et qu'un rien suffisait à faire doucement osciller. Le père tremblait dans la mémoire de celle qu'il avait tant aimée, il laissait vibrer son cœur dans l'absence, la douleur, l'espérance. Il attendait, avec patience et calme, d'être appelé à son tour. Il s'en allait au gré du nom de Dieu dont il allait, jour après jour, chanter les louanges, docile comme une herbe arrachée à la berge, emportée par les eaux du torrent. Il s'en allait, le père, là-bas, si près à vol d'oiseau, sur les berges du Trinquelin. Et lui, le fils, celui du cœur du jour, il s'en allait avec Camille. Ils s'enfuyaient tous deux au plus loin de la colère du vieux, et le bruit du torrent se répercutait en eux, scandait leur course. Un bruit de cascade allègre et vivifiant. Les herbes, les ronces et les fougères, les feuillages des arbres luisaient encore de pluie, les oiseaux s'ébrouaient dans les branches et les fourrés, ils gazouillaient des chants aigus, ils stridulaient des mélodies flûtées, de jolis airs aigrelets. Tout prenait autour des deux fugitifs un accent et un goût acidulés, humides, pleins de fraîcheur. Le ciel commençait à rosir.

Simon traversa le premier le pont fait d'un gros tronc de chêne couché en travers de la ravine où grondait le torrent. Il connaissait tous les raccourcis de la forêt. Le torrent, grossi par la pluie, ne pouvait se franchir qu'en cet endroit. Il leur fallait s'éloigner au plus vite du hameau, sortir du bois de Jalles, quitter le domaine du vieux avant le plein matin. La passerelle que les bûcherons avaient improvisée là était précaire, sans garde-fou ; son tronc moussu était glissant. Simon s'y aventura avec précaution. Lorsqu'il fut parvenu de l'autre côté et qu'il se fut assuré de la solidité du tronc, il appela Camille qui attendait son tour pour traverser. « C'est bon, lui cria-t-il à travers le fracas du torrent, tu peux passer. Vas-y doucement, ça glisse. » Camille s'approcha du tronc à petits pas prudents, mais elle prit peur et s'arrêta. Alors pour lui donner du courage Simon se mit à chanter. Il chantait en riant et en claquant des mains une des chansons que lui et ses frères aimaient brailler quand ils étaient petits et que la peur parfois les prenait dans la forêt. « *Nous n'irons plus au bois, les lauriers sont coupés, La belle que voilà, Ira les ramasser...* » Il chantait à pleine voix pour couvrir le bruit de l'eau, pour chasser la crainte de Camille.

Ambroise Mauperthuis, venu revigorer parmi les arbres ses pensées troublées par le mauvais rêve qu'il avait fait, sursauta. Il pila net, comme un chien d'arrêt flairant soudain le fumet d'un gibier. Pour le coup son cœur était ragaillardi. Il venait de percevoir une voix du côté du torrent. Une voix qui criait dans le tumulte de l'eau. Le torrent criait-il? Quelle voix d'homme avait-il arrachée aux roches de granit, quel appel lançait-il, insensé, en cette heure où le jour commençait à peine à percer? Il se hâta vers le torrent, courbé au ras des hautes herbes qui lui mouillaient le visage. Il retenait son souffle, l'acuité de ses sens était à vif. La voix était toute proche à présent. Elle bondissait entre les arbres, les rochers. Il la reconnut. C'était la voix de Simon. Il chantait.

Voilà que le torrent chantait, qu'il avait pris la voix de Simon le voleur, de Simon l'incendiaire. A travers le fracas de l'eau des paroles s'élançaient sur un rythme rapide, d'un air enjoué. « *Si la cigale y dort, Il n'faut pas la réveiller... Entrez dans la danse, Voyez comme on danse, Sautez, dansez, Embrassez qui vous voudrez...* » La voix de Simon éclaboussait les roches, s'amusait dans l'eau. Elle semblait se moquer de tout et de tous. Elle se moquait de lui, Ambroise Mauperthuis, c'était sûr.

Camille, encouragée par la chanson de Simon, par sa gaieté, son entrain, bravait sa peur. Elle s'était aventurée sur le tronc et parvenait déjà au milieu. Elle avançait les bras légèrement écartés pour garder l'équilibre. « *Le chant du rossignol, Viendra la réveiller... Entrez dans la danse, Voyez comme on danse...* »

Le vieux arriva au bord de la gorge du torrent, tout près de la passerelle. Tapi dans les herbes où il se dissimulait, il aperçut une silhouette qui glissait d'un pas mal assuré, les bras ouverts en balancier, sur le tronc couché au-dessus de la

253

ravine. C'était Simon, ce ne pouvait être que Simon, ce funambule qu'il distinguait vaguement de dos. Simon le fuyard, Simon le braillard, Simon l'insolent. Accroupi au ras des herbes Ambroise Mauperthuis ne voyait que la silhouette qui traversait le pont, il ne voyait pas l'autre qui attendait de l'autre côté du torrent. Il n'avait d'yeux que pour cette silhouette qu'il croyait être celle de Simon. Il n'avait d'yeux que pour ce funambule qui s'enfuyait à petits pas tremblants sur le vieux tronc moussu, dans le brouillard de l'eau, en chantant à tue-tête. Et ses yeux étaient fixes ; la haine et la joie de vengeance aiguisaient son regard.

« Le chant du rossignol Viendra la réveiller, Et aussi la fauvette, Avec son doux gosier... Entrez dans la danse, Voyez comme on danse... » Camille n'était plus qu'à quelques pas de l'autre bord. Une pierre grosse comme un poing siffla dans l'air. Elle frappa net le funambule entre les épaules. Camille perdit l'équilibre, elle glissa, et avant que Simon n'ait eu le temps de bondir jusqu'à elle pour la retenir, elle bascula.

Le chant se brisa net. Au même instant un cri perça le tumulte de l'eau. Ce cri semblait tout à la fois tomber tout au fond de la gorge du torrent et jaillir d'entre les roches. Ce cri n'était pas d'homme, mais de femme. Ambroise Mauperthuis se redressa, hagard. Il ne comprenait plus. Il avait visé Simon, l'avait frappé, l'avait précipité dans le torrent, et voilà qu'aussitôt le torrent se mettait à crier avec la voix de Camille et que Simon à nouveau surgissait de l'autre côté du pont. Mais déjà le torrent s'était tu. Il poursuivait simplement son éternelle rumeur, sans cri ni chanson. Là-bas, juste en face, Simon se tenait prostré au bord du pont. Il ne criait pas, ne bougeait pas. Il regardait fixement le lit du torrent, le corps qui gisait sur la caillasse, le visage tourné vers lui du fond de l'eau claire. Il regardait, halluciné, cet autre corps, ce drôle de double de lui-même ; son reflet dans l'eau. Son reflet aux yeux verts couché au fond de l'eau, tout désarticulé contre les cailloux. A nouveau une pierre siffla dans l'air. A nouveau un cri tomba et monta d'un seul trait entre les rochers. A nouveau un corps creva l'eau du torrent.

A nouveau Simon gisait au fond de l'eau. Ils étaient deux, là, en bas ; Simon le voleur et Simon l'incendiaire. Ils étaient deux, le jumeau fort et le jumeau plus frêle. L'un étendu sur le dos, l'autre couché la face contre les pierres. L'un qui gardait les yeux ouverts, leur regard vert braqué vers la trouée du ciel au-dessus des forêts, là-haut ; l'autre qui enfouissait son front dans la caillasse.

Ambroise Mauperthuis en avait enfin fini avec Simon. Avec tous les Simon ; les voleurs de Camille, les incendiaires de ferme. Il avait terrassé tous les Simon. Que les eaux du torrent emportent leurs corps perdus, comme des bûches destinées à être ensuite jetées dans le feu ; que les eaux du torrent les charrient loin, loin d'ici, dans quelque marécage.

Mais Camille, où donc était Camille ? Où se cachait la Vive ? Ambroise Mauperthuis rentra au Leu-aux-Chênes. Il sifflait en sourdine l'air de *Nous n'irons plus au bois*. Il avait la gorge sèche, les lèvres rêches, il sifflait d'un ton saccadé. Il regagna sa maison en contournant la route qui traversait le hameau. Il se dirigea tout droit vers la remise au fond du potager sans même jeter un regard aux ruines de sa ferme. Il se coucha sur sa paillasse. Il sifflotait toujours le même air, scandant sa rengaine de subits ricanements. Il articulait de temps à autre quelques paroles de la chanson *Nous n'irons plus au bois*. Des ricanements lui coupaient chaque fois la parole comme des quintes de toux. Dehors la pluie se remit à tomber avec force.

Il plut tout le jour. La route qui descendait de la forêt se transforma en ruisseau d'eau boueuse. Les branches des pommiers, des pruniers et des lilas ployaient sous le poids de toute cette eau qui ne cessait plus de tomber. Les fleurs dans les jardins penchaient au ras du sol leurs têtes alourdies aux pétales froissés. Partout les chemins devenaient ruisseaux, et les ruisseaux et les rivières débordaient, roulaient comme des torrents. La pluie ne commença à faiblir que vers le soir. Un arc-en-ciel transparut à l'horizon ; trois couleurs dominaient, — le violet, le vert et le jaune. Un violet sombre, un vert éclatant, un jaune paille. Les enfants sortaient enfin des maisons, ils pataugeaient dans les cours boueuses et poussaient de grandes exclamations de joie en admirant le splendide arc-en-ciel.

On ne retrouva les corps de Simon et de Camille que le surlendemain, bien en aval du lieu de leur chute. Les eaux en crue de la Cure les avaient si brutalement ballottés parmi les rochers que la trace du coup de caillou lancé à la volée que chacun avait reçu, l'un dans le dos, l'autre à la tempe, n'était plus lisible. Leurs corps étaient entièrement meurtris, leurs os brisés, leur peaux marquées, griffées. Il n'y avait plus rien d'autre à lire sur leurs corps charriés par le courant que l'évidence d'une double mort accidentelle. Ils avaient glissé du vieux tronc gluant de mousse en se hâtant de le traverser.

Nul ne vint annoncer à Ambroise Mauperthuis la mort de sa petite-fille Camille. D'ailleurs, quand bien même quelqu'un aurait trouvé le courage de le faire, cela aurait été en vain. Le vieux avait perdu la raison. Depuis le soir de l'incendie son esprit semblait battre la campagne. Il s'enfermait dans sa remise au fond du potager, ne manifestait pas le moindre souci pour sa ferme dévastée, paraissait tout à fait désintéressé de ses affaires. Il ne sortait de sa cabane que pour aller déambuler vers la forêt, mais n'y pénétrait jamais. Il s'arrêtait au seuil des arbres et longeait la lisière. Il sifflait sempiternellement l'air de « *Nous n'irons plus au bois* », et rythmait sa rengaine de brefs accès de rire saccadé.

C'en était d'un coup fini de Mauperthuis, le riche, le puissant. Le temps de Mauperthuis plein de morgue et de colère était révolu. Sa raison avait brûlé avec sa ferme, sa force était partie avec Camille. Il devint à ce point divagant et irresponsable qu'il fallut le déchoir de ses droits et de ses biens. Comme il avait déshérité son fils aîné et avec lui tous ses descendants, et que ses héritiers directs étaient morts, la gestion de ses biens échoua à sa bru, la veuve de Marceau et mère de Camille. Claude Corvol recouvra ainsi les forêts que le vieux avait autrefois usurpées à son père. La propriété des forêts retrouvait son ancestral et juste cours, comme les arbres que l'on y abattait et débitait en bûches, — celui de la vallée.

On oublia bientôt Mauperthuis l'orgueilleux, propriétaire des forêts de Jalles, de Saulches et de Failly, maître de la Ferme-du-Pas, seigneur du Leu-aux-Chênes. L'obscur secret de sa richesse passée ne taraudait plus du tout la curiosité des gens. Il n'intéressait dorénavant personne. Mauperthuis l'irascible, le violent, le jaloux, n'était plus qu'un pauvre hère terré au fond d'une remise derrière les ruines d'une ferme, dans le recoin d'un potager devenu terrain vague. Un pauvre diable de vieillard qui ne reconnaissait plus les gens, ne semblait même plus les voir, qui ne savait que vadrouiller à la lisière de la forêt en ricanant d'un ton aigu entre deux couplets de sa chanson ritournelle.

« *Nous n'irons plus au bois, Les lauriers sont coupés, La belle que voilà Ira les ramasser.* »

La belle n'était plus là, mais le vieux l'attendait. Il attendait sa Vive. Depuis le temps qu'il l'attendait, elle finirait bien par revenir. « *Le chant du rossignol Viendra la réveiller. Et aussi la fauvette, Avec son doux gosier...* »

JADIS, JAMAIS ASSEZ

Entrez dans la danse,
Voyez comme on danse,
Sautez, dansez,
Embrassez qui vous voudrez...

Là-haut, au Leu-aux-Chênes, ils étaient trois à être entrés dans l'attente. Dans la folie de l'attente. Dans l'attente de ce qui ne peut plus arriver, car a déjà eu lieu. Il y avait Edmée, la douce aïeule qui n'en finissait pas de traverser les jours, minuscule et légère comme un moineau. Une luciole. Elle attendait dans sa Ferme-du-Bout l'heure de s'en aller enfin rejoindre sa fille. Elle attendait l'appel en égrenant son vieux rosaire à la gloire toujours neuve de la Très Miséricordieuse Vierge Sainte et Consolante. Elle attendait un appel qui n'avait jamais cessé de l'habiter, elle attendait ce qui depuis toujours l'appelait et à quoi elle avait toujours répondu. L'éblouissement et l'évidement de son attente, l'assomption de son attente.

Dès les beaux jours on la voyait encore, toute petite et rabougrie, descendre d'un pas alerte la route menant au cimetière. Elle trottinait sans s'arrêter, sans tourner la tête à droite ou à gauche. Rien n'aurait pu la distraire, faire

261

ralentir son pas. Son pas menu de souris ; son pas d'orante.
Elle marchait tout droit vers le champ de paix où reposait
son unique, sa bien-aimée, sa miraculeuse fille, un bouquet
de fleurs des champs à la main. Tout le long du chemin elle
marmonnait les mots de la Litanie de la Vierge. Des mots
aussi polis par ses lèvres que les grains de son chapelet par
ses doigts. Des mots qui étaient devenus sa salive, des grains
de buis qui brillaient comme des ongles. Sa douleur avait la
luminosité d'un arc-en-ciel après la pluie. Sa douleur avait
l'odeur des champs, des prés, des vergers et des jardins. Sa
douleur avait la fraîcheur de la brise, la clarté de l'eau des
fontaines. Sa foi avait lavé sa douleur ; ses larmes scintillaient
au creux de son âme. Elles avaient le bleu du bleu manteau
de la Madone. Edmée trottinait dans le bleu de son âme, le
bleu de son attente. Elle cheminait au bord extrême de la
mort, en chantonnant et souriant. Elle entrevoyait déjà les
beaux yeux de la mort. Ils avaient la douceur du regard de
Reine, le bleu du manteau de la Vierge. Elle se réjouissait
d'être bientôt dissoute dans cette bleuité.

Auprès d'elle ne vivaient plus que Louison-la-Cloche et
Blaise-le-Laid. Tous les autres étaient partis. Après la mort
de Simon ils avaient quitté le hameau. Ils ne voulaient plus,
ils ne pouvaient plus travailler et vivre dans une forêt
marquée par la mort d'un des leurs. La forêt avait frappé,
elle avait abattu le frère de Midi, elle avait tranché par le
milieu la fratrie. Elle les chassait. Et puis la mère reposait
dans la terre, le père s'était retiré à l'ombre d'une grande
pierre qui tressaillait comme un agneau au bord du Trinquelin. Ils s'étaient retirés à leur tour, ils étaient partis
accomplir le voyage au seuil duquel Simon était tombé.
Léon-le-Seul était descendu vers les forêts de Sologne ; on
racontait qu'il y vivait en hors la loi, Léon-le-Braconnier.
Eloi-l'Ailleurs avait trouvé son fleuve, la Loire. Il s'était fixé
du côté où les eaux du large fleuve s'enlisent dans les sables.

Les frères du Matin avaient poussé bien plus loin encore le voyage, très au-delà des terres de leur pays. Ils avaient traversé la mer, avaient changé de continent. Ils s'étaient aventurés jusqu'au Québec. Là-bas les forêts s'étendaient à perte de vue, les fleuves étaient larges comme des mers et ils charriaient de gigantesques troupeaux de billes de bois sur des milles et des milles. Là-bas même le ciel était plus vaste. Là-bas les forêts et les eaux étaient vierges de toute mémoire.

Même les deux derniers qui demeuraient encore à la Ferme-du-Bout attendaient leur heure pour quitter le hameau. Lorsque Edmée s'en irait rejoindre sa fille, eux s'en iraient rejoindre leur père. Ils fermeraient la porte de la ferme où les miroirs depuis longtemps avaient perdu leur tain et ils s'en iraient frapper à la porte de la Pierre-qui-Vire. Ils se feraient frères lais à la suite de leur père. Ils s'en iraient blanchir leur mémoire dans les eaux vives du Trinquelin. Louison-la-Cloche avait cessé de sonnailler trois fois par jour. Ses jours, il les passait dans les arbres. Il grimpait aux branches de l'orme, restait accroupi là-haut dans les feuillages et pépiait avec les oiseaux.

Il y avait Huguet Cordebugle. Il avait depuis longtemps fini de chaparder du linge dans les jardins et les prés. Il ne sortait plus guère de sa Ferme-du-Milieu où il vivait, plus seul que jamais. Un matin le vieux coq Alphonse était tombé de sa chaise-perchoir, raide sur le sol. Aucun autre coq n'avait repris sa succession. Cordebugle ne maraudait plus que dans le passé, il revenait sans cesse épier dans sa mémoire les images qui s'y étaient fichées. Images de Simon nu dans l'herbe du pré de la Ferme-du-Pas, de Simon sur la route aux côtés de Rouzé, de Simon-l'Écorché à la peau ruisselante, flamboyante, de Simon dédoublé qu'il avait

263

recueilli, caché, dont il avait fleuri le corps. Simon disparu au matin, laissant vide le lit jonché de fleurs fanées. Simon précipité par la pluie, la forêt, dans le lit du torrent hérissé de cailloux. Simon-l'Emporté, Simon le jumeau, Simon qui ne tenait jamais en place, qui surgissait toujours à l'improviste, doué à chaque fois d'une beauté nouvelle, stupéfiante. Simon dont il attendait une nouvelle apparition, une nouvelle métamorphose. Simon qui avait disparu un soir d'hiver à dos de bœuf, et qui était revenu au cœur du printemps aux côtés de ce bœuf. Simon qui avait disparu dans une traînée de fleurs, qui avait plongé dans l'eau du torrent. Simon qui reviendrait au fil de l'eau. En une autre saison. Huguet Cordebugle attendait son retour. La chambre était prête. Quand Simon reviendrait, il lui donnerait la clef de la chambre, il veillerait sur son sommeil, il serait le gardien de ses songes. Reviendrait-il tenant à nouveau par la main son double aux yeux verts ? Non, ce double-là n'était qu'un reflet de Simon qui s'était arraché à l'eau trouble de quelque mare pour suivre celui dont l'image était si belle ; ce reflet avait dû se perdre dans l'eau du torrent.

Et il y avait Ambroise Mauperthuis qui attendait la Vive. Sa Vive aux yeux de Vouivre, sa Vive au corps de Vouivre. La belle que voilà, la belle qui gît là, sur les berges de l'Yonne, dans les eaux de la Cure, la belle qui va là, qui va ci, la belle qui nage dans toutes les rivières, qui court dans toutes les forêts. La belle qui sommeille dans la rosée de l'aube, dans la clarté de l'eau. La belle qui repose sous les broussailles, couchée sur les galets. *Si la cigale y dort, Il n'faut pas la blesser. Le chant du rossignol Viendra la réveiller. Et aussi la fauvette, Avec son doux gosier. La belle qui reviendra, Avec son blanc panier, Allant cueillir la fraise Et la fleur d'églantier.* Les Vouivres ne meurent pas, elles ne vieillissent même pas.

Elles entrent dans le monde comme dans une ronde, elles entrent dans le temps comme dans une danse. — Entrez dans la danse, — voyez comme on danse! Il en riait, le vieux Mauperthuis, il en riait à tout instant. Les Vouivres ne meurent pas. Elles entrent dans le cœur des hommes, elles dansent dans leurs paumes, elles chantent dans leurs rêves, elles nagent dans leur sang. Les Vouivres sont d'immortelles Vives. La belle qui fut là sera à nouveau là. *Cigale, ma cigale, Allons, il faut chanter. Car les lauriers du bois Sont déjà repoussés.*

C'étaient les friches qui poussaient dans les bois et la rapine y allait bon train. Le hameau se vidait. Les fils Mauperthuis s'en étaient tous allés, sauf les deux derniers ; mais ils se tenaient déjà sur le seuil, prêts à partir. Puis la guerre avait appelé les hommes de la Ferme-Gravelle et de la Ferme-Follin et les avait presque tous retenus. On n'allait plus au bois, on allait à la guerre, on n'en revenait pas. Ceux qui rentrèrent repartirent bientôt avec les leurs. Le temps du flottage se mourait lui aussi. On n'allait plus au bois, on n'allait plus au flot. On partait vers les villes.

La pluie tomba, qui fit fondre la neige. Toutes les traces disparurent. Toutes les traces de l'année morte inscrites dans la neige, le givre, dans la terre gelée. Toutes les traces du siècle mort, — de siècles révolus. La pluie tomba, et l'écriture des pas des hommes et des bêtes fut effacée. Fut à recommencer. Mais il n'y avait désormais plus personne pour entrer à nouveau dans la fable et faire danser la mémoire.

La terre se mit à bruire, une lumière nouvelle transparut dans le ciel, clarté vibrante, teintée de jaune paille, à peine. Et le chant des oiseaux prit un accent plus vif, légèrement mouillé. Le chant des premiers oiseaux de retour clamant, du haut des branches encore presque nues et des toits des étables et des granges à l'abandon, leurs choix de territoires. Dès l'aube leurs voix aiguës tintaient dans le silence comme un verre qui se fêle. Mais vers le soir, toujours, passait la clameur rauque des freux regagnant les forêts, — rayure sonore tirée en travers du ciel, entre le jour et la nuit, entre jadis et aujourd'hui. Profond jadis, et aujourd'hui désert.

Jadis, — la belle qui fut là. Où donc est-elle allée? Elle dort, dit le vieux qui entre en agonie. Mais il tend encore l'oreille, il cherche à déceler parmi tous ces chants d'oiseaux

267

celui du rossignol et celui de la fauvette avec son doux gosier, nichés dans les buissons d'épines et les touffes d'orties autour de sa remise délabrée. Jusqu'au bout il épie le chant de ces deux passereaux qui sauront bien la réveiller. Vive, ma Vive, murmure le vieux, allons, il faut chanter. Il a perdu son rire mauvais, son rire souffrant, il grimace un sourire. C'est qu'elle s'en revient, sa Vive, la voilà qui approche, elle traverse les murs de sa cambuse. Allant cueillir la fraise et la fleur d'églantier. Elle traverse les murs, elle traverse le vieux, elle se penche à peine et d'un geste léger elle cueille son regard, son sourire tremblotant, son souffle qui chuinte. La belle que voilà et qui déjà s'en va.

Chez les vieux la mort passe en souplesse. Il suffit juste de cueillir un souffle qui depuis longtemps déjà a perdu ses racines et sa force. Il suffit de ramasser les quelques grains de leur folie fossilisés dans leur cœur et leur esprit, — ces cosses sèches et craquelées. Et cependant, au dernier instant, le vieux se cabre une ultime fois, — c'est que pour lui jadis n'est pas encore assez. Jamais assez. Au dernier instant il ne veut plus lâcher ces grains si durs et luisants de sa folie, ces grains qu'il a polis dans sa colère comme Edmée a poli les grains de son rosaire à force de prières. Elle est partie Edmée, elle s'est dissoute dans le bleu très radieux de la mort. Mais le vieux, lui, résiste encore. Il s'acharne à mordiller ces grains acides et amers de sa folie ; il a tant aimé les ronger. Mais la belle les lui arrache cependant et d'un coup les lui croque. Le vieux reste la bouche ouverte, et vide. La belle s'échappe par la fenêtre. La mort que voilà a juste pris le regard et l'allure de la belle qui fut là. Les vieux ne savent plus bien distinguer entre jadis et maintenant, entre les Vouivres et les Vives, entre l'amour et la colère. Ambroise Mauperthuis avait toujours été vieux.

Composition Eurocomposition, Paris.
Impression Normandie-Impression S.A.
à Alençon, le 5 octobre 1989.
Dépôt légal : octobre 1989.
1ᵉʳ dépôt légal : juillet 1989
Numéro d'imprimeur : 892073.

ISBN 2-07-071655-4/Imprimé en France.